电影教室
Film Class
黄丹主编
06

# 神 赐 给 的 孩 子

## 荒 井 晴 彦 电 影 剧 作 选 集

[日] 荒井晴彦 著

汪晓志 译

上海三联书店

06

# 目 录

丛书序一

# 高瞻的计划，远瞩的目标

作为学院文学系"十二五"规划和学科建设的重要内容，由系里整体策划并由教师亲自主编、撰写的北京电影学院文学系"电影教室"丛书是文学系一项非常重要的教材学术工程，也是一项非常重要的电影学科建设学术策划，其学术意义将会在未来若干年的电影编剧教学和电影史论研究中产生深远影响。

北京电影学院在六十多年电影专业教育、教学中，一直以"电影教育、课程为先"为目标，以"课程建设、教材为重"为宗旨。

为了这套系列书籍的出版，文学系的老师们已经酝酿、策划多年。今天的出版，实质上是他们对多年电影编剧教学和电影编剧创作课程的系统总结。其中部分专著，精心对应学院文学系电影编剧专业基础课和专业课的内容和教学要求，又融入了一些新的内容。作为系里为加强学科建设和编剧教学而竭尽全力进行的一项重要学术工程，每一位承担这次专著和教材集中编纂与撰写的作者都投入了巨大的精力和努力。

中国电影产业的蓬勃发展，也将带动新的电影热潮，这对电影类图书的出版无疑是一个很好的机会，所以，抓住机会，选好选题，培育自己的品牌正当时。截至2010年底，全国已经有六百多所大学设立了影视专业或影视系，大量年轻人投身影视行业，同时影视教材供不应求。电视节目的蓬勃发展，以及全国六家新的电影频道的成立，也急需大量的影视节目。影碟的深入家庭，同样培养了众多的电影爱好者。因此，北京电影学院文学系策划和计划写作、编辑、出版的"电影教室"丛书系列，在今天有三项非常重要的优势：一、市场前景好；二、具有良好社会效益；三、学习者、读者广泛。

我们对系里教师的这种高度的学术责任感，对学院学科建设和学术研究的倾心、奉献，表示由衷的敬意。

根据文学系的学科建设、课程建设和学术策划，"电影教室"丛书系列主要分成三种类型。

第一类：经典电影剧本的编纂。目前在电影出版类的专著中，或者在关于电影编剧专业教学的课程辅助和参考教材中，缺乏当代剧本的选集。以前电影出版社曾根据成功的电影，出版关于从小说、剧本到完成电影的专著，学习者和创作者可以依据文字和影片进行参照和学习。目前，学习电影编剧专业的学生可以参考的电影剧本范本只有《世界电影》杂志中翻译的外国影片的剧本，以及我们国家早在20世纪30年代至"十七年"期间的部分电影剧本集。这些非常有限的剧本文字资料，不仅不全，而且寻找不便，给现在编剧专业学生的剧本学习、写作创作以及广大编剧爱好者的学习，带来了不少困难。"电影教室"丛书则完全从当代国内的电影剧作家的电影剧本集入手，进行系列性的编纂。其中已经完成出版的第一辑（五本）包括：（1）张献民主编《中国电影剧本精选》；（2）黄丹主编，潘若简、张民副主编《学生专业社会实践报告2》；（3）《铃木尚之电影剧本选》；（4）《苏小卫电影剧本选》；（5）黄丹、谢啸实著《邵氏武侠电影笔记》。作为未来的规划，外国经典电影作品以及国外重要的电影剧作家的剧本也会在陆续谈妥版权的情况下，获得中文出版的许可。

第二类：电影史及电影理论著作。当下在电影历史和理论专著的写作和出版中，没有什么新的视点和方法，更多的是重复和附和。就电影历史和理论本身而言，谈宏观的多，论微观的少，不善于从电影编剧专业的角度和电影叙事的侧重上，进行细化的分析和研究。更为重要的是，目前的"电影教室"丛书中，在电影历史及电影理论的大框架下，更加侧重于不同国家电影国别史的研究，同时，在电影纵向的发展脉络中，对电影断代历史也进行了研究，如内容涉及"中国早期电影史"的"南京路电影史"和"电影传入史"、"意大利电影史"、"英国电影史"等。其中已经完成出版的第二辑（五本）包括：（1）戴德刚著《中美卖座影片的叙事分析与比较》；（2）洪帆著《马与歌剧——意大利西部片》；（3）陈山著《上海南京路电影史》；（4）刘小磊著《电影传入中国考（1896—1921）》；（5）张巍著《电视剧改编教程》。所有电影理论的著作，则侧重于对电影叙事方式和叙事风格的研究，使得学习者可以在电影历史和理论的两个层面上游走，给我们以全新的视角和方法。

第三类：电影及电视剧剧作教材。今天的中国电影产业发展非常迅速，电视剧生产也呈现出非常好的势头，作为电影和电视剧生产的关键环节，剧本创作是非常值得关注和研究的领域。所以，怎么样配合电影及电视剧剧作教学出版相应的教材，成为教学整体的一个非常重要的问题。在这样的基础上，第三辑将出版一些重要剧作家的电影剧本选，研究电视剧叙事的方法和规律，研究编剧的技巧和相应的规律、方法，其中已完成或接近完成初稿的包括：（1）李二仕著《英国电影史》；（2）张巍著《"鸳鸯蝴蝶派"文人与早期中国电影的创作》；（3）刘德濒著《编剧课——电影编剧与技巧》；（4）黄丹主编，潘若简、张民副主编《芦苇电影剧本选》；（5）《荒井晴彦电影剧本选》。

作为学院教师的学术成果建设和出版，计划中的第四辑内容将包括：庄宇新著《长篇电视剧叙事研究》；潘若简著《中意戏剧电影比较考》；张献民主编《亚洲纪录片概况》；黄丹主编，潘若简、张民副主编《北京电影学院文学系教师剧作选第2辑》等。

总体上，这套"电影教室"丛书，是北京电影学院文学系教师独立撰写、主编的专业教材，以电影和电视剧创作实践为基础，实现教学目标，通过有关电影剧作大家的文集，给广大读者和学生提供影视剧作的高端范例与创作经验。

可以预计，这套"电影教室"丛书将会对培养电影、电视剧专业编剧人才和繁荣编剧创作，产生深远影响。该系列丛书的出版，对专业电影编剧创作人员和研究人员而言是非常好的编剧创作和理论的参考，对专业编剧创作人员而言是非常有用的经验、技巧参照，对正在学习编剧创作的学生而言是极好的参考书，对高校影视编剧教学而言是一套极好的专业范本。

代为序。

张会军

全国政协教科文卫体委员会委员、中国电影家协会副主席

北京电影学院院长、博士生导师、教授

2015年6月5日

丛书序二
# "电影教室"丛书总序

"电影教室"丛书酝酿至今,已经有近五年的时间。

近年来,中国电影产业的确呈现出蓬勃发展的趋势,无论从大的市场环境,还是每年用来作为探讨标准之一的统计数字,都是在一个持续上升的态势下,而且这种态势会在一段时期内持续。这对电影专业教育也提出了新的要求:一方面,从专业院校内部教学系统来看,从20世纪80年代关注电影本体的教学传统,到如今走向电影市场,作为向电影制作单位输送具体人才的教学单位,在专业授课中平衡电影本体艺术性教学与产业类型化的关系,是需要一段时间进行沉淀和适时调整的。这还进一步体现在教材的使用和选择上。所以"电影教室"丛书在文学系老师不断的讨论商定下,分成了几个板块,辑录出版,有这样的一个大的教学背景下的考量。另一方面,从更大范围的人才培养来看,伴随着网络化与数字化等多媒体的出现,学院派出身不再是许多电影创作者的唯一出口了。如今很多网络写手也逐渐走向了电影、电视剧编剧的职业道路,并且有不俗的成绩。他们大多有良好的教育背景,喜爱写作,文字功底好,也有大量的读者群体。但是从网络写手往职业编剧道路转换,仍然需要更专业的积累和铺垫。所以"电影教室"丛书辑录的国内外著名编剧的电影剧本选集,还有新视域角度的中外电影史,也为这些可能成为电影从业者的人们提供一个可进入的渠道。

针对以上两个专业考量的目的，"电影教室"丛书大致分成了三个板块。首先是电影剧作类：剧本创作是文学系教学立足之本，现在本科教育的两个方向——电影剧作和电影创意与策划，都对学生写作做出了更明确的规范与要求。"电影教室"计划出版的电影剧作类丛书包括了经典电影剧本集和电影剧作技巧讲解，更有文学系教师编写的剧本辑录成册，从理论与实践两方面，让阅读者对电影剧作有更加完整的认识——怎样的剧本是好的剧本？怎样实现好的剧本创作？

第二大板块是中外电影史论类，这是电影从业者必要的积淀与储备。进入电影创作领域的新人总会面临无从下手的困境，有时灵光一现下的创意又不知如何展开，对这个创意是否具有可研发价值也缺乏自信与底气。事实上，电影编剧不仅是一个编写故事的高手，其首先需要对电影历史有着深入的了解和认知，前人经验会成为后人创作的重要参照和项目研发的信心，历史经验凝聚成的理性思维与逻辑更是成为创作者当下感性思维的探照灯。所以"电影教室"丛书中选择辑录的关于中国早期电影、意大利电影、美国电影、英国电影等选题，也试图让创作者从史论经验中寻找到现实创作的参照性意义。

第三大板块计划留给文学系学生。现在文学系的学生普遍都是90后，经历过社会变革、咀嚼着不易与艰辛一路走来的老师总是担心学生们没有足够的人生阅历，很难捕捉到真实的人物关系，创作出"接地气"的文学作品。所以，社会实践成为文学系学生的必修科目。但是每年的社会实践报告却让老师们感到惊讶，他们呈现出的万余字的报告书以及大量的图片资料，让我们发现原来90后孩子对这个社会的观察与触角已经触及了我们不曾想到的层面。也恰恰是这样一群学生，他们根据自己的成长体验与社会实践，创作出的若干长篇电影剧本，写出的万余字论文，都有着他们自己的独特视角与观察价值；呈现出来的是一个或许跟老师们的经历不同，但同样有趣和丰富的世界。我们想在"电影教室"丛书中给这样一群孩子从不一样的视点下凝练出的文字留出一块空间，用来刊发他们的优秀剧本、论文和社会实践报告。若干年后，等他们也成为中国电影产业的中坚力量时，这些学生时代的文字将成为记录他们成长的重要轨迹与线索，也会成为中国电影史上重要的史料留存。

希望"电影教室"丛书怀有这样美好的期待，出版后也能收到真正理想的效果与回馈，为转型期的中国电影事业、为探索中的中国电影教育事业贡献一点绵薄之力。

黄 丹

"电影教室"丛书主编

北京电影学院文学系主任、教授

2015年6月5日

对荒井晴彦作为电影剧作家的最早认识，是在北京电影学院初学电影的时候，看到《W 的悲剧》时，自己的人生因为和这样的电影相遇，而产生的震撼。电影描述了青春在绝望现实中和命运的搏击，也在冷峻的社会观察中表达出一种温柔情感。

看过这样的电影，对写出这样的故事的电影编剧，充满着好奇心。

荒井晴彦 1947 年出生在东京。母亲荒井悦子是日本著名画家石井林响的次女，可以说荒井出身于书香门第。

年轻求学的时代，荒井晴彦考入了早稻田大学，进入文学部就读。1970 年代初，他进入电影界，以职业电影编剧为目标开始奋斗。但是荒井并无从业经验，不可能直接进入大制片厂谋求生路。加入小型的独立制作公司，以拍摄粉红电影起步，对他也许是更好的选择。许多和荒井同一年代的电影创作者，都走过这条道路。他们在日后转入主流电影的创作，成为日本电影的中坚力量。

荒井晴彦进入的公司，是著名粉红电影导演若松孝二的独立制片工作室"若松制作"。荒井晴彦首次参与编剧的电影，是 1971 年的《秘花》（导演：若松孝二）。在若松制作时期，荒井并没有独当一面的作品产出，但这一时期他全方位地接触到电影的制作流程，并有了和若松孝二、足立正生这样优秀导演共同工作的经验，为日后的创作生涯打下了坚实的基础。

荒井晴彦作为独立的电影编剧，真正开始创作之路的起点是1977年。这一年，他独立完成电影剧本《新宿混乱的街区》（导演：曾根中生）。这是一部日活出品的浪漫情色电影。在这部电影中，已经出现荒井晴彦此后创作中不断重复出现的主题：关注社会边缘人的生活，展现青春时代的迷茫，探讨日本民族的性观念。

荒井晴彦在粉红电影领域的代表作是1979年的《红头发的女人》（导演：神代辰巳）。同年的《神赐给的孩子》（导演：前田阳一）是他对生活喜剧的一次尝试。故事讲述了一对同居情侣，为寻找男方旧情人所遗弃的孩子的亲生父亲，一同踏上旅途的故事。这一时期的荒井，开始在创作中表现出对于各种故事类型成熟的驾驭能力。

拍摄于1981年的《远雷》（导演：根岸吉太郎），是真正奠定荒井晴彦在日本电影界地位的成熟之作。故事充满现实生活的质感，表现了在城市化浪潮的冲击下农村青年的日常生活。影片朴素平实的风格让人耳目一新，上映后获得一片好评，并在当年《电影旬报》评选的十佳影片中名列第二。

1984年，荒井晴彦创作了《W的悲剧》（导演：泽井信一郎）。影片取得巨大成功，并斩获众多奖项。女演员药师丸博子因为这部电影作品广为人知。而此时的荒井晴彦，终于跻身日本顶级编剧之列。

1988年，荒井晴彦完成了自己最后一部严格意义上的粉红电影《咬人的女人》（导演：神代辰巳）。此后，他基本上转入了主流影片的剧本创作。

1997年，对荒井晴彦来说最重要的创作尝试，是他初次作为导演，拍摄了电影《身心》。影片讲述了两对中年男女的情感纠葛。影片有很多大尺度的性爱场面，但与之前的粉红电影不同，这是一部探讨男女情感关系的严肃作品。影片获得了当年《电影旬报》年度十佳的第七名和次年的"新藤兼人奖"金奖。

2002年，荒井晴彦和阪本顺治导演合作了政治惊悚电影《绑架金大中》。这部电影因为题材引起了很大争议，也因为故事和真实历史出入过大而受到许多批评，但荒井晴彦和阪本顺治导演的这次合作，却为日后的《大鹿村骚动记》埋下了伏笔。

2003年，荒井创作的电影《震颤》（导演：广木隆一），成为他的又一代表作。《震颤》是一部公路电影，讲述了被幻听折磨的女子，在便利店遇到一名陌生的长途汽车司机，跟着他踏上旅途的故事。影片中也有大量的性描写，但其本质上，还是一部探讨女性内心情感生活的严肃电影。这部影片赢得广泛赞誉，荒井也凭借这一剧本获得了《电影旬报》最佳剧本奖、《每日映画》最佳剧本奖、横滨电影节最佳剧本奖。

2010年开始，荒井晴彦又进入了一个创作的高产期，并且维持了稳定的高水准。2011年，他再度和阪本顺治导演携手，贡献出佳作《大鹿村骚动记》。影片讲述的，是一个有歌舞伎传统的小山村里发生的趣事。此后，荒井创作了《战争与一个女人》（2013）、《相残》（2013）、《再见歌舞伎町》（2014）、《感受大海的时刻》（2014）、《这个国度的天空》（2015）等多部优秀作品。其中《相残》改编自获得芥川奖的同名小说，描述了因性暴力癖好在父子间遗传般的宿命所造成的人生悲剧。荒井凭借本片再次获得《电影旬报》最佳剧本奖。《再见歌舞伎町》则是他与广木隆一导演的又一次合作。故事围绕一家情人酒店的现实空间，白描式地展现当代日本社会的众生相，剧作精巧，兼具幽默调侃和社会批判。而《这个国度的天空》则是他多年之后再次亲自担任导演，讲述战争背景下一个平凡普通的少女的性觉醒。

纵观荒井晴彦的电影创作，年代时间跨度大，题材种类丰富，在战后日本社会成长的不同时期，故事主题的侧重点也有不同。

日本的经济从二十世纪五六十年代开始腾飞，在此后二十多年的时间里，日本的社会结构、道德观念、生活方式等各方面，都发生了巨变。普通人在现代社会生活中的迷失，曾经一直是荒井晴彦创作的主题。

《新宿混乱的街区》中，一群最初对电影还怀有梦想的年轻人，最终还是迷失在大都市灯红酒绿的欲望深渊。影片对娱乐圈和都市文化采取了批判的态度，并对都市现代病有着独到的见解。在之后的粉红电影中，荒井也往往用性描写，表达个人在冰冷的现代社会中的孤独处境和精神迷失。《红头发的女人》中的两位主人公身处社会底层，每日重复的是枯燥而劳累的体力活，情感与现实，已经完全异化。他们对性的知觉和感受，也退化到了动物一般的状态。而女主角"红发女郎"则是备受凌辱的妓女，她只能用身体，用性的方式，来绝望地对抗社会。

《远雷》直接把城市和农村，放在了两元对立的矛盾冲突结构中来加以描绘。主人公满夫是一个对土地和传统的耕种生活怀有深刻眷恋的青年，他对城市的繁华生活没有丝毫向往，并鄙视抛弃土地跑到城市里的农民。但影片也没有单纯地把满夫塑造成淳朴善良正直的脸谱化人物。他对待性也是一种颇为随便的态度：和酒吧女一夜情，和绫子第一次见面就上床。对于自己固守土地的行为，他也并未将其视作一种理想，而只是因为"没有别的什么活儿好干"。作为对照，他的好友广次则不安于平淡的乡村生活，卷了家里的钱和陪酒女阿枫私奔，最终沦为杀人犯。影片并没有简单地把满夫和广次作为正反面的代表人物对立起来，而是采取了一个更加疏离的视角，展示两人的日常生活。他们都是平凡普通的农村青年，只是因为不同性格的原因做出的选择，使他们最终面对结局截然不同的人生。这种全景式的对现代化冲击下农村生活的描写，使《远雷》具有一种震撼人心的力量。

2003 年，荒井晴彦和广木隆一导演合作的《震颤》是表现该主题的又一杰作。《震颤》和《远雷》探讨的问题有所关联，但是方法技巧，却完全不同。《远雷》是全景式、白描式的，从农村的视角，展现了现代化、都市化背景下的各种社会问题。而《震颤》全然关乎私人体验，讲述现代都市中个体灵魂的迷失。电影剧情的推动，完全靠男女主人公的对话，并且几乎没有外部冲突，也没有剧作技巧上的高潮段落。影片在形式上非常写意，用字幕表现女主角近乎呓语的内心独白，辅以大量风格迥异的背景音乐。影片以这种迷幻疏离的氛围，准确表达了女主角因孤独感和爱的匮乏，而产生的内心痛苦。影片没有从社会背景层面解释或挖掘是什么造成了女主人公的困境，而是用类似私电影的方式，只从女性视角出发，只是感性地传达现代社会中渺小的个人所体验到的精神危机和情感痛苦。

除了对现代性的探究和展现，荒井晴彦也擅长探讨和表现青春主题。荒井的入行之作《新宿混乱的街区》，就是以一群迷失的年轻人为主角，展开描摹都市生活浮世绘。从他后期的重要作品，也可以看出他对青春题材的迷恋。《身心》虽然是写的四个中年人的情感纠葛，但他们人生交错的根源，正是他们充满激情、曾经动荡的青年时代的经历。

《W的悲剧》是商业上比较成功的荒井作品，但是影片并非一部一般意义上的青春偶像剧。影片的第一场戏，就是药师丸博子饰演的三田静香和前辈演员发生性关系。影片对性的展现和讨论，都基于现实的严肃语境，而丝毫没有避讳。影片在描述女主角的爱情和为了成为知名演员而奋斗这些常规青春片的情节之外，还触及到演艺行业内部的诸多问题，并对现代社会中女性所遭受的不公平对待提出批评。三田静香是荒井创造的人物中，影响力最大，最让观众难以忘记的角色。影片对静香的日常生活和心理活动的描写，非常生动细腻。三田静香充满青春活力，她热爱和追求表演事业的成功，但并不是为了成名带来的虚荣。她只是发自内心地喜欢表演。但是生活现实的残酷让她最后悲哀地发现，只有靠接受谎言与自我出卖，她才能最终触摸到自己的梦想。

《再见歌舞伎町》讲述了位于歌舞伎町的一间情人酒店24小时里发生的故事。这部影片在限定的时间和空间，让所有角色在这个舞台上轮番登场，短短的一个昼夜，演绎出人生百态。故事线索复杂，几条线索同时展开，但是完全不失章法。用饱满戏剧张力铺陈出的五组人物，面对各自荒诞、乏味和悲伤的人生现实，或多见趣味，又不乏冷峻，是荒井晴彦一贯的功力与方法，看后令人难以忘怀。

作为电影创作者，荒井晴彦见证了战后日本社会的整体变迁。从日本电影行业学徒制的年代环境成长起来的他，四十年的创作生涯和日本电影界的起伏息息相关：早年粉红电影的创作，到中期的商业化类型尝试和独立制作的软色情片，再到后期高质量的严肃电影。从荒井晴彦的电影创作经历，我们可以一窥1970年代以后日本电影史的脉络。

此次出版荒井晴彦电影剧作选集，其意义也正在于此。我们可以从一个优秀电影剧作家的文本出发，以文字在内心唤起画面的想象，再一次体会他电影作品本身的魅力，同时也再一次感受他所观察过的人生，感受他所存在过的年代。

梅　峰

2017年6月16日

# 三人谈：荒井晴彦的剧作世界

荒井晴彦　晏妮　李向

## 关于电影剧作《W 的悲剧》

### 让偶像"反感"的剧本

李向：这应该是荒井先生受众最广的作品了吧。

荒井：全靠当时角川电影公司的当红偶像药师丸博子[①]如日中天的人气吧。

李向：据说电影公司原本是想让您的师傅田中阳造先生[②]来创作剧本的？

---

① 药师丸博子，生于1964年。日本著名女演员、歌手。1978年，当时还是初中一年级学生的她，通过角川公司的电影《野性的证明》的海选，得到了与巨星高仓健演对手戏的机会，成为万众瞩目的少女明星。其后，由她主演的电影《水手服与机关枪》（1981年）及由其演唱的电影同名主题歌在日本大受欢迎，一举奠定了其当红偶像的地位。她在电影《W 的悲剧》（1984年）中的演技备受好评，是她的代表作之一。其他电影作品有《飞翔的一对》（1980年）、《侦探物语》（1983年）、《我的夏日旅行》（1984年）、《星闪闪》（1992年）等。

② 田中阳造，生于1939年。日本著名编剧，编剧荒井晴彦的师傅。编剧作品有《花与蛇》（1974年）、《呜呼！！花之应援团》（1976年）、《流浪者之歌》（1980年）、《阳炎座》（1981年）、《水手服与机关枪》（1981年）、《鱼影之群》（1983年）、《闪光的女人》（1987年）、《梦二》（1991年）、《居酒屋幽灵》（1994年）、《维荣的妻子：樱桃与蒲公英》（2009年）等。

荒井：制片人黑泽满 [1] 先生决定让泽井信一郎 [2] 先生来担任本片导演后，问泽井先生，那剧本让谁来写呢。听说泽井先生是这么回答的："能帮我邀请田中阳造先生来写吗？不过如果田中先生没空的话，让荒井君来写也行。"

李向：参与到以药师丸博子为中心来运转的企划，您在创作剧本的时候是不是有考量怎样才能最大限度地发挥出她的魅力呢？

荒井：完全没考虑过。在此之前，我只和能在电影中展示自己的裸体的女演员合作过，所以，想写一个让当红偶像"反感"的剧本。《W 的悲剧》之前，药师丸博子刚拍完由森田芳光 [3] 执导的《我的夏日旅行》(1984 年)。影片的最后，在药师丸博子和男孩进入酒店的房间之后，镜头慢慢拉远，从酒店房间退出。因此，我故意从酒店房间内的那场戏来开启《W 的悲剧》的故事。但是，因为拍不了药师丸博子的床戏，所以我将开场戏设计成一对男女在漆黑的酒店房间中的对话。

女主人公为了得到角色而不惜答应揽下前辈的丑闻，很腹黑，不能算是正面角色，因此据说药师丸博子一直不喜欢这个角色。直到多年以后，她才说终于理解了这个角色。因为药师丸博子没

---

① 黑泽满，生于 1933 年。日本著名电影制片人。曾参与制作多部由松田优作主演的影视作品。由其担任制片人的主要作品有《野兽之死》(1980 年)、《侦探物语》(1983 年)、《W 的悲剧》(1984 年)等。

② 泽井信一郎，生于 1938 年。日本著名电影导演。经过漫长的副导演生涯之后，终于在 1981 年拍摄了电影处女作《野菊之墓》。除《W 的悲剧》之外，还和荒井晴彦合作过《恋人们的时刻》(1987 年)。导演作品还有《早春恋曲》(1985 年)、《我的爱之歌：泷廉太郎物语》(1993 年)、《时雨之记》(1998 年)、《苍狼：直至天涯海角》(2007 年)等。

③ 森田芳光，1950—2011。日本著名电影导演、编剧。导演作品有《像那样的东西》(1981 年)、《家族游戏》(1983 年)、《其后》(1985 年)、《春天情书》(1996 年)、《失乐园》(1997 年)、《武士的家用账》(2010 年)等。

费劲就成了女演员，一出道就成了明星，不能理解这个角色也是情有可原的。

## 剧中剧的诞生

荒井：原著①是讲密室杀人的推理小说，里面并没有适合药师丸的角色，加上觉得原著没什么意思，所以我决定向制片方请辞："对不起，我实在是无法胜任这份工作。"但角川春树②社长挽留我说："只要保留了原著的名字，其他的随你改。"关于该写成什么样的故事，我和泽井先生讨论了半天也没个头绪。原著的后记里提到埃勒里·奎因③评价说《W的悲剧》很像舞台剧，读到这儿，我们灵光一闪：不如改编成关于一个在剧团演戏的少女的故事吧。至此，我们才终于找到了创作方向。

接下来，为了决定女主人公的角色性格，我们去了许多的剧团，采访了多名新人。作为参考，我们还观看了大量的讲述好莱

① 《W的悲剧》原著为日本著名推理小说作家夏树静子（1938—2016）于1982年发表的推理小说，讲述了一起发生在富豪别墅的密室杀人事件。

② 角川春树，生于1942年。日本企业家，电影导演和电影制片人。角川春树于1965年进入父亲角川源义创办的角川书店工作，1975年担任角川书店的社长。1976年，角川春树进军电影界。角川电影的首部作品是根据横沟正史原著改编，由市川昆执导，于1976年上映的《犬神家族》。角川春树为了宣传影片，一反业界常态，大手笔地投放电视广告。最终，影片获得了巨大成功，由此开创了角川春树主导的角川电影时代。80年代中后期，角川电影渐渐显露出颓势，角川春树本人也于1993年因为涉毒被捕而离开角川书店，宣告了一个时代的结束。由角川春树制作的主要影片有《犬神家族》（1976年）、《人证》（1977年）、《水手服与机关枪》（1981年）、《侦探物语》（1983年）、《穿越时空的少女》（1983年）、《W的悲剧》（1984年）等。导演作品有《天与地》（1990年）等。

③ 埃勒里·奎因，来自美国的曼弗雷德·班宁顿·李（1905—1971）和弗雷德里克·丹奈（1905—1982）这对表兄弟在写作侦探小说时所合用的笔名。埃勒里·奎因也是二人笔下的名侦探的名字。著有《罗马帽子之谜》（1929年）、《法国粉末之谜》（1930年）、《X的悲剧》（1932年）、《Y的悲剧》（1932年）、《Z的悲剧》（1933年）等。

坞幕后故事的影片。我的处女作《新宿混乱的街区》就是关于一个想成为编剧的男人和一个想成为演员的女人的故事，《W的悲剧》算是它的女演员版吧。

晏妮：总的来说，您还是愿意在故事中将自己的经历投射进去的。

荒井：是的。

晏妮：那这个剧本不过是向原著借了个标题而已，基本上算是原创剧本了。

李向：您和泽井先生在这个阶段已经进行分工了吗？您写现实生活的部分，泽井先生写剧中剧的部分。

荒井：没有。我写了一部分之后，泽井先生说：反正我闲着也是闲着，剧中剧的部分就交给我来写吧。他曾经也做过舞台剧的导演。后来，看到印出来的剧本上的编剧一栏上把我俩的名字并列在一起，我非常吃惊。为此，我还对他发了火：写了那么点的剧中剧，怎么就能算是联合编剧呢！

## 言语的重量

李向：影片巧妙的双重结构备受好评，您也因此拿到了您的第一个《电影旬报》最佳剧本奖。

荒井：是的。不过，我在创作剧本的时候，想着这不过就是一部偶像电影罢了，完全没想到影片后来会受到这么高的评价。

晏妮：当年《W的悲剧》随着日本电影的热潮进入中国，让许多中国观众受到了强烈的震撼，成为许多中国电影人的电影范本。荒井先生的名字也因为这部作品而被许多中国人熟知。上映那会儿，大家都在谈论《W的悲剧》，都说电影好看。那时候在中国市场上很少能看到像本片这样兼顾到娱乐性和艺术性的电影。

李向：这部作品中的许多台词让人印象深刻，至今为人所津津乐道。请问，荒井先生的台词是从何而来的呢？

荒井：从何而来？当然是从经验和学习中得来的。

晏妮：经验特别重要吗？比如说人生体验。您是为了创作而专门去体验呢，还是说刚好有过这样的体验？

荒井：如果我说我所有的人生体验都是为了创作而进行的，可能有点夸张；但是光靠想象是很难写出好台词的，出自某人之口的那些话是最有力量的。比如说情侣在吵架的时候说的那些话。那都是随感情的爆发而拼命迸发出来的，凭空想象的台词是不可能比得过的。所以我觉得，找对象的时候，得尽量去找那些有趣的人。《W的悲剧》中这句经常被提到的台词："别打脸，因为我是女演员。"虽说没人跟我说过"因为我是女演员"，但有被说到过"别打脸"。我不过是在"别打脸"的基础上加上了"因为我是女演员"而已。

我觉得言语的分量是非常重的。你被某人说过些什么，或是你漫不经心说出的一句话，都可能会让彼此难以忘怀。我也一样，被某人说过的那些话，可能会一直记在心里。不管对方是我的母亲还是我的女儿，那些难忘的话会一直留在心底。如果把这些话恰如其分地运用到台词中去，台词就会很出彩。另外还有一点就是台词的逻辑性。在这种情况下，到了剧中角色必须得说点什么的关头，你不能用普通的台词而得找让人留下印象的台词来表达。

晏妮：荒井先生的剧本里头台词的作用是非常重要的。

荒井：没错。

晏妮：有些电影的台词很少，但是我觉得荒井先生的作品在大部分情况下都是台词在起着决定性的作用。

荒井：在某种意义上，导演们用画面去较高低；而我们作为一名编剧，只有用言语去决胜负了。

晏妮：但是把日文翻译成中文后，无法避免地会出现词不达意的情况。荒井先生的台词就更难翻译了。翻不了，就算翻了跟原意也会有偏差，真的非常棘手。

## 关于电影剧作《远雷》

### 源于微时的约定

李向：影片《远雷》实现了您和根岸吉太郎[①]先生一起合作拍电影的约定。

荒井：我俩是在新宿黄金街的酒馆里认识的，那会儿我俩还都是副导演。因为志趣相投，我俩约定：如果有一天你成了导演，我成了编剧，一定要一起拍电影。但是当时日活（日活株式会社）不放心让年轻人来搭档拍片，不是让资深编剧和新人导演搭档，就是让资深导演来搭档新人编剧。因此，虽然我很想给根岸的导演处女作写剧本，却没能得到这个机会。

李向：请问这次合作是如何实现的呢？

① 根岸吉太郎，生于1950年。日本著名导演。导演处女作是1978年的电影《奥利安的杀机：情事的方程式》。除电影《远雷》（1981年）外，还执导了由荒井晴彦编剧的《酒吧日记》（1982年），《侦探物语》（与高田纯联合编剧，1983年），《一片雪》（1985年），《绊》（1998年）。其他导演作品有《疯狂的果实》（1981年）、《向雪祈祷》（2005年）、《拎斗摩托车里的狗》（2007年）、《维荣的妻子：樱桃与蒲公英》等。

荒井：中上健次，立松和平①，这些与我同年代的作家在文坛崭露头角的时候，我就特别关注他们的作品。立松有一本小说叫《白铁皮的北回归线》，算是他的自传吧。小说讲述的是一个男人独自去印度旅行时染上了淋病，身心俱疲的他去了北回归线经过的台湾，在台湾，他得知自己的孩子出生了，于是身患淋病的他踏上了回国的旅途。我当时想以青春的谢幕作为主题来改编这部小说，但是我被告知靠ATG②的那点钱根本去不了印度拍摄，所以不得不死了心。这个项目搁浅后，他们又找来了几本别的小说，当我们正在探讨的时候，立松的新书出版了。制片人冈田裕③问我们：你们不是要拍立松的小说吗？那这本怎么样？读完这本小说，我们有些没有底气：这不是农民题材的小说吗？我和根岸都在城市长大，怕是驾驭不了啊。

李向：您当初并不是特别想改编这部小说吗？

荒井：我对靠在温室大棚内种植西红柿为生的青年农民一无所知。所以决定要拍摄之后，我和根岸商量后得出的结论是：不花一两个月的时间去体验农民生活是不行的。于是我俩去了农村，立松还把小说主人公的原型介绍给我们。主人公原型烫了头发还戴着耳钉，完全颠覆了我俩对农民的想象。我们上他的车时，他

---

① 立松和平，1947—2010。日本著名作家，曾出版多部著作。电影《远雷》改编自其发表于1980年的同名小说。著有《走投无路》（1978年）、《白铁皮的北回归线》（1978年）、《村雨》（1979年）、《毒——风闻·田中阳造》（1997年）等。

② ATG（Art Theatre Guild），于1961年成立的日本独立电影制作、发行公司。前身为导演敕使河原宏、日本电影之母川喜多夫人等创办的"日本艺术影院运动之会"。从成立之初至1992年解散，一直大力支持独立电影和艺术电影的创作，发掘了许多新生的人才，对日本电影产生了深远的影响。

③ 冈田裕，生于1938年。日本电影制片人。参与制片的作品有《赤提灯》（1974年）、《家族游戏》（1983年）、《葬礼》（1984年）、《女税务官》（1987年）等。

要我们脱鞋，车上挂着白色的窗帘，让人有些恍惚，不知身在何处。接着我们一起去了餐厅，点了炸大虾，他们都用刀叉吃；而来自东京的我俩却向服务员要了筷子。这些都让我们觉得：不用太拘泥于主人公的农民身份，把他刻画成一个烫了头发戴着耳钉干着农活的青年就行。

**狡猾的青春**

荒井：如果是别人来改编这本小说的话，肯定会把广次设定为主角，将他为什么会杀死有夫之妇那段情节作为主线。但是我认为犯事的那个人并不是主人公。

晏妮：*不过广次的故事比较具有戏剧性。*

荒井：广次的那段的确比较像电影中会出现的桥段，不过仔细想想，现实生活中还是循规蹈矩不去犯事的人占多数。比方说我和根岸就没犯事，不过是从报纸的报道去得知一些案件而已。满夫原本是那类不大有可能会成为电影主人公的人。他是个狡猾的家伙，因为他总是能在紧要关头刹住车，他不像广次那样会跟有夫之妇私奔，而是选择相亲结婚。我想写一个关于"狡猾"小市民的青春故事。

当时日活接连出售旗下的摄影棚，开发商在摄影棚的原址上建起了公寓，从食堂一眼望出去就能看到公寓。根岸感叹道，被公寓包围的摄影棚与小说里被公寓包围的西红柿大棚，这景象何其相似，自己所处的电影行业和农业一样萧条。他带着这样的感触全身心地投入了电影的拍摄。

李向：*正因如此，您和根岸先生才能将感情投入到本部影片中去。*

荒井：如果不能和原作产生共鸣，很难创作出优秀的作品。

我和根岸不是农民，生在东京长在东京的我俩在拍一部以青年农民为主角的电影时，一直在作品中寻找与自身经历重合的地方。原作者立松和平和我一样都曾参加过学生运动，后来，他在市政府上班，边工作边写小说。在日本，很早以前就有这样一种思想转变的模式：社会活动家们选择放弃社会活动，归乡务农。因此，我觉得《远雷》是立松和平创作的转型之作。

## 唤起观众的想象力

晏妮：有次在国内做交流活动的时候，一位女性编剧向荒井先生提出质疑：事发后广次向满夫讲述事件原委的那场戏为什么不插入广次的回忆画面，用影片中那种表现手法是不是太平板了？

荒井：听完这番质疑，我想到：中国的电影人还是一如既往地抗拒长镜头呢。中国电影人觉得我们不过是拍了两个人的对话，平淡无味，认为这不是电影该用的处理方式；但实际上，插入回忆的镜头就是在用画面来对剧情加以说明。不知道大家为什么会有这种错觉，认为将对话的内容用画面呈现才是电影该用的手法。插入回忆镜头被认为是理所当然的，但什么内容都用画面加以说明，这样真的好吗？

其实，关于如何处理那场戏，我和根岸也伤透了脑筋。后来，我对根岸说：根岸，你看现在我俩在聊天，你看着我，我看着你，我俩中间不会突然插进一段画面，对吧？所以，那场戏只要好好拍摄满夫和广次的表情不就行了吗？根岸听完后说：你说得很对。所以那场戏最终是以长镜头的形式来呈现的。我们一开始就决定了使用这种所谓"平板"的手法。我们是明知故犯，因为这样拍才真实。

晏妮：现在再看《远雷》也不会觉得过时。如果当时那场戏真的插入了回忆的镜头，可能很多人会看得更过瘾；但现在看的话，会觉得手法很陈旧。

荒井：的确是这样的。我觉得很多人的认识是不对的；不直接用画面来呈现反而能激发观众的想象力，这才是电影该有的表现形式。现在的很多电影，根本不给观众想象的空间，不是全都用画面来做说明，就是让角色用过剩的台词来做说明。那时我和根岸都年轻气盛，坚持只以现实主义为基准来考虑问题。广次在向满夫说明事情经过时，广次掐死女人的画面是不会突然出现在两人之间的。倾听着的满夫在想象着那个画面，述说着的广次则在回忆着那个画面。和杀了人的朋友的谈话最重要，至于杀人的画面，就留给观众自己去想象吧。

晏妮：小津安二郎[①]的电影里虽然不会直接呈现有关战争的画面，但是在对话中会谈到战争。这可以称作不呈现的呈现吧。他让你去想象，只是短短一句台词就能让你想象得到当时的情景。

荒井：所以，观众得训练着学习去想象。另外，如果创作者不能提供激发观众想象力的素材，作品就会很无聊。

晏妮：创作者是否富有想象力，这点非常重要。

荒井：是的。这场戏用长镜头来呈现，之后他陪朋友去警察局自首，然后返回婚礼现场。观众们那一直被压抑着的情绪，终于随着婚礼上的那首歌而得到释放。

## 名为歌曲的武器

李向：说到歌，歌曲似乎是荒井先生特别爱使用的"武

① 小津安二郎，1903—1963。日本电影导演，编剧。日本在世界上最负盛名的电影导演之一，其执导风格对世界电影人产生了深远的影响。主要导演作品有《我出生了，但……》（1932年）、《晚春》（1949年）、《东京物语》（1953年）、《早春》（1956年）、《早安》（1959年）、《秋日和》（1960年）、《秋刀鱼之味》（1962年）等。

器"呢。

荒井：我在没辙的时候，就会想到使用歌曲。（笑）

晏妮：您在创作剧本的时候会想象该用什么音乐吗？

荒井：先把音乐定下来，然后才开始写作，这种情况比较多。我在家的时候，会一直播放音乐，在找到合适的歌曲后，写作会比较顺畅。在决定婚礼的戏用合唱来收尾后，我和根岸先算出剧中人物在哪年上的高中，然后开始查找那些年流行过的歌曲。根岸本来想用别的歌曲，但我觉得用樱田淳子[①]演唱的《我的青鸟》比较好。结果看来，用我选的这首是正确的决定。

## 关于电影剧作《身心》

### 自传性质的导演处女作

李向：荒井先生在50岁的时候，终于拍摄了自己的导演处女作。您一直都说只有人非人才能做导演，您这次愿意拿起导筒，那一定是原著有着让您无法抗拒的魅力吧。

荒井：并非如此。有个叫榎本宪男[②]的家伙，算是我的半个弟子吧，他最近又写小说又做导演的，以前是新宿影院的总经理。他向我提议："如果让弟子来做您的制片人，您愿意拿起导筒吗？肯定会很有意思的。"其实早在罗曼情色电影时代，我就问过根岸

---

① 樱田淳子，生于1958年。樱田淳子是70年代的人气偶像明星，曾与山口百惠、森昌子并称为"中学三年级的三朵金花"。她曾发行多张唱片，出演多部电影，90年代，因其引发的宗教风波而退出演艺圈。《我的青鸟》发行于1973年，是其代表作之一。

② 榎本宪男，生于1959年。电影制片人、导演、编剧、作家。历任西友影院、新宿影院总经理。《身心》是其初次担任制片人的作品。2011年执导了导演处女作《看不清的远空》。2015年发表小说《Air2.0》。

吉太郎，要不要拍这部小说。结果，他冷冰冰地回复：你自己拍吧。和（我的第二部导演作品）《这个国度的天空》的情况一样，原本我也是想让根岸来做导演的。

**李向**：看过的人都说荒井先生在这部作品中加入了很多自己的亲身体验。

**荒井**：（笑）

**晏妮**：您加入了很多自传性质的要素。

**荒井**：是的。原著说的是30岁左右的男女的故事，而且原著出版那会儿离学生运动①时代还不是那么遥远。虽然这个主题是我一直都想拍的，但我有些担心：我们开拍的时候，故事里的这些人都快50岁了，学生运动都过去这么多年了，难道他们的伤口还没愈合吗？一直和阪本顺治②合作的制片人椎井友纪子③对我说：没能从伤痛中走出来的人大有人在呢。听完她的这番话，我心里总算是踏实了。

**李向**：据说因为是您自己来做导演，所以剧本难产了？

① 学生运动：二战结束后，日本曾爆发过数次大规模的学生运动，本文所指的是发生于60年代中期至70年代初期的学生运动。从60年中后期开始，日本的大学生为了争取大学自治管理权，反对越战和反对日美安保条约，展开了一系列的斗争。学生们上街游行，封锁校园，并因此同日本的警方发生了激烈冲突。在这些冲突过程中，发生了大量的流血事件，甚至有人因此丧命。在斗争过程中，领导学生运动的各派系间的斗争和内讧加速了学生运动的衰亡；诞生于其中的极端武装组织日本赤军发动的一系列恐怖袭击更是加剧了民心的流失。在联合赤军于1972年2月发动的浅间山庄事件之后，轰轰烈烈的学生运动拉下了帷幕。

② 阪本顺治，生于1958年。日本著名导演、编剧。同荒井晴彦在电影《绑架金大中》（2002年）和电影《大鹿村骚动记》（2011年）中有过两次合作。其他导演作品有：《不要口出狂言》（1989年）、《颜》（2000年）、《黑暗中的孩子们》（2008年）、《团地》（2016年）等。

③ 椎井友纪子，生于1957年。日本电影制片人，和阪本顺治长期保持着合作关系。电影《身心》的制片人。其他作品有《颜》（2000年）、《绑架金大中》（2002年）、《黑暗中的孩子们》（2008年）、《大鹿村骚动记》（2011年）等。

荒井：先确定由我来执导，然后再开始创作剧本，嗯，这个顺序不好。我总是会逃避，不去写那些难以用画面来表现的部分。

晏妮：您在平时创作剧本的时候不会考虑这个问题吗？

荒井：如果是其他人来执导，我会在写的时候给他们设置各种难题，看看他们有多少真本事。但这次不一样，我边写边问自己，这次导演是谁啊？自己？那不行，得写简单点。写和拍所用到的思维方式不是不一样吗？如果从创作剧本到电影开机之间的时间更充裕一些的话，说不定我能完成朝导演思维方式的转变，写出更具挑战性的剧本。可惜条件不允许啊。

李向：您是怎么克服第一次做导演的种种不安和困难的呢？

荒井：我向许多导演取了经。长谷川和彦告诉我：你得一直修改和完善剧本直到开机前夕，开了机，你就当自己是个在工地打工的壮工吧。根岸吉太郎则提醒我：如果一场戏，你觉得差不多可以喊"停"了，那你就在心中默数10下再喊"停"，这样准没错。泽井信一郎先生则建议我：勘景的时候，可以让副导演代替不在场的演员往那儿站一下，看看效果；还有，如果你觉得这个镜头后期会被剪掉，那你就别拍它。

**一部无拘无束的作品**

李向：小说的作者铃木贞美[1]和荒井先生也是同龄人呢。

荒井：嗯。我们都戴过钢盔（指二人都曾参加过学生运动）。

---

[1] 铃木贞美，生于1947年。日本作家，日本现代文学研究学者。毕业于东京大学法语系，在学时参加过学生运动。《身心》改编自其发表于1986年的小说《难以启齿，身心》。著有《日本的"文学"概念》（1998年）、《日本的文化民族主义》（2005年）、《日本近现代文艺史入门》（2013年）、《现代的超克——战前·战中·战后》（2015年）等。

李向：虽说是关于全共斗世代[①]的男女的故事，但全共斗[②]不过只是在台词中偶有提及而已。您有自信，就算不花篇幅去讲全共斗，观众也能理解，是吗？

荒井：我并没有这个自信。不过当时我就想，懂的人能看懂就行了。对于那些觉得自己能置身事外的人来说，剧中的人在说些什么，也就跟他们没有关系了。

对于那个世代的人来说，学生运动对他们的影响是非常巨大的。经历过学生运动的男男女女们，自己的女朋友和自己最好的朋友成了一对，最好的朋友的女朋友又和自己成了一对，这个是我想拍的。

李向：影片一开始的那个扮演别人的游戏，即便是透过文字，也很难理解呢。

荒井：对我这个新人导演来说，那个地方太难拍了。拍到大半夜，我都束手无策了。在那个游戏中，我变成你，你变成我，彼此成了他人的替身，这是一个关于自我丧失的问题，其实是源自我的体验。

晏妮：这部影片的日本历史背景和所包含深层的含义，不知道能不能被大家理解。

荒井：中国人会比较难理解《身心》的吧。

晏妮：我觉得应该很难吧。影片有译为英文版在国外放映吗？

荒井：好像没有吧。

晏妮：放映的话，也不知道观众们能不能理解。

---

① 全共斗世代，指在1965年至1972年期间渡过大学时代的一代人。在此期间，全共斗运动、安保斗争和反对越南战争等日本的学生运动进行得如火如荼。据统计，这一年代的约15%的人都参与过学生运动。

② 全共斗，全学共斗会议的简称。1968年至1969年期间，日本各大学的学生在进行大学斗争时，以大学改革为目标而组织形成的跨学部、跨派系的校内联合体。全共斗源自日本大学纷争，在东京大学纷争之后迅速蔓延至全国各地的大学。

荒井：《这个国度的天空》的试映会后，泽井先生称赞道：跟在汤布院拍的那部（指《身心》）比，有进步嘛。我问曾在东宝（东宝电影公司）做过副导演，后来创办了汤布院电影节的中谷健太郎先生 [1] 觉得哪部好？他告诉我，《身心》比较好。我问他为什么，他答道："因为《身心》很自由。而《这个国度的天空》太拘泥于形式了。"

晏妮：我非常能理解《身心》很自由这一意见。《身心》像欧洲电影，而《这个国度的天空》则很注重形式。从这个意义来讲，我很理解他为什么会说《身心》比较好。

荒井：曾经有人提议说，这片子应该拿到法国放映。

## 善于借用其他艺术的力量

李向：在这部作品和《这个国度的天空》中，您都用到了诗。您好像特别喜欢在剧本中用到诗和歌曲。

荒井：对，我会借助各种力量来完善作品。用那首诗是我在拍摄现场时想到的。那是我在学生时代读过的长田弘 [2] 的一首诗，我很喜欢。

我们年轻时爱看戈达尔 [3]，《精疲力尽》（1959年）上映那会儿

----

① 中谷健太郎，1934年出生于大分县汤布院町。明治大学毕业后，进入东宝电影公司担任副导演。是创办于1976年的日本历史最悠久的电影节——汤布院电影节的创始者之一。

② 长田弘，1939—2015。日本的诗人、儿童文学作家、文艺评论家和翻译家。荒井晴彦在影片《身心》中引用了收录在由思潮社现代诗文库于1968年出版的《长田弘诗集》中的诗歌《克里斯托弗啊，我们究竟身在何方？》。主要著作有诗集《我们是新鲜的旅客》（1965年）、《语言杀人事件》（1977年）、《长田弘全诗集》、儿童文学作品《森林的绘本》等。

③ 戈达尔，即让－吕克·戈达尔，生于1930年。法国电影导演，法国新浪潮电影的领军人物之一。1959年执导长篇电影处女作《精疲力尽》，震惊世界影坛。最新导演作品是2014年上映的《再见语言》。其他主要作品有《女人就是女人》（1961年）、《随心所欲》（1962年）、《狂人皮埃罗》（1965年）等。

我还小，但《随心所欲》(1962年)、《狂人皮埃罗》(1965年)这些我在上映之初就去看了。戈达尔不管那些条条框框，想引用什么就引用什么。我刚入行的时候曾被电影公司的人们告诫：商业电影不会这样拍，不能这样拍。他们最爱挂在嘴边的一句话是：观众能看懂吗？我那时候就觉得：如果不是电影的核心部分，不影响到叙事，就算观众看不懂也无所谓，那我引用些诗什么的也没大碍啊。不过虽说如此，初出茅庐的我并没有去引用。方言也是如此。日本的大片厂们基本上不会让电影中的角色们讲方言。每次被制片人问到"观众能看懂吗？"的时候，我都想回他们一句：是你们自己看不懂，才会拿观众来做挡箭牌的吧。

晏妮：您无时无刻都在思考电影吗？比如说平常您听歌的时候，或是和人交往的时候，也都在思考着电影吗？

荒井：嗯。有时坐车的时候，会突然灵光一闪。

李向：您会把这些都记录下来吗？

荒井：以前会。从前，我会在床头柜上放一本笔记本，睡觉前突然闪现的点子都会记在上面。不过到了想用的时候，翻开一看：这都什么玩意儿啊，完全派不上用场。记笔记算是一种强迫观念吧。据说山田太一①和松任谷由实②他们都有过这样的习惯：在咖啡馆等公众场所会留意其他客人的对话，边听边记在本

① 山田太一，生于1934年。日本著名编剧、小说家。曾创作过多部名留日本电视史的电视剧作品，是日本最具代表性和影响力的编剧之一。主要的电视剧作品有《男人们的旅途》系列(1976—1982)、《岸边的相册》(1977年)、《长不齐的苹果们》(1983—1997)等。

② 松任谷由实，生于1954年。日本当代最具影响力女性创作歌手之一，保持多个唱片销量纪录。1972年，以荒井由实的名义出道。1976年，在与音乐制作人松任谷正隆结婚后，随夫姓更名为松任谷由实。电影《W的悲剧》的主题曲《Woman出自"W的悲剧"》便是由她作曲。主要作品有《飞机云》(1973年)、《若被温柔环抱》(1974年)、《口红的留言》(1974年)、《春天啊，快来吧》(1994年)等。

子上。我一直跟我的学生们说：如果想做编剧或是从事电影行业，那坐地铁的时候别塞着耳机听音乐，应该竖起耳朵听听别人在说些什么。

李向：您现在坐车的时候，还会留意听旁人的对话吗？

荒井：最近，我一上车就睡着了（笑）。上了年纪，把书打开看不了几页就犯困。但是我觉得，如果不保持一颗好奇心，不从各种渠道来收集信息，是难以成为一名优秀的创作者的。

## 不要惧怕将自己写入作品

晏妮：关于作品的结构，荒井先生的剧本一直都是双重结构，也可以说是群像电影吧。不是三角关系，总是四个人或者再多加一个人，你的作品似乎这种结构居多。

荒井：《身心》中虽说有四个登场人物，但也可以看作关于两个人的故事。这部作品里的两个女人其实代表了同一个女人的内面和表面，而那两个男人则是同一个男人的不同侧面。

晏妮：关于激情戏的问题，在本片中柄本明 [1] 先生有很多激情戏，奥田瑛二 [2] 却一场也没有。您是有意这样安排的吗？

荒井：不是有意为之。但是没能写出这样的戏，我把奥田瑛二的戏份都放在和母亲的那场戏当中了。影片中的那个母亲角色的原型是我母亲。我母亲在看完电影后，惊呼：那不是我吗？

---

[1] 柄本明，生于1948年。日本著名演员。出演了大量的影视作品，同荒井晴彦有过多次精彩的合作。主要电影作品有《双人床》（1983年）、《五个相扑的少年》（1992年）、《鳗鱼》（1997年）、《身心》（1997年）、《肝脏大夫》（1998年）等。

[2] 奥田瑛二，生于1950年。日本著名演员。多次出演由荒井晴彦担任编剧的作品。主要电影作品有《海与毒药》（1986年）、《棒之哀》（1993年）、《身心》（1997年）、《皆月》（1999年）等。

晏妮：但是荒井先生好像在奥田先生的那个角色里投射了更多的自己吧。

荒井：但是柄本饰演的那个和老婆孩子分居两处的编剧也和我本人的处境一模一样。奥田扮演的那个恋母的角色也是我。我把自己一分为二了。

李向：像这样在作品中赤裸裸地暴露自己，您没有顾虑吗？

荒井：完全没有。

晏妮：您的作品有点像私小说，您也会把自己的生活写进随笔中去呢。

荒井：正因为如此，以前经常和老婆吵架。

晏妮：您夫人叫您别把她写进去吗？

荒井：我藏着掖着地不让她知道，但她的朋友老跟她告密：你丈夫又把你写进作品里了哦，这个剧本的角色原型是你吧。于是，她跟我吵，你别写我行不行。我劝她，我可是靠写这些的稿费来养活这个家的啊，写私小说的作家们在作品里把自己的生活披露得更细致入微呢。

晏妮：毫无保留地暴露自己，把自己的内心展示给观众，这也算是现实主义的一种手法吧。

荒井：就算你将自己的生活体验写进作品中，但真实和事实是两码事，不是吗？我以某个女人为原型来创作剧本，却总会被其指责：我可不是这样的。之所以会出现这种情况，是因为在把体验转化成文章之时，我们是会加以润色的。

高桥伴明 [1] 在看完电影后，曾惊讶地问道，荒井，这完全是

---

[1] 高桥伴明，生于1949年。拍摄粉红电影出身的日本著名导演。1982年，由其执导的电影处女作《TATOO 刺青》受到好评。其他导演作品有《爱的新世界》（1994年）、《光之雨》（2001年）、《袴田事件》（2010年）等。

你的自身经历啊，这是原创剧本吧。了解我的人会觉得电影里的故事源自我的亲身经历，但如果拿到没人认识我的国外去放映，情况就完全不一样了。说到在作品中加入自己的亲身体验，跟特吕弗[①]比起来，那我可真是小巫见大巫了。法国观众都知道这是特吕弗的自身经历，但日本的观众就不知道了。对于要不要将自身经历写进作品中，全凭你的意愿，如果不想写的话那就别写。其实我也不喜欢把自己扒光给人看，在素材不够的情况下，我才会写自己。但是，在改编剧本的时候，必须得想办法拉近自己和原著的距离，这样才能创作出好作品。

晏妮：如果一个作家只是客观性地去写作，那他（她）的作品也就没什么魅力可言了。

荒井：某位小说家逝世后，大家在对他（她）进行研究时，会对其生平掘地三尺，"正因为有过这样的经历，所以他（她）才会写这样的文章啊"。平野谦[②]写过一本书，叫《艺术与现实生活》，专门来探讨作家们的生活和其文学作品的关系。

李向：影片的最后是女儿等待主人公的归来。这也是源自您的实际体验吧。

荒井：女儿，哦，对。我本来打算让我女儿来演剧中女儿的那个角色。她那时候上小学六年级，我看过她在学校的汇报演出，觉得她演得还不错。于是我问我女儿，你要不要来演，她答应了。

---

① 特吕弗，即弗朗索瓦·特吕弗，1932—1984。法国电影导演，法国新浪潮电影的领军人物之一。1959年拍摄的半自传体作品——长篇电影处女作《四百击》，获得巨大成功。其他作品有《朱尔与吉姆》（1962年）、《日与继夜》（1973年）、《阿黛尔·雨果的故事》（1975年）等。

② 平野谦，1907—1978。日本的文学评论家。毕业于东京帝国大学（现在的东京大学）文学部社会学科。主要著作有《现代作家论》（1947年）、《战后文艺评论》（1948年）、《艺术与现实生活》（1959年）、《昭和文学的可能性》（1972年）等。

但是我妻子不同意，因为女儿就算参演了，她也看不了这部电影（这部电影的分级为18岁以下不得观看）。

**晏妮：**虽说如此，但您女儿长大后可以看的，好可惜。

## 关于电影剧作《震颤》

### 成为一个好"东西"

**李向：**据说您很喜欢这本小说，还曾给原作者赤坂真理①发了传真。

**荒井：**对。我给她发了传真，请求她把小说的改编权交给我。

**晏妮：**原作者马上答应了您的请求吗？

**荒井：**没有。她回复说，那我们先见面聊一下吧。我们约在了酒吧，我开门见山地说，请把小说的改编权交给我吧。她告诉我，因为小说入围了一个文学奖，小说的出版社说改编权得等结果出来后再谈。当时，日本的出版社都设置了版权部，改编权的事得跟他们谈。但是，我是第一个跟她接触的，加上她当时的男朋友对电影很了解，跟她说交给我没错，所以最后改编权还是到了我这里。

**李向：**您想把这本小说改编成电影的决定性因素是什么？

**荒井：**小说里写道："我觉得我变成了一个好'东西'。"一般而言，大家是不能允许自己"变成'东西'"的。但在资本主义

---

① 赤坂真理，生于1964年。日本小说家。1995年，发表处女作《起爆家》。1999年凭小说《震颤》入围第120届芥川奖。2012年，发表长篇小说《东京监狱》。

社会，人会逐渐演变成"东西"。人们被异化，变得不像人而像个零件，拼命地在工厂工作，生产出来的东西自己却无权享用。在工作的过程中人慢慢地变成了"东西"，这是我之前对"东西"这一概念的理解。但是在这本小说中，"变成'东西'"反而让人得到了解放，因被称赞为"你是个好'东西'"而非"你是个好人"，女主人公得到了解放。你的胸部很漂亮，你的那儿很不错，类似这样，因为具体的"东西"被称赞而重新变回人，这反而非常有意思。不是从"东西"变成人，而是从人变成"东西"能让人得到解放，我觉得这个过程很有趣。

**李向**：以前没有过类似的小说吗？

**荒井**：没有。一般而言，如果你评价一个人说"你是一个好'东西'"，对方不可能觉得你这是在称赞她（他）。因为"东西"和"人"是不能混为一谈的。小说中的女主人公因被称赞为"好'东西'"而重新振作起来，这非常新颖。

读完小说后，我感叹：要在日本生存下去，比从前艰难多了。主人公之所以会幻听，那是因为她有病。在这种情况下，用"你是一个好人"这类的大众"药方"对她起不到丝毫作用；只有"你是好'东西'"这样另辟蹊径的"药方"对她才有效。这点非常新颖。所以，当我读到"我觉得我变成了一个好'东西'"的时候，立刻动了心，想把它改编成电影。

**李向**：荒井先生希望改编某本小说，往往是因为当中一句台词或是某个点。

**荒井**：这不是理所当然的事吗？

**晏妮**：归根到底，还是要看作者在作品中有没有提出新的东西。

**荒井**：对，而且还得看这新的东西在当下是否依然适用。

**晏妮**：在作品中有不同于以往的概念。

李向：也就是说：您在决定是否要改编一部小说时，重点并不在于故事有没有趣，而是看当中的某个观点是否新颖有趣。

荒井：嗯。"他把我给'吃'了，我把他给'吃'了，我觉得我成了一个好'东西'"，这段话实在是太妙了。

## 献给患"时代病"的女性

李向：您在作品中几乎没有解释女主人公为什么会生病。

荒井：嗯。因为我觉得在这个时代，每个人都或多或少地会有些精神健康问题。比方说像本片中的女主人公那样吃完就吐。

李向：所以您觉得即使不讲明缘由，观众也能产生共鸣。

荒井：对。我想肯定会有观众说：我能理解她。尤其是25岁至三十几岁之间的女性观众会对女主人公的遭遇感同身受，《感受大海的时刻》上映的时候也是一样，这个年龄段的女性观众是我的作品的主要观众。紧接着，我创作了电影《柔软的生活》①的剧本，当中的女主人公也是深受精神健康问题之扰。我们原本计划拍摄30岁患病女性三部曲，但由于种种原因未能实现。

李向：影片的主人公是30出头的女性，而您不光是性别不同，年龄的差距也很大。请问您是如何去把握这个角色的呢？

荒井：我周围有许多受精神健康问题困扰的年轻女性，我女

---

① 《柔软的生活》，改编自小说家丝山秋子的处女作《只是说说而已》，沿用电影《震颤》的原班人马，由广木隆一执导，寺岛忍主演。描写了一位35岁的单身女郎的日常生活。该剧本被选入日本电影剧作家协会的《2006年代表剧本集》时，原作者丝山秋子拒绝许可荒井晴彦和日本电影剧作家协会刊登该剧本。经交涉无果后，荒井晴彦和日本电影剧作家协会放弃了刊登剧本，并于2009年要求原作者停止侵害出版权，将丝山秋子告上法庭。一审二审均以败诉告终后，荒井和日本电影剧作家协会将丝山秋子告到了最高法院，但最终仍被驳回诉讼请求。

儿就一直在吃抗抑郁药，还有熟人深受特异性皮炎的困扰。

晏妮：我女儿也有这类问题。如果我们能用心去倾听她们的苦恼，她们的情况就会好很多。

荒井：和为了创作而去采访相比，平时就注意倾听的效果要好得多，说不定哪天就能用上。因为如果是做采访的话，采访对象在回答之前肯定会深思熟虑一番，所以还是平时听到的那些话比较真实。

这部作品，其实是我对那些受疾病之苦的人们的声援：生活在这个时代，健健康康的才怪呢，每个人都多少有些病，病了不用慌，跟它和平共处一起走下去吧。有位30岁出头的女性观众，她的精神状态似乎也不大好，她告诉我这部电影她看了5遍。我心想也不用看这么多遍吧。还有位30岁左右的女性观众，向我打听影片中的那个便利店在哪儿。我告诉她："就算去了那个便利店，你也不可能遇到大森南朋①。"这种种都让我坚信，这部电影肯定会成功。原来，真的有很多人梦想像影片中的女主人公一样被拯救：遇到自己的王子，和他共处三天，自己被变成一个"好'东西'"之后，王子就消失不见了。不过，也有人提出这样的意见：为什么最后不让男人将卡车掉头去找女主人公呢？

李向：您并没有明确地描述二人分开的理由。

荒井：那是因为在一起的时间短，只有三天，所以两人才能维系良好的关系。如果在一起的时间变长了，他们肯定不会有好结果的。

---

① 大森南朋，生于1972年。日本著名演员。电影《震颤》的男主角。主要作品还有《杀手阿一》（2001年）、《赤目四十八泷心中未遂》（2003年）、《秃鹫》（2009年）、《轻蔑》（2011年）、《再见溪谷》（2013年）等。

## 旁白、对话与字幕

李向：全篇基本上就两个角色，您在创作的时候，有没有苦恼于该如何来展开故事呢？

荒井：有原著做参考，所以还好。不过导演肯定很头疼，驾驶室又特别窄。

李向：旁白、对话、字幕，这三种不同的表现形式给人的印象很深刻。原著中也分成了这三种形式吗？

荒井：原著中没有这样分类，这是我在这次改编中花心思最多的地方。女主人公平时的对话，脑海中听到的话，和她的心声也就是真心话，这三个部分该如何表现，我考虑了许久。最后，我决定分别用对话、旁白和字幕，这三种形式来表现。

晏妮：您以前在罗曼情色电影里也用过字幕呢。

荒井：我在电影《床上》①中用过。不过那时候，字幕是出现在画面上的，而这次字幕则出现在中途插入的黑色背景上。

晏妮：对话也是源自原著吗？

荒井：对，基本上都是原著里有的。原著里没有的戏只有一处，就是在食堂的那场戏。跟《红头发的女人》一样，两个角色所说的话，譬如男的说他结了婚，女的说男朋友在家里等她，这些话的真伪无从辨别。这是我一直想拍的东西之一：我们只有相信彼此面对面时所说的那些话，而生活下去，不是吗？至于真伪，只要我不知道，那就无所谓了。如果交给其他的导演来拍，他（她）可能会让摄影机进去男人的家中，看看他是不是有老婆；加入女

① 《床上》，由荒井晴彦编剧，小沼胜执导，于1986年上映的日活罗曼情色电影。描写了一位单身女子在同一位有妇之夫发生关系后，与他交往，直到分手的过程。

主人公房间的镜头，看是不是真的有男人在等她。但我们没有这样做，要维系一段感情，除了相信单独相处时对方所说的话之外，我们别无他法，难道不是吗？

晏妮：这是我个人特别喜欢的一部作品。因为在这部作品中，男女处于对等的关系。

荒井：听影片的导演广木隆一[①]说，在国外的电影节上，对于电影中女人主动去追求男人，去触摸男人这一点，国外的女权主义者们给予了好评。

晏妮：她的脑子已经"坏"了，她借由同他人的身体接触，当然这个接触也包括了性行为，但更多的指和他人的交流，去进行修复。

荒井：影片基本上是一个关于男孩遇见女孩的爱情故事。原著结束于两人返回东京的途中，但在改编的时候，我将结尾延伸至两人相遇的那个便利店，做了个首尾呼应。实际上，首尾的两场戏是同一天拍摄的。但寺岛忍[②]完全进入了角色，在两场戏中的表情截然不同，让我不得不惊叹：寺岛忍太棒了，这个女演员真

① 广木隆一，出生于1954年。拍摄粉红电影出身的日本著名导演。电影《震颤》是其与荒井晴彦的第一次合作。其后，他还执导了由荒井晴彦编剧的《柔软的生活》（2006年）、《再见歌舞伎町》（2015年）以及荒井晴彦与女儿荒井美早联合编剧的电视剧《索多玛的苹果》（2013年）。其他作品有《东京垃圾女郎》（2000年）、《轻蔑》（2011年）、《她的人生没有错》（2017年）等。

② 寺岛忍，生于1972年。出身歌舞伎世家，父亲是第七代尾上菊五郎，母亲是著名女演员富司纯子。寺岛忍在进入电影圈之前，一直活跃在戏剧舞台；2003年，凭借两部由她担当主演的电影——《赤目四十八泷心中未遂》和《震颤》获奖无数，一跃成为日本知名的演技派女星。2010年凭电影《芋虫》获得柏林电影节最佳女主角大奖。除电影《震颤》外，还担任过荒井晴彦编剧的《柔软的生活》（2006年）及荒井晴彦与女儿荒井美早联合编剧的电视剧《索多玛的苹果》（2013年）的女主角。在由荒井晴彦编剧的最新电影《生在幼子》中也能看到她的精彩演出。其他作品有《千里走单骑》（2006年）、《爱之流刑地》（2007年）、《千年的愉悦》（2013年）等。

是个天才。

# 关于电影剧作《大鹿村骚动记》

## 原田芳雄的"遗作"

李向：您的这部作品是原创剧本呢。

荒井：对，是原创。有一天，我突然接到阪本顺治①打来的电话："我打算拍原田芳雄②先生的遗作，您能帮我写剧本吗？"在这之前，大家都以为我和他绝交了呢。

晏妮：那是因为您和他在合作电影《绑架金大中》（2002年）③的时候，闹得很不愉快。

荒井：我接到电话后，愣了一下，遗作？当时，原田先生身患肺癌，医生说他只剩一年左右的时间了。阪本把他写好的故事大纲拿来给我看，是关于一个年迈的原黑帮成员出狱后的故事。

我不留情面地指出，你这故事一点意思也没有，太俗套了。我向他提议，既然是原田先生的"遗作"，那最好是问问他本人，看他有没有想拍的题材。阪本觉得我说得有道理，立马给原田先生打了电话，电话那头的原田先生说，"你们现在就到我家来吧"。

到了原田先生家里，我们问他，您有想拍的题材吗？原田先生回了一句"请稍等"，就进了房间，不一会儿，他抱着一本关于大鹿歌舞伎[①]的书走了出来。原田先生告诉我们，他因为拍摄 NHK 的节目去过一趟大鹿村，并由此迷上了大鹿歌舞伎。听完后我就慌了，不会吧，要拍歌舞伎题材？要知道我可是从没看过歌舞伎的啊，这下麻烦了。

**李向：** 决定要拍摄歌舞伎题材之后，您是如何进行剧本创作的呢？

**荒井：** 大鹿歌舞伎是在当地流传了几百年的乡村歌舞伎。我一查才知道，原来日本各地的乡村都流传着类似的歌舞伎。我觉得只能做成剧中剧的形式，于是找来了大鹿歌舞伎的剧本。翻开一看就傻了眼，全是古文，连我都读不大懂。我在向人请教古文的意思后，开始找像《W 的悲剧》中的代罪羔羊那样能让现实和剧中剧巧妙重合的点，找来找去，只有歌舞伎中的"让我们放下那些仇恨吧"这句台词能加以利用。接着，我们开始讨论主线故事该怎么办，刚好那时候阪本的母亲和我的母亲都得了老年痴呆症，于是就有了开头的这一幕：多年前，原田芳雄饰演的主人公的妻子和他的朋友（由岸部一德饰演）私奔了，而现在因为她得

三人谈：荒井晴彦的剧作世界

×

---

① 大鹿歌舞伎，在位于日本中部地区的长野县下伊那郡大鹿村流传了 300 多年的乡村歌舞伎。2017 年被认定为日本国家重要无形民俗文化遗产。

了阿尔兹海默症，主人公的朋友带着她回到了家乡。岸部一德①边说"还给你"边把女人交给原田芳雄。在影院里，"还给你"这句台词引发了一阵爆笑呢。

关于两男一女三角关系的杰作有许多，例如《朱尔和吉姆》②（1962年），还有罗贝尔·安利可③执导的《冒险者》④。但这些电影有个相似点，那就是肯定会有人死去。《朱尔和吉姆》与《冒险者》中都是男人和女人死了，剩下另一个男人留在人世。难道我们就拍不了一部三个人都不用死的，关于三角关系的电影吗？我从我母亲和阪本的母亲的症状那得到灵感：如果让女主角得阿尔兹海默症，分不清两个男人谁是谁的话，那这段三角关系里不就谁也不用死了吗。这部电影的构思就是这样的，我们在此基础上加上了大鹿歌舞伎。

## 创作一部喜剧

晏妮：这是部喜剧电影呢。

荒井：嗯。

---

① 岸部一德，生于1947年。日本著名演员，音乐家。60年代，他曾是日本红极一时的乐队 The Tigers 的队长兼贝斯手，该乐队于1971年解散。70年代中期开始，他开始向演员转型，在影视界也同样取得了成功。主要电影作品有《死之棘》（1990年）、《我们都还活着》（1993年）、《在医院死去》（1993年）、《鲨皮男与蜜桃女》（1998年）、《何时是读书天》（2005年）、《团地》（2016年）等。

② 《朱尔和吉姆》，由弗朗索瓦·特吕弗执导，于1962年上映的法国电影。电影讲述了一对好友和一个女子纠缠一生的三角关系。

③ 罗贝尔·安利可，1931—2001。法国电影导演，编剧。主要作品有《鹰溪桥上》（1862年）、《美好的生活》（1963年）、《冒险者》（1967年）、《大盗智多星》（1968年）、《老枪》（1975年）、《岁月壮山河》（1983年）、《战时情侣》（1987年）等。

④ 《冒险者》，由罗贝尔·安利可执导，于1967年上映的法国电影。电影讲述了失意的两男一女结伴踏上了寻宝之路，而等待他们的却是悲惨的命运。

晏妮：这算是荒井先生创作的首部喜剧电影呢。如果这算是喜剧的话。

荒井：多年前的那部《神赐给的孩子》（1979年）也算是喜剧。

晏妮：对哦，那部也有些喜剧色彩。

荒井：那部虽不是彻头彻尾的喜剧，但有很多喜剧元素。我后来还和前田阳一先生一起创作过几个剧本，虽说都没能拍成电影，但在创作过程中，前田先生向我传授了许多喜剧电影的法则：你的段子不可能每个都能逗观众笑，如果你写了10个段子，当中有一半能逗得观众发笑那就很不错了；考虑到会有许多"哑弹"，因此，你得尽量多写些段子。

片头，主人公和鹿说话的时候，被患有性同一性障碍的男孩看到后，说他是"笨蛋（日文中笨蛋的汉字是马鹿）"。男主人公辩驳道："不是笨蛋（马鹿），是鹿。"读完这个段子，阪本还问我，"荒井先生，您这是怎么了"。只要开始写段子，我就会转换成喜剧的思维方式。不过，我完全没想到这部作品能获得这么高的评价。

晏妮：您拿到了最佳编剧奖呢。

荒井：我和阪本是边说相声边写的。

## 喜剧中的战争和历史

李向：虽说是喜剧，但是荒井先生加入了西伯利亚扣留①的情节。这个情节没有被片方要求删除吗？

---

① 西伯利亚扣留，二战结束前夕，苏联向日本宣战，对驻扎在旧满洲地区的日本军队发动了攻击，近60万关东军成了苏军的战俘。二战结束后，苏军将这批关东军战俘及部分生活在伪满洲国的日本男性移民押送到苏联的远东和东西伯利亚上千个战俘营服苦役。酷寒下的超负荷劳作，加上药品粮食不足等原因，大批战俘命丧西伯利亚。1947年至1956年期间，幸存的47.3万名战俘返回日本。

荒井：没有。长野县有很多人曾被扣留在西伯利亚。因为许多人都加入满蒙开拓团 ①，去了伪满洲国。

晏妮：当时，长野县是日本数一数二的贫困地区，在政府的鼓励和政策的支持下，许多人都举家去了伪满洲国。

李向：您一开始就准备在剧本中加入西伯利亚日本扣留的情节吗？

荒井：我偶然地在报纸上读到一则关于位于浅草桥附近的名店"郡司味噌酱菜店"的老板的报道。这位老板曾被关押进西伯利亚的集中营，在那里，他的许多同伴都哀叹着"好想再喝一次妈妈做的味噌汤"含恨而终。因此，他在回到日本后，开了一家味噌店。读完这则报道，我觉得这个可以用，决定在剧本中进入这一情节。电影拍完后，我带着试映会的邀请券去向老人家问好，告诉老人家，我们在电影里用了他的经历。老人家精神特别好，但一提到他在集中营的经历，他就会突然激动地叫出来，"该死的毛子"。

晏妮：想必他受了许多苦吧。

荒井：所以，我将三国连太郎 ② 饰演的那个角色设定为西伯利亚集中营的生还者。

李向：来自中国的技能研修生也有短暂的登场呢。

---

① 满蒙开拓团，日本于1931年发动九·一八事变，侵占我国东北三省后，为实现其侵略目标，大力推行向我国东北移民的国策。在政府的动员下，大批日本农业贫民涌入我国的旧满洲、内蒙古、华北等地。至1945年日本战败为止的14年间，共有27万日本人移民入侵我国。这些日本移民在日本国内被称为"满蒙开拓团"。

② 三国连太郎，1923—2013。日本电影演技派的主要代表人物。其演艺生涯长达60余年，出演的电影超过180部，获奖无数。在《大鹿村骚动记》中出演女主角的父亲一角。主要作品有《缅甸的竖琴》（1956年）、《饲育》（1961年）、《陆军残虐物语》（1963年）、《饥饿海峡》（1965年）、《诸神的欲望》（1968年）、《戒严令》（1973年）、《复仇在我》（1979年）、《钓鱼迷日记》系列（1988—2009）、《大病人》（1993年）等。

荒井：是的，务农的中国研修生。

李向：他有句台词是：我从《鬼子来了》（2000 年）中学到的。

荒井：意思是，关于抗日战争，《鬼子来了》这部电影教会了他许多。我呢，有个"毛病"，在写台词的时候，只要有机会，我就会见缝插针地加入有关战争和历史的内容。懂的人一下就能心领神会，而不懂的人也就无法去体会其中乐趣了。


## 关于电影剧作《感受大海的时刻》

### 创作于30年前的剧本

李向：这部影片虽然上映于2014年，但剧本是荒井先生在30多年前创作的。

荒井：是的。这部剧本创作于《远雷》之后，应该是1982年左右吧。

李向：您被原著的什么地方吸引了呢？

荒井：那时候，制片人希望我和根岸（吉太郎）这对拍过《远雷》的搭档把这本小说搬上大银幕，所以我接手进行了改编。但我创作的剧本却惹恼了原作者[①]。

李向：原作者为什么生气呢？您好像将原作者的另一部小说的内容也融入了剧本中。

荒井：对，那另一部小说可以算得上是原作的续集吧。我觉

① 《感受大海的时刻》小说的原作者为中泽惠，生于1959年。该小说是其发表于1978年的同名小说。年仅18岁的她，在小说中刻画了一个迷恋学长并献身于他的高中女生，以细腻而大胆的笔触讲述了一个少女的成长之痛，在当时的文坛引起了轰动。

得小说《感受大海的时刻》的内容有些单薄，不足以支撑起一部电影。小说的重心放在了母女关系问题上，当中写道：这片海仿佛是由女人的月经汇聚而成。讲述的是一个女孩主动去追求男孩，男孩说"我不喜欢你"，但女孩却说"我不介意"。在此之前，我看过特吕弗执导的《阿黛尔·雨果的故事》①，电影说的是雨果的女儿一路疯狂地追寻她爱的人直到天涯海角，最终精神崩溃的故事。于是，我提议：我们不如拍一部和《阿黛尔·雨果的故事》相反的作品吧。

《感受大海的时刻》里是女孩疯狂追求男孩，而原作者在此后创作的另外一本小说中，是男孩反过来追求女孩。我就想着让这两段交叉着进行。怎么说呢，我"心眼儿坏"吧，但主要还是因为我当时对女性怀有一些怨恨情绪，认为"女人就是如此"。所以，最终我将两本小说的情节——女孩追求男孩和女孩离开男孩，融合在一起，因而惹恼了原作者。

**李向**：您回过头来看您30年前写的剧本，有什么感受呢？

**荒井**：当年在写这个剧本的时候，我觉得母亲那个角色很陈腐；但等到我的女儿出生后，再回过头来看，我发现自己变得特别能理解剧中母亲的言行。那一刻，我深深体会到：原来，人真的是会变的。为人父母之前，我是站在年轻人的立场去进行创作；但几十年过去后，当剧本要被拍成电影的时候，我已经做了父亲，所以我是站在为人父母的角度去修改和调整的剧本。不过，我并没有对剧本做太大的改动。

另外，有一场戏是这样的：女主角告诉男主角"我和别的男

---

① 《阿黛尔·雨果的故事》，由弗朗索瓦·特吕弗执导的法国影片，以法国大文豪维克多·雨果的二女儿阿黛尔·雨果的真实经历为蓝本，于1975年上映。影片中为爱痴狂的女主人公阿黛尔·雨果由伊莎贝尔·阿佳妮出演。该片是特吕弗的代表作之一。

人睡了"之后，男主角特别生气。女主角说："你想打我的话，那就打到你消气为止吧。"男主角说："我爱你，所以才打你。"女主角挑衅道："你恨我呢，还是恨和我睡了的男人呢？"男主角恼羞成怒地答道："都恨，我恨透你们了。"女主角讽刺道："那么，现在的你回过头来看看过去的自己，绝对也会对他恨之入骨的。"这么复杂的对话，我现在是写不出来啰。那会儿我还年轻，加上刚刚有过一些难以释怀的经历，所以才能写出来的吧。

李向：您刚才说，您没有对30年前写的剧本做大的修改，是因为您相信您的剧本并没有过时吗？

荒井：许多评论家都说"你们怎么现在想到要拍这个"。这部电影几乎被评论家所无视，但电影的票房不错，而且DVD也卖得很好。我问我女儿，为什么这部电影会受到观众们的喜爱呢。她告诉我：像电影中的女主角那样反抗母亲，是每个女孩在成长过程中的必经之路。哦，所以女性观众会来看这部电影。我听说许多26岁到35岁年龄段的女性观众还买了电影的DVD，这部电影的DVD的销量比我以往的电影都要好。我常说，"观众是笨蛋"，不过这次我得撤回这句话（笑），将它改成"评论家是笨蛋"。

电影行业的其他人也质疑我们：你们干吗现在要拍这个老古董呢，而且竟然还照搬原著的时代背景。但是，如果把时代背景改成现在，那这个故事就不成立了。因为现在的女孩不是那样的，现在的母亲也不是那样的，怎么看，那个故事都是70年代后期的感觉。

晏妮：我觉得这部作品特别有意思。一开始，女主人公像个跟踪狂，但后来，突然形势就逆转了。我觉得这个转变的过程特别有意思。荒井先生的作品虽然形式各异，但是有一个共通点：您会在作品中彻底地追究人的情感。不过遗憾的是，您在作品中

三人谈：荒井晴彦的剧作世界

×

只描写异性爱，如果今后您也尝试着去写同性爱的话，那就更有趣了。不过这部作品真的非常好，我特别喜欢。

李向：虽说有可能称不上是同性爱，但剧本中有女性之间的类似描写。

荒井：是的。两位女性角色在嬉戏的时候，其中一个说，"我胸部比你大"。不过这段描写被剪掉了。跟罗曼情色电影的情形相反，女主角的经纪公司要求影片中不得出现除了女主角之外的裸露镜头。

## 父亲形象的缺席

李向：剧本中有场戏：母亲来东京看望女儿，回去之前，和女儿一起去了咖啡店。为什么电影里把这场戏剪掉了呢？

荒井：这场戏虽然拍了，不过因为得控制时长，被我剪掉了。初剪后的电影有差不多3个小时，但影片的投资方要我们把片长控制在2小时之内。安藤寻[①]说他不知道该怎么剪，所以我去了剪辑室，帮着剪掉了一个小时，还对一些场景的顺序进行了调整。

李向：那场戏里，女主角有句台词是"洋和爸爸长得很像"。我觉得如果保留这句台词的话，电影比较容易理解一些。

荒井：不管像不像，女孩子都会这么说的。她们用"你和我爸爸长得好像"或是"你长得好像我哥哥"代替"我喜欢你"，向喜欢的人表白。从我的经验来看，这是女孩子常用到的表白方式之一。

---

① 安藤寻，生于1965年。日本电影导演。大学期间就开始参加电影的拍摄，后成为副导演。2003年，执导其成名作——同性题材电影《蓝色大海》。其他导演作品有：《妹妹恋人》（2007年）、《感受大海的时刻》（2014年）、《花芯》（2016年）、《月与雷》（2017年）等。

晏妮：的确如此。

荒井：女孩的初恋对象，往往是以自己的父亲或是兄长为参照物的；而男孩，则会以母亲作为参照物。我觉得这是一个很普遍的现象。现在的女孩我就不大了解了，加上和我那个年代比起来，单亲家庭多了很多。

这个作品的最后，女孩跟男孩分手，离开自己母亲和父亲，离开家，终于一步一步地蜕变成大人。

晏妮：荒井先生的作品中经常出现母亲形象。无论主人公是男性还是女性，都会有其母亲形象的存在。但是，您的作品中很少出现父亲形象呢。

荒井：的确是很少。对不起您了，父亲。

晏妮：我想，您笔下的角色都是您自己吧。您在写女性角色的时候也会将自身经历投影进去。我认为，您作品中父亲的缺席可能是源自您对父亲的反抗吧。

荒井：与其说是反抗，更多的是因为合不来吧。

晏妮：您父亲很早就过世了吗？

荒井：没有，他79岁那年去世的。《这个国度的天空》中虽然也没有出现父亲的角色，但因为我的父亲拉过小提琴，所以我在作品中使用了小提琴这一道具。这算是我第一次将自己的父亲写进作品里吧。

晏妮：小提琴饱含着您对父亲的感情。但是《这个国度的天空》里的主要角色是三位女性，父亲还是没有登场。

**分开的理由**

李向：女主角决定离开男主角的导火线是男主角跟他的姐姐说女主角的乳头很黑，对吗？

荒井：是的。再加上一直以来都是女孩单方面地付出，却得不到任何回报。何止是得不到回报，他还跟他姐姐多嘴。所以，女孩渐渐地变得心灰意冷，想要离开男孩。女孩是这么想的，但男孩就刚好相反，慢慢地喜欢上了女孩。这是因为男人和女人在恋爱中是不同步的。

晏妮：荒井先生爱说"女人就是如此"，但我认为这并不适用于所有女性。

荒井：我并没有断定"女人就是如此"，但是确定角色性格后，创作起来会比较顺畅，人物形象也比较容易浮现。

李向：也就是说，虽然不是所有人都是这样的，但有些人是这样的。

荒井：但正因为每个人都不一样，所以在实际生活中很难知道对方在想些什么。打个比方，我跟我交往的对象说，"我是抱着和你结婚的打算在同你交往"；但对方却回复，"我可没想要和荒井君结婚"。弄得我不知所措，寻思我和她到底在哪儿出了差错。

这部作品中也是这样。男孩一开始并不喜欢女孩，但在和她相处的过程中渐渐地爱上了她。他喜欢上女孩花了很长时间；而正是在同一段时间内，女孩对他的爱意消磨殆尽，决定要离开他。我曾这样写过，"爱上一个人不需要理由，但分手是需要理由的"；但其实分手也没有什么明确的理由。

晏妮：我认为分手肯定是有理由的，提出分手的那方不说出来罢了。

荒井：有时候也没有大不了的原因，不过是突然就开始讨厌起对方，理由有可能不过是因为不喜欢对方吃饭的样子罢了。

晏妮：这个理由有点莫名其妙呢（笑）。不过，我的一位朋友曾跟我说：有一天睡觉的时候，无意间看见了他的脚底板，突然就变得讨厌他了。

荒井：所以，我才会说分手的理由让人摸不着头脑。不过，要是在电影中看到用类似的理由来让情侣分手的话，会有恍然大悟的感觉。因为一般人不会讨厌的东西，他（她）却会讨厌，不是吗？同理，喜欢一个人也如此。啊，恋爱这事可真复杂。


## 关于电影剧作《神赐给的孩子》

### 剧本是如何诞生的

李向：您能简单谈谈剧本诞生的过程吗？

荒井：当时，松竹公司计划翻拍50年代的影片《集金旅行》①。而在此之前，前田阳一②先生曾计划和高田纯③合作拍摄《唐狮子株式会社》④。高田把我也叫了过去，于是，我们三个人

---

① 《集金旅行》，于1957年上映的日本电影。改编自作家井伏鳟二的同名小说。由椎名利夫编剧，中村登执导，佐田启二和冈田茉莉子主演。讲述的是为了还清去世房东留下的债务和负担房东儿子的生活费，借住在公寓的一对男女踏上了替房东收回借款的旅途。

② 前田阳一，1934—1998。日本著名电影导演。除本片外，导演作品还有《日本天堂》（1964年）、《前进，黑豹队决战》（1968年）、《喜剧啊，军歌》（1970年）等。

③ 高田纯，1947—2011。日本电影编剧、电影评论家。编剧作品有《安藤升：我的逃亡与性之记录》（1976年）、《侦探物语》（同荒井晴彦联合编剧，1983年）、《恋文》（1985年）等。

④ 《唐狮子株式会社》，日本作家小林信彦自1977年起在杂志上连载的系列短篇小说，于1978年结册出版。讲述的是某帮派在头领的号召下进行现代化改革，并由此引发出一系列啼笑皆非的故事。分别于1983年和1999年两度被搬上大银幕。1983年版同名电影由桂千穗、内藤诚编剧，曾根中生执导；1999年版片名为《新唐狮子株式会社》，由前田阳一、北里宇一郎编剧，前田阳一执导。

一起写了《唐狮子株式会社》的剧本。这部片子虽然没拍成，但前田先生觉得我的剧本写得不错，就把我找去一起写翻拍版《集金旅行》的剧本。在松竹的放映室看完《集金旅行》后，我心想，真要翻拍这部电影吗？电影的主线是一对情侣去日本各地收钱，我们的剧本虽然也保留了收钱的情节，但重心放在了寻找小男孩的父亲这条线上。

李向：这次的剧本是由三人合作完成的，请问是怎样的一种合作形式呢？

荒井：前田先生、南部英夫先生 ① 和我，三个人在旅馆里大概待了一个星期，边喝酒边讨论该写什么样的故事。我们讨论得非常细致，包括每场戏的大致内容都有讨论到。然后，我们用猜拳来决定各自负责的部分，我负责的是中间部分。一星期后，各自把写好的剧本带来，从头开始对包括台词在内的方方面面进行细致的调整。

李向：剧本中有哪些是源于您的构思呢？

荒井：那时有部叫《同栖时代》② 的电影，还有一首叫《神田川》③ 的歌曲也是红极一时，总之，同居在当时很流行。于是，我提议将主人公设定为一对同居中的年轻情侣，女的想做演员。女主人公第一次拿到有台词的角色，在家不停地练习，"莫非我俩想到了一块儿？"在故事开端我就用这句台词埋下伏笔，然后在结

---

① 南部英夫，生于1939年。日本电影导演、编剧。师从前田阳一，导演处女作为1976年的漫画改编作品《爱与城·完结篇》。

② 《同栖时代今日子和次郎》，于1973年上映的日本电影。改编自上村一夫的漫画《同栖时代》。由石森史郎编剧，山根成之执导。

③ 《神田川》，发行于1973年，由辉夜姬演唱的歌曲。被认为是最能代表70年代的年轻人文化的作品之一，在日本负有盛名。

尾处再用同一句台词来收回。这些都是经过我精心设计的。

有一天有个女人带了个孩子来到两人的住处，硬说渡濑恒彦[①]是孩子的父亲，把孩子塞给了渡濑。渡濑为了证明孩子不是自己的，决定踏上寻找孩子生父的旅途。男友突然成了别人的父亲，桃井薰[②]当然也是一肚子火啊，于是她和男友边斗嘴边踏上了寻找男孩生父的旅程。

李向：那四个有可能是孩子父亲的角色是怎样去设定的呢？

荒井：是我们三个一起讨论决定的。先确定每段插曲的发生地点，比方说发生在北九州，那提到北九州，我们就立马联想到了《花与龙》[③]，就顺其自然地把角色设定成了海运业的头头。其他的角色也是这样定下来的。

李向：请问每段插曲发生的地点是一开始就定好了的吗？

荒井：是的，大致的路线是从东京向西前往九州。《集金旅行》的那个年代还没有新干线，只能坐在每个车站都作停留的火车前往目的地，很费时间，因此，故事也比较容易编排。但现在有了新干线，一会儿就能到达目的地，故事也就不好编排了，为此我们伤透了脑筋。当时，我们一个劲儿地思考能不让他们迅速地抵

① 渡濑恒彦，1944—2017。日本著名演员。参演的电影数量众多，除本片外，主要作品还有《无仁义之战》（1973年）、《暴走恐慌》（1976年）、《狂兽》（1976年）、《事件》（1978年）、《水手服与机关枪》（1981年）、《时代屋的妻子》（1983年）、《南极物语》（1983年）等。

② 桃井薰，生于1951年。日本著名女演员、导演。除本片外，主要作品还有《红鸟逃跑了？》（1973年）、《幸福的黄手帕》（1977年）、《影武者》（1980年）、《乱世浮生》（1981年）、《咬人的女人》（1988年）、《明天》（1988年）等。进入21世纪后，参演了《艺妓回忆录》（2005年）、《攻壳机动队》（2017年）等美国电影。2006年，推出长篇电影导演处女作《无花果之脸》。

③ 《花与龙》，日本作家火野苇平于1952年至1953年在《读卖新闻》上连载的黑帮题材长篇小说，故事发生在日本北九州。曾数次被搬上大银幕。

达的办法，兼顾取景问题，大致决定了他们要去的地方。而我在1971年的时候，曾作为电影《赤军－PFLP世界战争宣言》①上映队的一员，乘巴士把九州地区绕了个遍，这在选择地点问题上帮了我的大忙。

## 因不适应松竹的风格而痛哭

晏妮：前几天，我去看了您的新作《生在幼子》②，觉得桃井薰那个角色和新片里的男主人公刚好相反，她在为要不要接受这个没有血缘关系的孩子而苦恼。您的作品虽然加入了这种比较具有革新性的要素，但是得遵从电影公司的制片方针，处理成皆大欢喜的结局。

荒井：所以，我们让故事朝着"让我们一起来抚养吧"的方向发展。结尾处，在桥上，两人异口同声地说出那句台词："莫非我俩想到了一块儿？"然后回头去领回孩子。虽说他们和那个孩子并没有血缘关系，但在旅途中，他们的关系慢慢地变得像父（母）子了。

李向：这是荒井先生第一次与像松竹这样的大片厂合作吧。

荒井：我把自己迄今为止的学习成果倾囊倒出，但是我面前有一堵名为松竹的高墙。我写的东西被认为不是松竹风格的，而被否定。要知道，我那会儿可是才刚刚写过《红头发的女人》啊。

<hr>

① 《赤军－PFLP世界战争宣言》，若松孝二、足立正生于1971年拍摄的关于巴勒斯坦解放斗争的纪录片电影。

② 《生在幼子》，由荒井晴彦编剧的最新作品，影片于2017年8月末在日本上映。改编自直木奖获奖作家重松清的同名小说，由三岛有纪子执导，浅野忠信、田中丽奈、宫藤官九郎、寺岛忍主演。讲述了一个重组家庭中的父亲在即将迎来自己和现任妻子的第一个孩子时，因为继女要求见自己的亲生父亲，而陷入困境的故事。

突然到了一个保守的环境的我，因为水土不服而痛哭过。我从赤坂的旅馆溜了出去，去新宿喝酒，边哭边跟大家抱怨。那时候我还因为压力得了荨麻疹，我边哭边嚷嚷：我讨厌松竹。

李向：是因为有种种限制，你才会水土不服的吗？

荒井：归根结底，是因为创作方式不一样吧。

晏妮：松竹的电影风格从战前就被称为松竹调，最典型的就是松竹的通俗言情剧。

荒井：我们一直认为前田阳一先生不是松竹式的导演，从学生时代就是他的粉丝。比起山田洋次[1]先生，学生们也更喜欢森崎东[2]先生和前田先生的作品。但一旦合作才知道原来他也是松竹式的。

晏妮：我很能理解大岛渚先生[3]为什么跟松竹合不来。

李向：您有被导演告诫说不能这样写吗？

荒井：不能写倒是没说过，但他总说他不懂这是什么意思。一对同居的男女，因为男人被怀疑成小孩的父亲，而踏上寻找小孩生父的旅程。故事其实是跟性有很大关联的，但是前田先生不

---

[1]　山田洋次，生于1931年。日本著名导演、编剧。导演代表作有《寅次郎的故事》系列（1969—1995）、《幸福的黄手帕》（1977年）、《黄昏清兵卫》（2002年）、《小小的家》（2014年）等。

[2]　森崎东，生于1927年。日本著名编剧、导演。曾执导由荒井晴彦编剧的《时代屋的妻子》（1983年）。其他导演作品有《喜剧女人得胆大》（1969年）、《喜剧男人得可爱》（1970年）、《活着像枝花死了全完蛋党宣言》（1985年）、《去见小洋葱的母亲》（2013年）等。

[3]　大岛渚，1932—2013。享誉世界的日本著名导演，日本电影新浪潮的代表人物之一。1954年加入松竹电影公司。1961年，因其执导的以反对日美安保条约的安保斗争为题材的电影《日本的夜与雾》（1960年）在上映4天后被松竹公司强制下档而勃然大怒，离开松竹，成立了电影制片公司——创造社。主要导演作品有《爱与希望之街》（1959年）、《青春残酷物语》（1960年）、《日本的夜与雾》（1960年）、《归来的醉鬼》（1968年）、《少年》（1969年）、《感官世界》（1976年）、《圣诞快乐，劳伦斯先生》（1983年）等。

想让剧情跟性产生太大的关联。当时有部叫《根》<sup>①</sup>的美国电视剧在日本很受欢迎，前田先生提议说，我们在故事里面也加入《根》那样的元素吧。前田先生的导演处女作《日本天堂》<sup>②</sup>讲述的是在红灯区工作的妓女的故事，因此，我就顺水推舟地提议：将女主人公的母亲设定成曾靠做妓女为生，如何？所以，就有了她学母亲站在长崎街头拉客的那一幕。这部电影虽然被认为是前田先生的代表作，但他本人却不是那么满意，因为创作剧本时起到主导作用的是我。

## 新旧影人的合作

　　荒井：我虽没去拍摄现场，但两位演员和我站在同一战线，帮了我很大的忙。有一场发生在熊本阿苏的戏：渡濑恒彦在向桃井薰求欢被拒绝后愤愤地说，都已经好久没做了。桃井薰立马回复他，我不也是好久没做了吗。她的这句台词一听就像是我写的，但是南部先生还以为是桃井的即兴发挥呢。我告诉他，这句台词我在第一稿里是有写的，但被前田先生删掉了，但两位演员在拍摄的时候又让这句台词复活了。那个时候，我感受到了与他们之间的连带关系。到底，薰、渡濑和我都是新时代的，虽说渡濑比我稍年长，我又比薰大好几岁。在70年代的尾声，许多电影是由崭露头角的电影人和老一辈的电影人合作的。有些取得了成功，

──────────

① 《根》，改编自黑人作家亚力克斯·哈利的同名小说的电视剧，于1977年在美国播出。这部讲述祖孙三代黑奴血泪史的作品，受到各界好评。同年在日本播出时，也受到热烈欢迎，并因此在日本掀起了"寻根"的热潮。

② 《日本天堂》，前田阳一自编自导，于1964年上映的日本电影。该片也是前田阳一的导演处女作，讲述了从1945年日本战败至1958年日本实施《卖春防止法》的13年间，为生活所迫而成了妓女的主人公的遭遇。

也有些失败了。我们的这部应该算当中比较成功的吧。


## 关于电影剧作《红头发的女人》

### 绝不能输给导演和原作者

李向：您能介绍一下创作这个作品的契机吗？

荒井：我的处女作《新宿混乱的街区》的制片人三浦朗[1]先生，和神代辰已[2]先生一直保持着合作关系，他说"让荒井来写吧"，然后把这次改编的机会交给了我。当时，神代先生还质疑：让这个不知道从哪冒出来的小子来写，行吗？"如果他写不好的话，一切责任由我来承担"，三浦先生的大力支持，打消了神代先生的疑虑。

电影改编自中上健次[3]的短篇小说——《红发》。他当时已经

---

[1] 三浦朗，1934—1990。日活罗曼情色电影的名制片人，经手了几乎所有神代辰已的导演作品。让荒井晴彦通过《新宿混乱的街区》（曾根中生执导，1977年上映）出道，接着又让他创作了《红头发的女人》的剧本。可以说，他是剧作家荒井晴彦的伯乐。

[2] 神代辰已，1927—1995。日活罗曼情色电影大师，其执导风格对日本电影历史产生了巨大的影响。加上《红头发的女人》，他同荒井晴彦共有过六次合作，是同荒井晴彦合作次数最多的导演。其他五次分别是：《快乐学园》（1980年）、《啊！女人，猥歌》（1981年）、《菖蒲之舟》（1983年）、《咬人的女人》（1988年）和电视剧《被盗的情事》（1995年）。其他导演作品有《湿濡的情欲》（1972年）、《恋人濡湿》（1973年）、《欢场春梦》（1973年）、《青春之蹉跎》（1974年）、《恋文》（1985年）等。

[3] 中上健次，1946—1992。日本当代著名作家。于1976年凭小说《岬》获得第74届芥川奖，是日本第一位生于"二战"后的芥川奖获奖者。电影《红头发的女人》改编自其发表于1979年的短篇小说集《水之女》中的《赫发》一文。1992年因肾脏癌而早逝。因其出生于受歧视部落地区，受歧视部落在其作品中屡屡登场。主要作品有《十九岁的地图》（1974年）、《岬》（1976年）、《枯木滩》（1977年）、《轻蔑》（1992年）等。

拿过芥川奖，和我同龄，我曾在酒馆碰到过他几次。导演是日活罗曼情色电影①的大师，而原作者又是同龄的芥川奖获奖作家，所以我的压力特别大。我跟自己说：绝不能输给他们。

李向：听说电影剧本第一稿就通过了。您马上就找到了改编的方向吗？

荒井：在决定由我来创作剧本之后，我先花了一个月左右的时间，把在市面上流通的所有的中上健次的作品包括他的随笔全读了。有一本杂志刊登了其他作家对《红发》的评论，评论中提到开卡车的时候收留路边偶遇的女人，这一情节很像意大利电影。我恍然大悟，这的确是很有意大利电影的感觉，于是决定按照意大利电影的风格来创作剧本。但是原著篇幅较短，就算全都照搬过来也不够，于是我创作了原著中没有的社长女儿这一角色。

中上在原著中用的是新宫的方言。我希望能尽量地接近原著，于是，我决定将剧本的台词也调整为新宫的方言。我查遍了中上的各种小说，参考其中的方言，对台词进行了修改。但最终由于没能找到会说新宫方言的台词指导，我的这番努力全付诸东流了。

写完剧本后我在新宿黄金街遇到了中山健次，他神气地对我说："看来你是好好钻研了一番嘛。"（笑）

李向：您在这部作品中塑造了许多鲜活的角色。女性积极主动，而男性都消极被动，这是出自您对女性的理解吗？

荒井：是的。神代先生也常说，男人是懦弱的，女人是英勇的。再加上罗曼情色电影的卖点是女性的裸体，所以主角必须得是女

---

① 日活罗曼情色电影，日本历史最悠久的电影公司日活株式会社为应对经营困难，于1971年改变经营方针，开始大量制作拍摄成本较低而回报率较高的情色电影。因受到成人录像带的冲击，于1988年退出了历史舞台。17年来拍摄制作的电影超过1000部，当中不乏名留日本影史的杰作，并为日本电影输送了大批新鲜血液。

性。神代先生和我有个不谋而合的地方：将女性作为主角来描写的时候，无意识地会把女性角色刻画得很强大；与此同时，会将男性角色刻画得很被动。但我们会将主题寄托在男性角色身上，偷偷地将男性作为主角来描写，毕竟，我和神代先生都是男人嘛。这部电影的主角其实是石桥莲司[①] 所饰演的那个男人。但是，如果我们明目张胆地这么干的话，电影公司是肯定不会同意的。所以，这部电影的主角表面上是宫下顺子[②] 饰演的那个女人，但仔细一看就知道，真正的主角是石桥莲司饰演的那个男性角色。

石桥莲司曾和蜷川幸雄[③] 创办过剧团，出演了许多舞台剧。电影公司当时其实是反对由石桥莲司来出演这个角色的，但神代先生不顾公司的阻挠，坚持让他来出演。

## 被省略的过去

李向：在作品中，男人没有追问过女人的过去。

荒井：是的。我没写这个，但写了一位父亲为自己的女儿拉客这样带有乱伦含意的情节。因为我觉得在中上所描绘的世界里出现类似的情节一点也不突兀。另外，我还创作了好友和别的女人一起离开这座城市的情节。红发女人的出身，她为什么会出现在这里，她是逃出来的吗？关于她的背景，我并没有着墨太多。

---

① 石桥莲司，生于1941年。日本著名演员，出演过大量影视作品。主要作品有《暗杀坂本龙马》（1974年）、《红头发的女人》（1979年）、《浪人街》（1990年）、《忠臣藏外传之四谷怪谈》（1994年）、《极恶非道》（2010年）、《大鹿村骚动记》（2011年）等。

② 宫下顺子，生于1949年。日本女演员，曾是日活罗曼情色电影的当家花旦之一。主要作品有《欢场春梦》（1973年）、《红头发的女人》（1979年）、《人鱼传说》（1984年）等。

③ 蜷川幸雄，1935—2016。日本戏剧导演、电影导演。是日本当代戏剧的代表人物之一，享誉世界。

但男人的姐姐和姐夫说过"好像在什么地方见过她"。其实那地方是指被歧视部落①，中上在小说中明确地提到女人来自被歧视部落。

晏妮：但您在作品中完全没有提到她的出身。

荒井：当时，井筒和幸②曾撰文批评我们的这部作品完全无视被歧视部落问题。神代辰巳安慰我："荒井，别在意。我们拍的是两性关系，而不是以被歧视部落为主题的电影。不用理会这样的批评。"

晏妮：我觉得这和荒井先生现在的作品不大一样，因为荒井先生的作品中肯定会涉及社会问题。

荒井：西冈琢也③说这是我的坏毛病。我把《生在幼子》中宫藤官九郎④饰演的前夫那个角色设定成了为日本自卫队做饭的厨师。西冈对我说：在这个片子中，完全没有插入这些东西的必要啊。

晏妮：我在看电影的时候就猜到，那个地方肯定是出自荒井先生的创作。

---

① 受歧视部落，日本封建社会的阶级制度下，从事屠宰业、殡葬业等被认为"不干净"行业的人是处于最低阶级的，他们长期受到歧视，只能群居在某些地区，这些地区被称为"部落"。明治年间的1871年，日本政府颁布了"解放令"，废除了阶级制度，但歧视和偏见至今仍未彻底消除。

② 井筒和幸，生于1952年。拍摄粉红电影出身的日本著名导演。主要导演作品有《少年帝国》（1981年）、《岸和田少年愚连队》（1996年）、《一展歌喉》（1999年）、《无敌青春》（2005年）等。

③ 西冈琢也，生于1956年。日本著名编剧。主要编剧作品有《少年帝国》（1981年）、《TATOO刺青》（1982年）、《人鱼传说》（1984年）、《不沉的太阳》（2009年）等。

④ 宫藤官九郎，生于1970年。日本著名编剧、演员、导演。编剧作品有电影《GO！大暴走》（2001年）、电视剧《海女》（2013年）等。

荒井：是的。把他写成一个普通的厨师也完全不会影响到剧情，但我把他设定成为自卫队做饭的厨师。如果要我为自己辩解的话：我不过是想让驻日美军基地的铁丝网出现在画面中罢了。

**关于性与爱**

晏妮：关于这部影片，荒井先生曾这样说道，男人的下半身是没有思考能力的。我当时就反驳道，这个女主人公的下半身才是没有思考能力的吧。男人和女人的下半身都没有思考能力，这是您的创作思路吗？

荒井：嗯。性爱中不是有人力所无法控制的部分吗？石桥莲司饰演的那个角色在将女人让给朋友之后，哭泣着在街头徘徊，被拉客的老头拉进了山口美也子①所扮演的女人的店里。男人被她引诱，他心想，我不能和她干这事儿；但他的下半身却不听使唤，起了反应，勃起了。我觉得下半身是没有辨别能力的，但可能也有人不这么认为。和自己不喜欢的女人也能发生关系，这正是性爱的悲哀之处。

如果非要说这些角色像动物的话，那么就算是吧。人们时刻都被欲望所驱使，但又被伦理道德之类的规范所束缚。有时候，在坐车时我会想：这些乘客全都会做爱呢。继而觉得有些不可思议。罗曼情色电影是最适合用来揭示人类的兽性这一主题的电影类型。但是，掌权者是禁止公开展示人性的这一部分

① 山口美也子，生于1952年。日本女演员，曾出演过多部罗曼情色电影，在荒井晴彦的编剧处女作《新宿混乱的街区》中出演女主角，在《红头发的女人》中扮演酒吧的女老板。

的；保守人士也一样。实际上，只有人类是在不停地做爱的；动物们只在发情期，为了繁衍而交配。虽说人类一开始也是为了繁衍而交配，但却成了性爱所带来的快感的俘虏，渐渐地演化成不为繁衍，单纯地只是为获得快感也会做爱。人类把性爱的两大机能——繁衍后代和快感剥离开来，由此引发了许多的事件，诞生了许多的故事。

李向：也就是说性和爱是两码事，是这样吗？

荒井：一对男女相遇，彼此互有好感，他们会先聊聊各自的兴趣爱好，喜欢的书和电影，然后牵手，接吻，最后才会做爱。年轻时，我潜意识里认为得遵从这样的顺序一步一步地进行。我在写这个剧本的时候，大概31岁吧。我一直思考：如果完全忽略这些流程，先做爱再相爱，也就是说顺序颠倒的话，还能否成立。

晏妮：这是您对您自身观念的反抗吗？虽说您并不这么认为，但您想不管这么多了，先写写看吧，是这样吗？

荒井：日本在进入明治时代之后才引进了恋爱这一概念，然后才有了恋爱—结婚—生育这一具有现代主义性质的顺序。不过，也有先怀了孩子再结婚的例子。

晏妮：您刚才提到了对为了繁衍而进行的性爱的抵抗，认为性爱的意义并不仅如此。我认同这个作品在此意义上的价值。女性不只是为了结婚而做爱和生育，您在作品中打破了这个所谓的顺序。

荒井：他在驾驶卡车的时候遇到她，并收留了她，这是他们的相遇和开始。他们不过是一个劲儿地做爱，这种关系能称之为爱吗？放到现在的话，我可以毫不犹豫地说：能。但我在写这个剧本的时候，对于这两人之间能否产生爱，还是半信半疑的，没有十足的把握。

## 嫉妒与否是衡量爱的基准

李向：我觉得私奔的年轻男女那条线相对而言比较明快。

荒井：那个女孩不是说要男孩负责吗，我年轻的时候，很喜欢在作品中让女人说"你要对我负责"，也就是说，要男人对发生了的性关系负责。这部作品中也是这样：被轮奸的女孩要男孩负责。犯人有两个，但她却只要求先侵犯她的那个男孩负责。这是典型的观念性写法。我认为像他们俩的这种关系也是能发展成情侣的。

李向：这对情侣和两位主人公形成了一种对比。

荒井：是的。男孩向男人提出：女孩要我对她负责，所以我不得不跟她私奔，在此之前，你的女人得让我上一次。男人让出了女人，男孩同女人发生了关系。

李向：我到现在也不是很明白，为什么会边哭边把自己的女人拱手让给了朋友。

荒井：故事是从他俩轮奸那个女孩开始的，一直以来，他们俩不过把女人当成泄欲的工具而已。所以当男孩说，"我的女朋友你不是也玩过吗，你就别吃独食了，让我也爽一下"，男人是无法拒绝的。男人之所以哭，是因为他不情愿，他不想把女人让给朋友，他在吃醋。在那一刻，他开始怀疑自己是不是爱上了那个女人。

神代先生读完剧本后问我主题是什么？我回答道："吃醋。我虽然不大懂得怎样算是喜欢上了一个人，但如果我喜欢的女人和别的男人上床的话，我会猛地醋意大发；而有些女人我却会觉得无所谓，不会吃醋。我觉得会吃醋并耿耿于怀，应该是因为有爱。"

晏妮：您终究还是站在男性的立场去考虑这个问题呢。

荒井：因为我是男人呀。

晏妮：作为女性，我不是太明白这种心境。（笑）

荒井：我觉得，知道伴侣被人睡了之后，在意与否是衡量你是否爱他（她）的标准：如果你吃醋了就说明你爱她；如果没有吃醋那你就不爱她。我想用作品来检验，始于性关系的两人之间能否出现爱的萌芽。如果要问这部电影的主题是什么，那就是：始于性的爱也是存在的。

## 如果重写《红头发的女人》

李向：在创作完这部作品之后，您是不是收到了许多的剧本邀约呢？

荒井：没这回事。当年，罗曼情色电影被认为不是一般的电影，而备受歧视。这部电影当年入选《电影旬报》[①] 年度十佳影片，名列第四。长谷川和彦[②] 对我说："荒井，凭罗曼情色电影能拿到第四名，和得了第一名一样光荣。"

晏妮：神代先生的作品不是经常入选《电影旬报》的年度十佳吗？

荒井：伊佐山博子 ① 凭《湿濡的情欲》获得最佳女主角时，有评论家辞去了年度十佳的评委一职。从此事也能看出当年罗曼情色电影的处境。

虽说电影评论家白井佳夫 ② 称赞了《红头发的女人》的剧本，但大众都认为电影是神代先生一个人的功劳。神代先生将我绞尽脑汁写成的剧本拍成了电影，但一般大众却都认为电影中的世界是由神代先生所创造的。

李向：据说荒井先生特别喜欢这个作品，读到小说《震颤》③时，觉得它跟《红头发的女人》很像。

荒井：读小说《震颤》时，我觉得它是移动版的《红头发的女人》。《红头发的女人》里的那对男女被雨困在屋内靠做爱度日；而《震颤》里的那对男女是在卡车中边做爱边向远方前进。所以我称它为移动版的《红头发的女人》。

李向：您曾经说如果重新改编这部作品的话，您会删掉年轻男女那条线，全篇都用来刻画红发女子和男人。

荒井：如今，我只用两个人物也能够支撑起一部作品；但当时的我还没有这个能力，所以会选择增加一些出场人物。

李向：就像由您在电影《震颤》中做过的一样。在那部电影

---

① 伊佐山博子，生于1952年。日本著名女演员，作家。1972年，担任电影《白皙纤指之调情》的女主角，成为备受欢迎的罗曼情色电影女演员。曾凭电影《湿濡的情欲》荣获《电影旬报》最佳女演员奖。是为数不多的至今仍活跃在日本影坛的罗曼情色电影出身的女演员。其他作品有《第41号女囚房》(1972年)、《女地狱：濡湿的森林》(1973年)、《追捕》(1976年)、《不连续杀人事件》(1977年)、《浪人街》(1990年)、《扒手》(2000年)、《编舟记》(2013年)等。

② 白井佳夫，生于1932年。日本著名电影评论家，曾于1968年至1976年担任日本老牌电影杂志《电影旬报》的总编辑。

③ 《震颤》，日本小说家赤坂真理于1998年发表的小说，于1999年获芥川奖提名。同名电影由荒井晴彦编剧，广木隆之执导，寺岛忍、大森南朋主演，于2003年在日本上映。

的大部分时间里，只有两个角色。

荒井：那是因为《震颤》不是罗曼情色电影，所以才能实现。罗曼情色电影虽说没什么条件限制，但得考虑观众的需求，只出现一位女性的裸体是不行的，得展示两名以上的女性裸体。但创作者们将计就计，经常会不谋而合地让年轻女子和年长女人登场，借此来表现不同年代的人的代沟问题。

李向：您创造年轻女子那个角色，也是因为有这个限制吗？

荒井：是的，为了对得起观众的期待，我得在作品中多展示几位女性的裸体。这部电影的片长只有73分钟，但如果有90分钟或是更长的话，我会从女人开始写。她是怎样的一个人，和什么男人在一起，她是逃出来的吗？也就是说，从女人在路边出现之前开始写。她和这个男人相遇，最后她会选择回去还是留下呢？我会好好考虑这些问题。

晏妮：您在作品中向我们展示了在有限的时间里，闭塞的空间内的一对男女的生存方式。

荒井：像影片中的男女主人公那样耽于性爱，无时无刻都在交欢的罗曼情色电影在此之前被人拍过也并不奇怪，但实际上，我们是第一个这么拍的。

晏妮：这次出版的剧本，我想国内的读者读完后肯定会大吃一惊。和伦理道德无关，而是惊叹于原来还有这样的剧本写作方式。

## 关于电影剧作《颓废姐妹》

### 用娱乐片来拍战争题材

李向：与荒井先生的其他作品相比，这部作品的戏剧性似乎要强许多，有很浓的通俗剧色彩。

荒井：这是因为我想创作一部娱乐作品，像笠原和夫先生经常做的那样，用娱乐片的形式来描写战争。

**李向**：日本曾经有过一些战争题材的娱乐电影呢。

荒井：当中最有名的要属由冈本喜八 ① 执导的《独立愚连队》系列 ②，还有《军中黑道》系列 ③。此外，增村保造 ④ 执导的《赤色

---

① 冈本喜八，1924—2005。日本著名导演、编剧。1943年进入东宝公司，担任副导演。后应征入伍，在陆官预备士官学校迎来战争的结束。这段经历对其电影创作起了很大的影响，在成为电影导演后，冈本喜八创作了许多战争题材的电影。1958年，推出导演处女作《结婚的一切》。1959年，推出自编自导的战争电影《独立愚连队》，一举成名。主要导演作品有：《江分利满先生的优雅生活》（1963年）、《啊，炸弹！》（1964年）、《血与砂》（1965年）、《日本最长的一天》（1967年）、《肉弹》（1968年）、《血战冲绳岛》（1971年）、《大诱拐》（1991年）等。

② 《独立愚连队》系列电影，于1959年到1965年上映的日本系列电影，共计7部。该系列电影的故事都发生在抗日战争时期的中国，用喜剧的手法表现了战争的残酷。这7部电影分别是：由冈本喜八自编自导的《独立愚连队》（1959年）和《独立愚连队西行》（1960年）；由关泽新一编剧，谷口千吉执导的《山猫作战》（1962年）；由井手雅人编剧，谷口千吉执导的《独立机关枪队仍在射击中》（1963年）；由关泽新一编剧，福田纯执导的《野良犬作战》（1963年）；由关泽新一和小川英联合编剧，坪岛孝执导的《蚁地狱作战》（1964年）和由佐治乾、冈本喜八编剧，冈本喜八执导的《血与砂》（1965年）。

③ 《军中黑道》系列电影，于1965年到1972年上映的日本系列电影，共计9部。电影讲述了曾是黑帮打手的新兵和出身名门的上等兵联手同腐败的军队权力做斗争的故事。这9部电影分别是：由菊岛隆三编剧，增村保造执导的《军中黑道》（1965年）；由舟桥和郎编剧，田中德三执导的《续军中黑道》（1965年）和《新军中黑道》（1966年）；由舟桥和郎编剧，森一生执导的《军中黑道：逃狱》（1966年）；由田中德三执导的《军中黑道：大逃跑》（舟桥和郎编剧，1966年）、《军中黑道：交给我了》（高岩肇编剧，1967年）、《军中黑道：杀入敌阵》（笠原良三、东条正年编剧，1967年）、《军中黑道：抢夺》（舟桥和郎、吉田哲男编剧，1968年）及由增村保造执导的《新军中黑道：火线》（增村保造、东条正年编剧，1972年）。

④ 增村保造，1924—1986。日本著名导演、编剧。1947年进入大映担任副导演。后赴罗马学习电影，学成归来后，于1957年推出电影处女作《接吻》（1957年）。其执导的作品涵盖多种类型，执导手法现代而大胆，在日本电影界独树一帜。主要作品有：《青空娘》（1957年）、《巨人与玩具》（1958年）、《妻之告白》（1961年）、《黑色试走车》（1962年）、《丈夫看见了》（1964年）、《万字》（1964年）、《刺青》（1966年）、《赤色天使》（1966年）、《痴人之爱》（1967年）、《华岗青洲之妻》（1967年）、《盲兽》（1969年）、《游戏》（1971年）、《曾根崎心中》（1978年）等。

天使》①是一部杰作。战争与性是我特别喜欢的主题。

晏妮：冈本先生拍了许多发生在抗日战争前线的电影，有五部之多吧。

荒井：不过，这些影片中的中国人角色都是由日本人来扮演的，我觉得这有些不大妥当吧。不知道中国观众看到由日本人拍摄的发生在抗日战争前线的电影时，会做何感想。不过，不得不承认《血与砂》②是一部杰作。

晏妮：对，那是一部杰作。《肉弹》③也是杰作。毫无疑问，冈本喜八是反战的。

荒井：他是反战的。

晏妮：虽然上过战场，但小津从来不在电影中表现自己的这段经历；而冈本喜八却一直执着于拍摄战争题材的影片。

荒井：那是因为小津当年隶属于毒气部队，所以没办法拍进电影里吧。

## 刺杀昭和天皇

李向：这部作品可以称得上是您对战争的一次总的清算。您在作品中加入了各种各样的元素。

荒井：是的，我塞进了许多许多东西。

---

① 《赤色天使》，改编自日本作家有马赖义发表于1966年的同名小说，由笠原良三编剧，增村保造执导，于1966年在日本上映。影片发生在抗战时期的中国，讲述了被派往位于天津的日本陆军医院工作的日本从军女护士的种种遭遇和其同军医的凄美爱情。

② 《血与砂》，由佐治乾、冈本喜八编剧，冈本喜八执导，于1965年上映。影片发生在抗战时期的中国，讲述了日本陆军曹长和13名少年军乐队队员以及慰安妇之间的故事。

③ 《肉弹》，由冈本喜八自编自导，于1968年上映的日本电影。影片用喜剧手法，回顾了住在汽油桶内，在太平洋上漂流着的不知道二战已经结束的主人公在战争时期那可笑又可悲的青春岁月。

李向：比如说，战争时期和战争结束后，在日朝鲜人所受到的歧视。还有，您罕见地刻画了驻日美国占领军的战争创伤。

荒井：原著中并没有这样的情节。青山真治①跟我说：美国军人也有战争创伤。于是我查阅了关于贝里琉岛战役②的书籍，在剧本中加入了这一情节。

李向：最让人惊讶的是，您在作品中加入了刺杀天皇的情节。

晏妮：这在日本可拍不了。

李向：原著中也有这个情节吗？

荒井：没有。

李向：那真有人刺杀过昭和天皇吗？

荒井：正因为没有，所以这个项目一直停滞不前。最多也不过是纪录片《前进，神军！》③的主人公——奥崎谦三④曾从皇居

---

① 青山真治，生于1964年。日本著名导演、小说家、音乐家、电影评论家。大学毕业后，曾担任黑泽清等导演的副导演，于1996年推出自编自导的处女作《无援》。2000年，自编自导的电影《人造天堂》入围第53届戛纳国际电影节，并获得费比西奖和天主教人道精神奖。曾执导过由荒井晴彦编剧的电影《自相残杀》（2013年），《颓废姐妹》也计划由其担任导演。其他作品有《狂野的生活》（1997年）、《沙漠中的月亮》（2001年）、《湖边杀人事件》（2004年）、《悲伤假期》（2007年）、《东京公园》（2011年）等。

② 贝里琉岛战役，第二次世界大战太平洋战争中，美国和日本在1944年9月至11月期间在现在的帕劳贝里琉岛上进行的一场战役。经过两个多月的激烈战斗，美军以一万余人的伤亡歼灭日军一万余人，是太平洋战争中最惨烈，也是美日双方伤亡率最高的战役之一。

③ 《前进，神军！》，由原一男执导，于1987年上映的日本纪录片。影片记录了主人公奥崎谦三坚持不懈地追查在新几内亚战役中发生的日军吃食战友人肉之残忍事件的真相的过程。

④ 奥崎谦三，1920—2005。二战时期，作为一名士兵随所在部队驻扎在巴布亚新几内亚，后成为澳大利亚军队的俘虏。回到日本后，曾因杀人而入狱10年。1969年，因在新年朝拜天皇的仪式上用弹弓射击昭和天皇，被判入狱1年6个月。此后，以持久而激烈的方式坚持不懈地追究天皇的战争责任。还曾试图进入政坛，但以失败告终。进入80年代后，将矛头改为对准前首相田中角荣。于1981年自费出版了名为《为杀死田中角荣而书写》的著作，因涉嫌谋杀田中角荣而被逮捕，后免于起诉。于2005年去世，结束了其波澜壮阔的一生。

前的广场用弹弓射过昭和天皇。但在我的这个剧本中，计划刺杀天皇的退伍军人最终并没有付诸行动，而是选择了自杀。我以为这样的话，应该无甚大碍，但这情节终究还是成了我们这个项目的瓶颈。制片人森重晃[①]一直劝我：荒井先生，您能不能删了那场戏？但在我看来，这场戏是点睛之笔。

李向：您希望通过那场戏，来追究天皇和一般民众的战争责任。

荒井：是的。日本民众的父亲和兄弟因为效忠天皇而死在了战场上，但即便是这样，这些人一见到天皇还是会高呼"万岁"。见此情景，原本打算刺杀天皇的退伍军人陷入了深深的绝望之中：自己的战友们为了效忠天皇而加入特攻队，送掉了性命，可事到如今，民众们却还在高呼"万岁"，这个国家看来是没救了。于是他放弃刺杀天皇，而选择了自杀。这场戏原作中并没有，是我创作的。

## 让人愤怒的 RAA

荒井：《颓废姐妹》的大主题是关于天皇的战争责任问题，但

---

① 森重晃，生于1955年。日本电影制片人。是荒井晴彦担任编剧的电影《震颤》（2003年）、《软的生活》（2006年）、《这个国度的天空》（2015年）和《生在幼子》（2017年）的制片人。由他担任制片人的电影还有：《平成无责任一家》（1995年）、《香港大夜总会》（1997年）、《我们曾经喜欢的事》（1997年）、《不夜城》（1998年）、《光之雨》（2001年）、《千里走单骑》（日本方面的制片人之一，2006年）、《再见溪谷》（2013年）、《蜜之哀伤》（2016年）等。

除此之外，还有一个让我愤愤难平的就是 RAA①，特殊慰安设施协会。战败后，占领军要进驻日本了，政府突然想起日军曾在中国犯下的暴行。他们担心占领军来到日本之后，会像日军在中国一样奸淫掳掠，这样的话，自己的女儿和老婆就有危险了。于是，他们声称"要筑起保护日本大和抚子不受侵犯的大堤"，用国家的钱来召集妓女，成立专为占领军服务的卖春公司。但是，很多妓女不是在吉原空袭中丧了命，就是在做从军慰安妇之时死在了国外，所以光靠妓女无法支撑起卖春公司的运转。因此，相关部门开始面向社会公开招募，待遇是包衣食住。这吸引了许多在战争中因为房子被烧而居无定所、一贫如洗的人前来排队应聘。她们中的好多人连鞋都穿不上，也不知道自己应聘的工作的实际内容。直到面试的时候，她们才被告知，她们的工作是为美军提供性服务，而且每天都得为多人提供服务。

用国家的财政预算来成立卖春公司，我想，世界上所有的国家当中也只有日本干过这种勾当。有些女孩工作了几个月就感染了梅毒之类的性病，还有些女孩因为难以承受而选择了自杀。后来，美国占领军的母亲们发现自己的儿子感染了梅毒，恼羞成怒，对政府施压，日本政府这才关闭了特殊慰安设施。那些在此工作的女人们从此流落街头，许多都成了邦邦女郎。

---

① RAA，全名 Recreation and Amusement Association，即特殊慰安设施协会。第二次世界大战结束后，作为战败国的日本为了防止即将进驻的美军对日本妇女施暴，于8月26日成立了"特殊慰安设施协会"，开设慰安所，专为美国占领军提供性服务。但因慰安所性病蔓延，许多美国将士染上了性病，这引发了身在大洋彼岸的美军的妻子和亲人的抗议。迫于压力，占领军司令部要求日本政府关闭所有的慰安所。1946年3月26日，日本政府关闭了特殊慰安设施协会及所有慰安所。被遣散的慰安女从此流落街头，许多人都成了为美军提供性服务被称为"邦邦女郎"的暗娼。

晏妮：有专门研究 RAA 的书籍呢。

荒井：有好几本呢。原作者岛田雅彦[①]曾这样写道：那些被称为邦邦女郎的女人们不就是援助交际的鼻祖吗。我把他的这个观点加以延伸：日本不就是个一直从事着援助交际的国家吗？靠着美国的援助，对美国唯唯诺诺，言听计从。所以我让剧本结束于这一场景：女人们和美国大兵一起重建家园。

晏妮：我觉得您的这部剧作中有些黑色幽默的成分呢。

荒井：对。既有引人发笑的地方，也有很严肃的地方。现在的很多人都不知道曾有过 RAA 这个组织。前田阳一的导演处女作——《日本天堂》中就有关于 RAA 的情节。

## 组建"反日"同盟

李向：剧本中有一个很有意思的地方：战争一结束，日本民众对于战争的看法一下子就完全转变了。

荒井：当时的日本就是这样的。因此，小孩们变得不再信任大人。要知道，战争期间使用的教科书上的许多"敏感"部分都是被用墨汁涂黑了的呀。不久前还张口就是"天皇陛下万岁"的那些人，现在却改口宣扬民主主义。天皇也昭告天下说自己不是神，而是人。天皇这所谓的"人间宣言"[②]可真是滑稽可笑。日本是全世界最差劲的国家。

---

① 岛田雅彦，生于1961年。日本作家。大学期间发表的处女作《献给温柔左翼的嬉游曲》获得了芥川奖提名，开始受到瞩目。《颓废姐妹》是其发表于2005年的小说。主要著作有：《我是仿造人》（1986年）、《彼岸先生》（1992年）、《被遗忘的帝国》（1995年）、《上浮的女人下沉的男人》（1996年）、《自由死刑》（1999年）、《无尽的卡农》三部曲（2000—2003年）、《徒然王子》（2008—2009年）、《虚人之星》（2015年）等。

② 人间宣言，日本昭和天皇于1946年1月1日发布的诏书。该诏书的后半部分否定了天皇作为"现代人世间的神"之地位，宣告天皇是只具有人性的普通人。

晏妮：您这个剧本要不要拿去韩国，说不定能拉到投资呢。

荒井：岛田雅彦劝我：您没必要写得这么过激啊。但是，原著中的素材很适合往我的这个方向来创作，而且能加入许多元素。原著中还涉及日本电影人的战争责任问题。

有一年，在釜山电影节上，有一位法国投资人对我们的这个项目很感兴趣。我问他什么地方吸引了他，他告诉我，因为这是关于一对姐妹如何求生的故事，而且他很想看如今的大都市东京曾经被烧成一片废墟的画面。

晏妮：这位法国人要投拍吗？

荒井：他只能投一小部分。原定和中国合作的计划也是停滞不前。

晏妮：我觉得您应该试试跟好几个国家和地区一起来合作。全靠中国内地的投资的话，可能不大现实。您也可以去韩国，中国香港找找投资，组建一个"反日"同盟。这样的话，说不定能顺利开拍呢。


## 关于电影剧作《这个国度的天空》

### 继承前辈的电影精神

李向：能谈谈让您在时隔18年之后重执导筒的原因吗？

荒井：其实也不是我自己想做导演。原作者高井有一先生 ①

---

① 高井有一，1932—2016。日本当代小说家。影片《这个国度的天空》改编自其发表于1983年的同名小说。1965年，凭小说《北方的河》获得芥川奖。其他著作还有《少年们的战场》（1968年）、《梦之碑》（1976年）、《夜蚁》（1989年）、《昭和之歌：我的昭和》（1996年）、《宏亮的挽歌》（1999年）、《时间之景》（2015年）等。

在多年前就把改编权交给了我，但我却一直无法回应他的期待。大约在10年前，我趁着手头没有工作，就把剧本先写了出来。有一天，制片人锅岛寿夫①问我手头有没有战争题材的作品，于是我就把这个剧本拿给了他。读完后，他跟我说：荒井先生，我们把这个拍出来，作为纪念第二次世界大战结束70周年的作品吧。我问他：那谁来执导呢？没想到他却说：您自己来拍不就行了吗。

其实，在决定由我来执导的几年前，我把剧本拿给根岸吉太郎读过。我问他，你觉得这个剧本怎么样？他回复道："这个剧本特别特别好，应该会拿最佳剧本奖。不过，谁会来看这种电影呢？"他说的那些话也太不讨人喜欢了吧。先别去管"谁会来看"，如果你觉得是好作品，那我们就一起来拍啊。既然觉得是好剧本，那你应该想拍才对啊，不是吗？难道会去考虑票房问题的人才能称得上专业人士吗？莫非根岸是出生于叫"根岸发行"的票务世家？我当时很想顶回去：你张口就是观众和票房，但你执导过什么卖座的电影呢？

李向：您被原著吸引，是因为原著中刻画了一位得知战争即将结束却一点也高兴不起来的少女吗？

荒井：是的。战争结束了，所有人都异口同声地说，"太好了，太好了"，但大家都忘了去反省是谁发动了这场战争，而民众又为

---

① 锅岛寿夫，生于1953年。日本电影制片人。和深作欣二、北野武等日本著名导演有过多次合作。由其担任制片人的作品有：《冲绳小子》（1984年）、《明天》（1988年）、《凶暴的男人》（1989年）、《3－4×10月》（1990年）、《起尾注》（1992年）、《奏鸣曲》（1993年）、《四十七人之刺客》（1994年）、《性爱狂想曲》（1995年）、《大逃杀》（2000年）、《突入！浅间山庄事件》（2002年）、《蜩之记》（2014年）等。

何会参与这场战争。野坂昭如①曾经说过：我总觉得，日本人似乎把战争当成自然灾害、天灾一样来看待。战争是由人类发动及参与的，但战争结束之时，人们的反应就像是台风已经过境，地震已经平息了似的，丝毫没有要反省的意思。他们只会庆幸，"这一切都过去了"。所以，我想通过刻画一位得知战争即将结束但却无法开怀的女孩，是不是能让人们去反思"二战"后的日本呢。

李向：《这个国度的天空》《战争和一个女人》，还有《颓废姐妹》②。为什么您会突然开始接连不断地创作战争题材的剧本呢？是因为您到了这个年纪吗？还是因为在日本，已经没有人去创作这类作品，所以让您产生了一种使命感呢？

荒井：我也说不清楚是因为自己上了年纪，还是出于使命感。虽说我生于战后，并不了解战争，但跟现在的年轻人比起来，我可是要知道的多得多。因为在我还是小孩的时候，到处都能看到战争留下的痕迹。我之所以会觉得《永远的三丁目的夕阳》③很虚

① 野坂昭如，1930—2015。日本著名作家、歌手、作词家、政治家。早期曾以放送作家的身份活跃在电视行业，也曾为许多广告歌曲作词。1963年，发表小说处女作《黄色大师》，开始活跃于文坛。该小说后被今村昌平拍摄成电影《人类学入门》，于1966年在日本上映。1967年，发表根据其自身经历而创作的短篇小说《萤火虫之墓》和《美国羊栖菜》。次年，两本小说同时获得直木奖。小说《萤火虫之墓》在日本家喻户晓，曾多次被改编成影视作品，尤于1988年上映的由高畑勋自编自导的同名动画电影最负盛名。野坂昭如还自称"火灾废墟黑市派"，对日本社会展开批判。1983年，他当选为日本参议院议员，同年年底辞职。2015年12月，因心力衰竭逝世。

② 《颓废姐妹》，日本著名作家岛田雅彦于2005年发表的长篇小说。讲述了一对姐妹在二战结束后，为了生存不得不将自己的家改造成为美国占领军提供性服务的慰安所的故事。荒井晴彦计划将其搬上大屏幕，并创作了剧本，但因种种原因，该项目目前处于搁置状态。

③ 《永远的三丁目的夕阳》，改编自西岸良平于1974年开始连载的漫画《三丁目的夕阳》，由山崎贵、古泽良太联合编剧，山崎贵执导，于2005年上映的日本电影。故事发生在1958年，描绘了住在东京都夕田町三丁目的居民们那笑泪交织的日常生活。影片在日本取得了巨大成功，并分别在2007年和2012年推出两部续集。

假，是因为在那个年代，我们在空地上玩耍的时候，到处都坑坑洼洼的；而那些在战争期间为了应对空袭而涂黑的学校建筑，有一些也还是黑漆漆的。我们是看着这些战争留下的痕迹长大的，我们那时候的生活很贫苦。

因为觉得这个社会有太多不公平，不正常的地方，我参加了学生运动。后来，我进入了电影行业，发现这类战争题材是被"封印"的。想吃电影这碗饭，就不能碰这种题材。虽说我一向都见缝插针地在作品中加入社会问题和战争问题，但拍罗曼情色电影的话，连缝都很难找到。所以，当我有机会和能力去拍战争题材了，我会义无反顾地去拍。

还有一个很重要的原因，那就是笠原和夫先生和深作欣二<sup>①</sup>先生的先后去世。他们二位在拍娱乐片的时候，不管有没有"可乘之机"，都会强行在电影中加入战争元素。我特别难过，啊，两位先生都不在了。我出版过关于笠原先生的书，而和深作先生又是经常通宵畅饮的好友。这二位都不在了，那我得继承二位的电影精神，想方设法地在电影中加入战争元素。不过我生于战后，而他们二位都亲身经历了那场战争。

晏妮：归根结底，您是出于使命感。现在的日本电影界，真的没有人去拍战争了。特别是侵华战争。大家只会拍广岛长崎被投下的原子弹。

---

① 深作欣二，1930—2003。战后日本最重要、最具代表性的电影导演之一。1961年执导电影处女作《风来坊侦探：红谷的惨案》。1970年，与理查德·弗莱彻、舛田利雄联合执导战争电影《虎！虎！虎！》。1973年，执导了名留日本影史并成为其生涯代表作的黑帮电影《无仁义之战》。主要导演作品还有《飘舞的军旗下》（1972年）、《仁义的墓场》（1975年）、《县警对暴力组织》（1975年）、《黑社会的墓场：腐朽之花》（1976年）、《柳生一族的阴谋》（1978年）、《魔界转生》（1981年）、《蒲田进行曲》（1982年）、《忠臣藏外传之四谷怪谈》（1994年）、《大逃杀》（2000年）等。

## 战争中的日常

李向：读完剧本，我觉得在这部作品中，相对于少女和男人的恋爱，关于战争中民众们的日常生活的描写要多一些。

荒井：是的。动画电影《在这世界的角落》①因为细致地描写了战争中普通民众的日常生活而备受赞誉。而在此之前，我就在真人电影中做过同样的尝试：即便是与炸弹为邻，大家的生活还是在继续。

一开始，我打算拍成一部关于街道居民会的居民们的群像电影，但是原作者提醒我：荒井先生，这么拍的话，出场的人物也太繁多了吧，要知道，这故事是关于一对男女的。他的这个建议帮了我的大忙。

李向：就算是在战争中，人的身体还是会自然而然地走向成熟。这是您的创作意图之一吗？

荒井：是的。即使每天都粗茶淡饭，人的身体还是会慢慢成熟。不了解战争的人批判这部电影，说"战争期间，不可能出现乱搞男女关系的现象"。我回击：你这说的是什么话呢，在觉得自己命不久矣的情况下，还有什么事情是做不出来的呢。

在战争时期，虽然很多人都有过悲惨的遭遇，但也有一些人过得很开心。因为战争而遭受损失的人们的确吃尽了苦头，但有些人并没有遭受损失；正因为这部分人占大多数，所以日本才能在"二战"后迅速地进入发达国家之列。大家不了解这

①《在这世界的角落》，改编自河野史代于2007年至2009年连载的同名漫画，由片渊须直自编自导，于2016年在日本上映的动画电影。影片讲述了在"二战"末期，嫁到位于广岛县的军港城市——吴的女主人公积极努力地面对残酷的战时生活的故事。影片在日本备受好评，荣获第90届《电影旬报》年度十佳电影第一名。

段历史，特别是年轻人，他们惊讶：在战争期间还能吃到这么好的饭菜？我想告诉他们：那时候，吃肉喝酒的大有人在，只是你们不知道罢了。

晏妮：要知道除了空袭，日本本土并没有发生战争。但冲绳的损伤特别惨重。

荒井：那是因为冲绳发生了陆战，而日本本土只遭遇了空袭，且空袭仅限于大城市。所以对于那些没有因战争而受到损失的人来说，战争并没有什么大不了的。也正因为如此，日本民众也没有主动去追究战争的责任问题。

## 追问父母的战争责任

荒井：退役归来的父亲或是兄长对他们在中国的所作所为缄口不提。他们对中国造成的伤害，他们说不出口。

晏妮：我刚到日本的时候，得到了几位参与过侵华战争的老人的悉心照顾。但是他们不会说他们在中国干过什么。

荒井：我上初中那会儿，不知道天高地厚，我追问我父亲：你在中国有没有杀过人？我父亲告诉我，因为他特别害怕，就把头藏在战壕里，举着枪乱射一气，并没有杀过人。

我父亲因为动痔疮手术而捡回了一条命。他的战友们都被调去新几内亚岛、菲律宾等地的南方战场。

晏妮：去了那些地方的日本兵的下场最为凄惨，很多都是被饿死的。

荒井：有60%是病死或饿死的，比中弹而亡的日本兵还要多。因为没饭吃而被活活饿死，这真是太残酷了。

晏妮：日本人不去追究天皇的战争责任，真是不可思议。

荒井：现在想想，父亲还在世的时候，我应该多问问他有关战争的事情。但那会儿，每当我追问他的时候，他都会勃然大怒，"你也不想想是谁在供你吃喝"，举起筷子打我的头。我也就不敢再往下问了。我也问过我母亲，"你当时为什么不站出来反对战争？"她告诉我，是因为被军部骗了。

## 关于电影剧作《战争和一个女人》

### 始于对电影《芋虫》的批判

李向：这部电影的原著出版于"二战"结束后不久的1946年，距影片上映的2013年有差不多70年之久。您为什么要在现在去改编这部小说呢？是因为您很喜爱原作者坂口安吾①吗？

荒井：我完全没有去研究和学习过坂口安吾呢。一切都始于寺胁研②的一句话：我们来拍一部电影，通过电影来表达对若松

---

① 坂口安吾，1906—1955。近现代日本文学的代表性作家之一，日本战后"无赖派"文学的旗手。坂口安吾创作的作品涵盖了纯文学、历史小说、推理小说等多种类型。电影《战争和一个女人》改编自其于1946年发表的同名小说。主要著作有《风博士》（1931年）、《堕落论》（1946年）、《白痴》（1946年）、《盛开的樱花林下》（1947年）、《非连续杀人事件》（1947年）、《二流人》（1948年）等。

② 寺胁研，生于1952年。电影评论家，京都造型艺术大学艺术学部漫画学科教授。电影《战争和一个女人》的企划和制片人。曾担任日本文部科学省官员，在任期间，大力推行了日后备受争议的"宽松教育"。学生时代起就经常在《电影旬报》等电影杂志上发表电影评论，主要研究领域为日本电影和韩国电影。著有《最佳韩国电影100部》（2007年）、《即便这样，"宽松教育"也没错》（2007年）、《官僚批判》（2008年）、《罗曼情色电影的时代》（2012年）、《文部科学省——"三流机关"不为人知的真实面目》（2013年）等。

孝二①执导的《芋虫》②（2010年）的批判吧。电影《芋虫》的灵感来自江户川乱步③所著的《芋虫》，电影的剧情虽然乱七八糟的，但是票房不错；主演寺岛忍还凭该片获得了柏林电影节的最佳女主角奖。影片的最后，出现了原子弹爆炸的画面，让人不禁生疑：咦，这村子离广岛很近吗？总之，这是一部没有进行翔实的历史考据、不尊重史实的电影。小说《芋虫》写的是一个为国出征的男人，在战场上负伤痛失双手双脚后被送回了家乡并被授予了勋章。失去四肢无法动弹但并没有丧失性功能的他慢慢地被妻子当成了性玩具，万念俱灰的他在绝望中死去。一个男人，把自己献给国家之后又献给妻子，然后在绝望中死去。但这些在电影《芋虫》中完全没有得到体现。

寺胁研想拍战争题材的电影来表达对《芋虫》的批判。他问我，拍一个关于获得勋章从战场归来的男人的老婆在搞婚外恋的

———————————

① 若松孝二，1936—2012。日本著名电影导演、制片人、编剧。1963年通过粉红电影《甜蜜的圈套》完成导演处子秀。1965年，创立若松制片；同年，若松制片出品的由其执导的粉红电影《墙中秘事》入围了柏林电影节主竞赛单元。若松孝二在作品中一贯坚持的反体制姿态，吸引了一批电影人才聚集于若松制片公司，荒井晴彦曾是其中一员。70年代初期，荒井晴彦曾在若松制片担任过副导演、编剧等职务。若松孝二的作品在国内外受众颇多，被誉为情色电影大师。主要导演作品有《被侵犯的白衣》（1967年）、《花俏少女》（1969年）、《天使的恍惚》（1972年）、《饵食》（1979年）、《无水之池》（1982年）、《等待出击》（1990年）、《戴绿帽子的宗介》（1992年）、《联合赤军实录：通向浅间山庄之路》（2007年）、《芋虫》（2010年）等。

② 《芋虫》，由黑泽久子、足立正生编剧，若松孝二执导，于2010年在日本上映。曾入围2010年的第60届柏林电影节的主竞赛单元，该片主演寺岛忍获得了最佳女演员奖。故事发生在20世纪40年代，讲述了一个农村女人和她那在侵华时失去了四肢，成了聋哑人的丈夫之间的故事。

③ 江户川乱步，1894—1965。日本推理小说大师、评论家。1923年发表小说《二钱铜币》，从此步入文坛。1926年，其笔下的侦探明智小五郎在小说《D坂杀人事件》中初次登场并受到好评。之后，江户川乱步创作了一系列有明智小五郎登场的小说，明智小五郎也成了日本家喻户晓的人物。日本有以其名字命名、用来奖励优秀推理小说的"江户川乱步奖"。其著作多次被改编成影视作品，电影《芋虫》的灵感来源便是其发表于1929年的小说《芋虫》。主要作品有《屋顶的散步者》（1925年）、《阴兽》（1928年）、《孤岛之鬼》（1930年）、《黑蜥蜴》（1934年）、《怪人二十面相》（1936年）、《幻影城》（1951年）、《侦探小说40年》（1961年）等。

故事怎么样？当我们正在讨论要不要把他的这个故事拍成粉红电影时，井上淳一[①] 提议：用现在的预算，应该能拍《战争和一个女人》。

我觉得小说《战争和一个女人》有意思的地方在于它塑造了一个喜欢战争的女人。在改编时，我想在故事中再加入另一个喜欢战争的人，然后就有了原著中没有的那个以小平义雄[②]为原型的角色。小平义雄真有其人，他以能托关系买到黑市上的大米为手段来欺骗女人，从二战末期到战后，共奸杀了7名日本女人。我觉得他之所以这样做，是因为他在侵略中国时，品尝到了奸尸，将人掐至昏迷后施暴的快感并无法忘怀。回国后，为了满足他那变态的欲望，他对日本女人也实施了同样的暴行。如果说这个男人也能称得上是喜欢战争的话，那把他和坂口安吾笔下那个喜欢战争的女人结合起来，会发生什么样的化学反应呢？就这样，我开始了剧本的创作。

李向：也就是说，您觉得原著中关于作家和女人的故事有些单薄，所以您在此基础上加上了真实案件，然后进行了改编创作。

荒井：对，这就是所谓的创造性思维。

**这是一部"反日"电影**

李向：您将战争结束后并不感到高兴的男女聚在了一起。

荒井：《这个国度的天空》中的女主人公也一样，得知战争即

---

① 井上淳一，生于1965年。日本的电影导演、编剧。师从若松孝二。《战争和一个女人》是其长篇电影导演处女作。2010年，与荒井晴彦一起创作电影《陪伴》（2010年）的剧本。2015年执导纪录片《继承大地》。

② 小平义雄，1905—1949。1923年加入日本海军，后在中国犯下过奸杀妇女的暴行。1924年退伍。1945年5月至1946年8月，以提供粮食，介绍工作等为借口，诱骗奸杀多名妇女。这一连串的奸杀事件被称为"小平事件"。于1949年被执行死刑。

将结束，她却一点也高兴不起来。

晏妮：战争结束了，但却高兴不起来。对于这样的想法，一般的日本人可能会有些抵触情绪吧。我想可能因为主人公是女性，所以《这个国度的天空》才会招致一些女性主义者的反感。不过，正因为日本的女性没有上过前线，所以也就无从得知战争的残酷性。如此解释的话，也就能理解为什么女主人公会产生"虽然战争结束了，但却高兴不起来"的想法了。

荒井：从这个意义上来看，《战争和一个女人》是一个意念性很强的剧本。我的第一位剧作老师是足立正生[1]，他曾长期为若松孝二创作剧本。因此，让我来写粉红电影的剧本，我就会变得具有很强的意念性。我编写的故事是这样的：在中国战场犯下诸如强奸等累累罪行后回到日本的男人强奸了那个喜欢战争的女人，女人获得了久违的性快感，怀上了他的孩子，并决定生下这个孩子。我希望借此来提醒日本人，让大家铭记：我们日本人是强奸犯的子孙。

晏妮：我知道荒井先生的思想性，但要通过这部影片传达给观众，是非常困难的吧。

---

[1] 足立正生，生于1939年。日本著名电影导演、编剧。作为编剧，曾与大岛渚在《归来的醉鬼》（1968年）、《新宿小偷日记》（1969年）等影片有过数次合作；而曾是若松制片故事骨干的他，在《被侵犯的白衣》（1967年）、《永远的处女》（1969年）、《狂走情死考》（1969年）、《天使的恍惚》（1972年）、《芋虫》（2010年）等影片中同若松孝二有过多次合作。同时，他也执导过多部电影。荒井晴彦进入电影圈之初，曾跟随足立正生学习，共同创作过粉红电影的剧本，还曾担任过其执导的影片《滔滔不绝的祈祷者》的副导演。1971年，足立正生与若松孝二拍摄了关于巴勒斯坦解放斗争的纪录片《赤军-PFLP世界战争宣言》。1974年，足立正生再度前往巴勒斯坦，加入了日本赤军，并因此成了日本的国际通缉犯。1997年，在黎巴嫩被捕，遭到三年监禁后被遣送回国。进入21世纪后，重新开启了其电影创作之旅。主要导演作品有《堕胎》（1966年）、《女学生游击队》（1969年）、《略称：连续射杀魔》（1969年）、《幽闭者》（2007年）、《饥饿艺术家》（2016年）等。

荒井：这是一部"反日"电影。

李向：我想日本人肯定不会喜欢这部电影，特别是男主人在中国的所作所为会刺疼日本人的神经。

荒井：所以，影片上映后，很多人在网络上质疑我和寺胁研是在日韩国人①，把我们骂了个狗血淋头。不过，影片在韩国上映时，被很多观众称赞，"你们真勇敢"。

日军在中国实施的奸淫掳掠等种种暴行和三光政策不过是在执行天皇陛下下达的命令，这是我在这部作品中的主要诉求。

晏妮：说到这儿，我想起了荒井先生前些年出版的关于剧作家笠原和夫②先生的著作——《昭和之剧：电影编剧——笠原和夫》③（2002年）。关于战争观，我觉得您肯定受笠原先生的影响特

---

① 在日韩国人，指居住在日本的韩国人。1910年至1945年的35年间，日本曾对朝鲜半岛进行殖民统治。在此期间，大批来自朝鲜半岛的民众为了生计移居日本。"二战"时，日本政府为了缓解因战争而导致的劳动力不足问题，从朝鲜半岛大量募集劳动力来到日本，使得在日朝鲜半岛人剧增。在这个过程中出现了强制征用半岛劳工的问题。"二战"结束后，大量的在日朝鲜半岛人回到了祖国的怀抱，但也有部分选择留在了日本。这当中没有加入日本国籍的那部分人及其后代，取得了"特别永住"的权利，得以长期在日本生活。截至2016年底，居住在日本的韩国人超过45万人，其中有30多万人为特别永住者；而居住在日本的朝鲜人则超过3.2万人，其中有近3.2万人为特别永住者。在日韩朝人中的特别永住者的人数占日本的特别永住者总人数的98.8%。在日韩国人／朝鲜人问题是日本现代社会所面临的主要问题之一，也是日本的影视作品中经常会出现的主题。

② 笠原和夫，1927—2002。日本最具代表性的编剧之一。由其创作的多部黑帮题材作品名留日本电影史，其中由深作欣二执导的《无仁义之战》系列更是影响了一代又一代的电影人。《无仁义之战》（1973年）在日本老牌杂志《电影旬报》于2009年发行的特刊《史上最佳电影遗产200部日本电影篇》中名列第五位。
《无仁义之战》系列之外，主要编剧作品还有《日本侠客传》（1964年）（村尾昭、野上龙雄联合编剧）、《赌一把总头目之位》（1968年）、《日本暗杀秘录》（1969年）、《县警对暴力组织》（1975年）、《黑社会的墓地：腐朽之花》（1976年）、《二百三高地》（1980年）、《大日本帝国》（1982年）等。

③ 《昭和之剧：电影编剧——笠原和夫》，出版于2002年的书籍。根据荒井晴彦、评论家絓秀实对笠原和夫进行的绵密而信息量巨大的访谈录整理成书，全书长达605页，是研究笠原和夫以及日本电影的鸿篇巨制。

别大，因为您和他的观点比较一致。

荒井：也有些不一样的地方。最大的不同在于：笠原先生认为，日本人虽说在战争中对他国实施了种种暴行，但他国也用同样的手段来回击了日本。战争本来就是如此。非要比交战双方谁杀得多的话，那也没办法；但被杀的日本人也不在少数。比方说，日本的军舰沉没后，日军游到了某个岛上，结果全被岛上的人给杀死了。笠原先生认为：战争本就如此，不是你死就是我亡，所以没必要向他国道歉。我和笠原先生的观点不大一样，我认为绝不能忘记是谁发动了战争。

## 麦克阿瑟高估了日本人

李向：剧中的那位作家对女人说过类似"战争结束后，你会生个杂种，日本会变样"的话。

荒井：这是原著里的内容。"日本会变成杂种之国。"

李向：这句话的意思是日本将会脱胎换骨，成为一个新的国家，对吗？

荒井：是的。

李向：但是最后，女人怀上的是日本人的孩子，不是"杂种（混血儿）"，也就是说到头来，日本还是老样子，没能脱胎换骨，您是想表达这个意思吗？

荒井：对。

李向：因为没有追究昭和天皇的战争责任，天皇没有受到审判，所以日本没能脱胎换骨吗？

荒井：不大准确。究其原因，是因为日本人没想过要自发地去追究天皇的战争责任问题，导致天皇的战争责任问题一直是模棱两可的。对多数日本人来说，战争的责任问题随着东条英机等7名甲级战犯被执行死刑就已经得到了清算，和自己没有任何的干系。但是，德国和意大利的战犯都是由自国民众去审判的；而日本的战犯却不是由日本民众去审判的。希特勒自杀了，墨索里尼在被游击队枪决后，尸体被倒吊在广场上示众；但日本民众没有去进行清算，使天皇制得以存续。

麦克阿瑟①太高估了日本人，他以为，如果严惩了天皇，后果会不堪设想。因为他见识过神风特攻队的疯狂，所以他担心在占领日本的节骨眼上处置了天皇，日本人会拼命抵抗。没曾想到，这个国家既没有诞生抵抗美军的游击队，也没有出现打击美军的游击战。向天皇行跪礼的日本人，改为对麦克阿瑟俯首称臣。所以那时候，即便麦克阿瑟真的处置了天皇，也不会有什么严重的后果。顶多会有一些人为天皇殉死，不会有人去组织起义。他太高估日本了。


## 关于电影剧作《再见歌舞伎町》

### 原创电影是个伪命题

**李向：** 您这部剧本也是原创的呢。

荒井：我并不认为因为剧本不是改编自别的原著，就能说它是原创剧本。虽说没有原著，但电影已有一百多年的历史，能拍

---

① 麦克阿瑟，道格拉斯·麦克阿瑟，1880—1964。美国著名军事家。第二次世界大战时历任美国远东军司令，西南太平洋战区盟军司令。"二战"结束后，出任联合国军总司令，至卸任的1951年4月11日为止，一直是对日本实行占领和管制的最高领导人。

的早就被拍过了，已经不存在什么原创了。我们这部电影的灵感可以说是来自电影《大饭店》[1]：在有限的时间和空间内，让各路人马粉墨登场。

晏妮：这也是群像电影常用的一种模式。您这部作品很有意思。

李向：这部作品是您和中野太[2]先生一同创作的，您能简单地介绍一下创作的过程吗？

荒井：中野太先写，然后我来修改。

有一天，一位不大"靠得住"的制片人找到我，说他认识一个韩国的女演员，对裸戏应该没什么抵触，如果她肯脱的话，他就把她送回韩国做个全身整容手术后再过来。他胡诌完后，问我有没有适合她的作品。我告诉他，有。在此之前，有位叫山谷哲夫[3]的纪录片导演写了一本关于情人旅馆幕后故事的报告文学，名为《歌舞伎町情人旅馆深夜清扫工见闻录》。我觉得这本书的标题很有意思。我想如果将故事的发生地设定为情人旅馆的话，那么

---

① 《大饭店》，根据奥地利作家维吉·鲍姆发表于1929年的小说《饭店里的人们》改编的美国电影，由爱德芒德·古尔丁执导，葛丽·泰嘉宝、约翰·巴里摩尔、琼·克劳馥等群星主演，于1932年公映。故事发生在柏林的一家豪华的大饭店，讲述了5位酒店客人在一天中的离奇遭遇。影片取得了巨大的成功，获得了第2届奥斯卡学院奖最佳影片奖。像影片中那样，在某一个场所让各种人物登场，展开故事的电影类型被称为"大饭店模式"。

② 中野太，生于1968年。日本电影编剧、师从荒井晴彦。同荒井晴彦一起创作了本作品和《战争和一个女人》（2013年）。其他编剧作品有《忘不了魔法少女》（2011年）、《梦中情人》（2015年）、《犬婿》（2017年）等。

③ 山谷哲夫，生于1947年。日本的纪录片导演、作家。大学期间，他就推出了处女作《活着：冲绳渡嘉敷岛集体自杀25年之后……》。其他导演作品有《都市》（1974年）、《冲绳的朝鲜婆婆：从军慰安妇的证言》（1979年）。著有《冲绳的朝鲜婆婆：大日本卖春史》（1979年）、《"慰安妇"物语：讲述事实真相的照片》（2013年）。荒井晴彦在创作本作品时，曾参考过其于2010年发表的报告文学作品《歌舞伎町情人旅馆深夜清扫工见闻录》。

我们就只能拍成群像电影了。我告诉那位制片人，我们可以拍一部关于旅馆的客人和工作人员的电影。他问答：那这里面有适合我这位韩国女演员的角色吗？我回道：让她来演上门服务的小姐怎么样，这个角色在我们这部戏中发挥空间很大。定下韩国女演员的角色后，我们开始考虑该把客人设置成什么样的角色。

**晏妮：我觉得她演得最好。**

荒井：李恩宇[1]演得很棒，非常专业。

**晏妮：她不是职业演员吗？**

荒井：她是。她还出演过金基德[2]执导的《莫比乌斯》（2013年）和《网》（2017年）。在我们这部作品中，她的戏份最多，演技又好，说脱就脱，让我不由得感叹：韩国的女演员真是太专业了。

**晏妮：那两个警察——女警官和她上司的那段戏颇具喜剧色彩呢。**

## 在作品中加入社会问题

荒井：上门服务的小姐的角色是韩国人，所以我加入了日本

---

① 李恩宇，生于1980年。韩国女演员。在本片中出演主要角色。其他作品有《莫比乌斯》（2013年）和《网》（2017年）等。

② 金基德，生于1960年。韩国最具代表性的导演之一，编剧。导演处女作是1996年的《鳄鱼藏尸日记》。由其执导的影片多次入围国际电影节。2004年，分别凭借电影《撒玛利亚女孩》和《空房间》获得第54届柏林国际电影界银熊奖最佳导演奖和第61届威尼斯国际电影界银狮子奖最佳导演奖；2012年，凭借电影《圣殇》获得第69届威尼斯国际电影界最佳影片奖。其他主要作品有：《漂流欲室》（1999年）、《坏小子》（2001年）、《春夏秋冬又一春》（2003年）、《莫比乌斯》（2013年）、《网》（2017年）等。

对在日韩国人的"仇恨言论①"。

晏妮：这让我想到了《青春残酷物语②》。

荒井：当时正好是"仇恨言论"问题闹得沸沸扬扬的时候。只要逮着机会，我就会在作品里加入这些反映社会问题的元素。

李向：这部作品中众多的角色，您是怎样去考虑和安排的呢？

荒井：主要考虑的是角色的多样化。我在作品里糅入了"仇恨言论"；然后，因为当时东日本大震灾才发生不久，所以我把主角设置为地震灾区出身。

晏妮：对荒井先生来说，这类作品是不是比较易于创作呢？

荒井：是比较好写，因为是有模式可以遵循的。作品中的每一对情侣登场后，要在大概三场戏之内把他们的来龙去脉讲清楚。

李向：主人公的妹妹是 AV 女优的那段是源自您的构思吗？

荒井：那段是广木隆一的主意。有一本书就是关于这样一个女孩：她来自地震灾区，后来成了 AV 女优。广木执导的新片《她的人生没有错③》（2017年）讲述的就是这样一个故事。


## 从经典中汲取养分

李向：您是在什么阶段决定将作品设置为一天之内发生的故

---

① 仇恨言论，指针对个人或是群体的性别，种族，性取向，宗教，残疾等特性而进行的言语攻击、威胁和侮辱。近年来，煽动民众仇恨在日韩国／朝鲜人的言论在日本屡禁不止，已成为备受关注的日本的社会问题。为了消除仇恨言论，日本已于2016年立法通过并实施《仇恨言论解除法》。

② 《青春残酷物语》，由大岛渚自编自导，于1960年公映。该片是"松竹新浪潮"的开山之作，名留日本影史。讲述了一对男女大学生迷茫的青春和沉重而压抑的爱情故事。

③ 《她的人生没有错》，改编自导演广木隆一发表于2015年的同名小说，由加藤正人编剧，广木隆一执导，于2017年在日本公映。讲述了来自东北大地震重灾区福岛县的女主人公，一边在市政府工作，一边利用周末时间去东京卖淫的故事。

事的呢？

荒井：这个在一开始就决定了。

**李向：**这样的构思是源自何处呢？

荒井：我的早期作品中有一部叫《酒吧日记》①，我原本计划把它设置为发生于一个晚上之内的故事，但最终未能成功。不过，我在创作时总会考虑能不能让故事发生在一夜或是一天之内。

**晏妮：**看来，您是大量地汲取了好莱坞电影的养分。

荒井：对，对。

**晏妮：**您大概是这么考虑的：我们这部作品适合按照这种类型去写。

荒井：先确定作品的形式。因为我就是看着这类电影长大的啊。新好莱坞电影里有部叫《相逢何必曾相识》②的影片，影片的故事很简单：一对彼此不知道姓名的男女相识，缠绵过后，男人问女人叫什么，女人说："我叫玛丽，你呢？"男人答道："约翰。"看完后，我心想：什么呀，原来是太郎和花子的故事啊（太郎和花子曾是日本最常见的男女名字）。彼此不知道姓名的男女相遇，在离别之际询问彼此姓名，用这个情节作为故事主线的话，可以拍出好多电影呢。在我的这部作品中也有类似的情节：一对互不相识的男女在发生性关系后，告诉彼此自己的名字。像这样，我不断地从经典中汲取养分。

---

① 《酒吧日记》，改编自报告文学作家和田平介的同名处女作，由荒井晴彦编剧，根岸吉太郎执导，于1982年公映。以致力于实现销售额第一为目标的某酒吧为舞台，描写了为实现销售目标而奋斗的陪酒女郎和皮条客们的生活。

② 《相逢何必曾相识》，由约翰莫·蒂默编剧，彼得·叶茨执导，达斯汀·霍夫曼和米娅·法罗主演，于1969年公映的美国电影。故事发生在纽约，描写了一对素不相识的年轻男女在24小时内的情爱。

# 神赐给的孩子

编剧：前田阳一

南部英夫　荒井晴彦

## 1. 片名字幕

## 2. 私营电车内

一位年轻女子正在座位上打瞌睡。

她是森崎小夜子（24岁）。

小夜子的头渐渐地歪向一边，眼看就要靠到邻座的一位大婶身上。

大婶颇显为难，轻轻摇了一下小夜子。

小夜子直起脖子，不由自主地再次向大婶肩上倒去。

大婶露出凶狠的目光，使劲摇了摇小夜子的肩膀。

小夜子瞬间像是睁开了眼睛，可她的脑袋又向另一边正在看体育报的男子身上歪去。

男子瞪了一眼小夜子，不耐烦地放下报纸。

男子："喂！"

男子捅了一下小夜子，把她叫醒。

这位男子是三浦晋作（28岁）。

晋作："昨晚说的事，绝对不行！"

小夜子："……（不满地瞥了一眼）"

晋作："那么干不合适吧。"

小夜子："（坚定地）我要生。"

晋作："（大声地）这简直是胡闹。"

周围的乘客朝他们望去。

## 3. 私营电车向新宿方向驶去

## 4. 新宿车站内

小夜子和晋作走来。

晋作："我说，还没请医生检查确认吧？"

小夜子："可是，已经过了一个多星期，不会错。"

晋作："真是大意了……我说，算我求你了。"

小夜子不理睬。

## 5.新宿车站西口广场

二人结伴走来。

小夜子："（瞥了一眼晋作）再见！"

小夜子快步离去。

晋作急忙追上，拽住小夜子。

晋作："（威胁地）不行！不行就是不行！"

小夜子："（停住脚步）……就是当一个未婚母亲我也不在乎。"

小夜子扬长而去。

晋作："混蛋！"

晋作对着小夜子的背影大声骂道。

## 6.望得见高层建筑群的一部分

晋作来到一幢底层设有咖啡店的小楼里，走上楼梯。

## 7.翌桧演艺社

晋作进来。

这是一个规模不大的事务所，柜台里只有三四名职员。

柜台外的一张长条椅上坐着十二三名男女青年，个个表情阴郁。

一个职员站起来朝柜台外说道。

职员："好，我讲一下今天的安排。（看着记事本）下午一点，男的都去城北体育馆，给女子摔跤比赛助威，然后六点之前转场浅草木马馆。女的今晚五点去××饭店给国会议员的宴会当招待员。租用的和服，我们已为各位准备好了。"

那名职员朝男的这一组走来。

职员："最近对你们这些助威者的意见可不少！说我们这儿的助威者嗓门太小。大家卖卖力气吧。记住，助威者的活计是大声呐喊，把场上的气氛一下子搞起来。"

"是！一定好好干。"晋作的伙伴大津大声回答。

职员："就是嘛，就是嘛！"

晋作神情不悦。

## 8．城北体育馆

女子摔跤比赛紧张激烈，正是高潮。最前排座位上，晋作和他的伙伴们扯着嘶哑的嗓子拼命叫喊。

"加油！加油！摔倒她！"

## 9．咖啡厅（电视棚）

穿着女招待服的小夜子给同台演员端来咖啡。

"笨蛋！动作太慢了！"麦克风传来一个男人的斥责声。

小夜子一愣，站在原地。

这是电视台的摄像棚，咖啡厅是搭建的布景。

助理导演一下蹿到小夜子跟前。

助理导演："太慢了！要是这样，你们俩的台词就全乱了。"

小夜子："（低着头）对不起……"

导演助理："再来一遍！"

小夜子重新表演一遍。

这次小夜子递上咖啡时将咖啡杯弄翻。

助理导演："真糟！你会不会演啊？你是哪家公司的？"

小夜子沮丧地蹲下身去捡起杯子。

## 10．浅草木马馆

台上，演员在作精彩的亮相。

## 11．浅草木马馆观众席

晋作和大津在助威。

晋作："好样的！"

大津："日本最棒的！"

## 12．裸体画的特写

搂抱成一团的男女——裸体画一张连一张地塞满银幕画面。

## 13．公寓单元房

这是一居室加厨房的小单元。

晋作伏在六铺席宽的里间的矮桌上画着各种裸体画。

眼前的墙上贴满了各种裸体画。

隔壁传来的婴儿哭闹声一直未停。

晋作被吵得画不下去，撕掉之后双手捂住耳朵，往后一仰躺倒。

## 14．公寓门外

出租车停下，小夜子走下来。

小夜子与早晨相比截然不同，她兴高采烈地哼着小曲向二楼跑去。

## 15．单元房

小夜子拉开房门走了进来。

小夜子："我回来了。（她望了一眼躺着的晋作）还没吃晚饭吧？我买来了饭卷。"

晋作默不作声。

小夜子向矮桌上瞥了一眼。

小夜子："哎呀！你可真用功。（她拿起一张画欣赏着）说不定哪天你会闯出一条路来。一定能，我最喜欢你的画。"

她走进厨房烧水。

晋作："社里怎么啦？"

小夜子："出了点事，今天歇了……（她情不自禁地）也许我们想到一起了。（又重复一遍）也许我们想到一起了。"

晋作："讨厌！唠叨些什么呀！"

小夜子："我又拿到了新台词。导演把我叫去，对我说，'这个台词你念吧。'简直难以相信。原来我还一直担心自己会被撤下来呢！"

晋作："……（没有反应）"

小夜子："念这种像样的台词，我还是第一次呢。这可是与扮演女主角的大演员搭词呀。（她走近晋作）嗳，你听听，我哪一句念得合适。"

小夜子连念两遍：

"也许我们想到一起了。"

更有感情地：

"也许我们想到一起了。"

小夜子："哪句好一点？"

晋作："我看差不多。"

神赐给的孩子——荒井晴彦电影剧作选集

小夜子不高兴地回了厨房。

小夜子："为难的只是生孩子的事……好不容易抓到这样的机会。"

晋作突然翻身坐起。

晋作："那就应该把孩子处理掉！这样的机会可不能放弃呀。工作和看养孩子的矛盾，并不是想的那么简单……况且，你当大明星也并不是办不到。我一向就认为你有表演天才。"

小夜子："你怎么忽然……"

这时有人敲门。

小夜子："来啦！（她跑去开门）"

一位三十多岁仿佛操贱业的妇女，领着一个六岁左右的男孩站在门口。

妇女："三浦晋作先生在家？"

里间的晋作站起。

晋作："在，我就是……"

妇女："啊，太好了！（她对男孩故作笑脸）孩子，见到你父亲，这下可好啦。"

晋作："父亲？这是怎么回事？！"

晋作一下跨到门口。

孩子扭过脸去。

妇女："我想请你领回这孩子。"

晋作："领回？！这……这到底是怎么回事？"

他向小夜子瞥了一眼。

小夜子有意地避开他的目光。

晋作非常狼狈。

女人领着孩子在桌边坐下，晋作坐到她们对面。

妇女："我就直说了吧。你认识一个叫田中明美的女人吧？"

晋作："田中明美……啊，我……（突然想起）啊，是高田马场的……"

妇女："对！当初她和你来往的时候，可能是在高田马场的酒吧间。"

正在泡茶的小夜子竖起耳朵听他们对话。

妇女的话外音："我就住在田中家的隔壁。"

晋作的话外音："……噢。"

妇女："两三天前，明美扔下这孩子跟一个男的私奔到国外去了。"

小男孩低下头，摆弄拴在他那书包上的玩具。

妇女："简直岂有此理！她求我照看这孩子，说照看一小时，可她却一去不回头！"

晋作："……"

妇女："这下我可遭罪了，正想去区政府商量怎么办，突然收到了明美从成田机场寄来的一封快信，好像是起飞前写的。"

妇女从衣袋里掏出信念了起来。

妇女："……因此，我依然放心不下这个孩子。所以，实在对不起你，替我把孩子带到他父亲那儿去，请他们收养……"

晋作："真是开玩笑！我可一点也不认识这孩子……"

妇女："（拦住他的话）你先别急。我还没念完呢。（她继续念）'如果他不愿意收养，就请他拿出一定数目的抚养费……'"

晋作："且慢！我为什么要拿抚养费？"

妇女："等我全部念完嘛！（继续念）'那么，我就把可能是这孩子父亲的五个男人的姓名和住址写在下面'……"

晋作："五个人！可是……"

神赐给的孩子——荒井晴彦电影剧作选集

小夜子也感到意外，望着他俩。

妇女："'往后这孩子可全拜托你了。这孩子的血型是 B 型。'嗳！就是这样。如今有可能是这孩子的父亲，而且住在东京的，只有你三浦先生。好，您的小少爷就请您收下吧！"

妇女起身想走。

晋作："（真动了肝火）胡说！这小家伙根本不是我的孩子！"

妇女："可至少有五分之一的可能吧？"

晋作："胡扯！你把别人的孩子硬塞给我可不行！总而言之，你把孩子撂在这儿我可受不了！"

妇女："受不了的是我！我跟她母亲只是邻居关系！"

晋作："可他或许是另外四人中哪一个的儿子呢？"

妇女："那就请你去和那四个男人商量啦！"

晋作："……（张口结舌，无言以对）"

妇女边穿鞋子，边对小夜子说话。

妇女："这下又给你添麻烦了，可不能虐待继子啊！"

小夜子："……"

妇女："好，打扰了。"

小夜子紧紧抿着嘴唇。

女人走了出去。

送走那女人后，晋作回到屋里坐下。他不眨眼地盯着男孩。

小夜子慢慢走进屋来，坐在一边。

晋作："（瞟了小夜子一眼）一定是搞错了，他不可能是我的孩子！"

小夜子："可是，他和你很像呢。你瞧他的鼻子，简直和你一模一样！"

晋作斜眼看了一下男孩。

男孩也斜眼看了一下晋作。

晋作不由地避开孩子的目光。

小夜子："那女人不是说这孩子的血型是 B 型吗？你是 AB 型，这有可能呀！"

小夜子来到男孩身旁。

小夜子："（亲切地）孩子，你叫什么名字？"

小男孩："……新一。"

小夜子："呦！连名字也挺像。晋作和新一，是不是你给起的名？"

晋作惊惶，有些心虚。

晋作："别……别开玩笑！我算是没辙了……真伤脑筋（向小夜子）喂！怎么办？"

小夜子："（愤愤地）我不知道！（哭腔）你坚决不让我生孩子，可你在外放荡、鬼混！我算把你看透了。"

她猛地站起，拿起随身带的物品，胡乱地朝旅行包里塞。

晋作："上哪儿去？"

小夜子："上哪儿你别管！反正在搞清这孩子来历之前，没法儿待在这儿。"

晋作："误会！那是误会呀！"

他抓住小夜子的肩头。

小夜子："（愤恶地甩开晋作）今晚你就一边盯着这孩子的脸，一边好好地想想往后该怎么办！你们父子好好亲热吧！"

晋作："是吗……是吗？原来你是这样的女人哪！好吧，我不想活了！我和这小家伙一起用煤气自杀！"

他拿起桌上的胶带，装模作样地用它贴窗户缝。

小夜子根本不理睬他，照旧从衣架上拿下外套。

小夜子："请吧！我决不拦你！"

她打开煤气开关，然后走了出去。

## 16. 桥上

小夜子急匆匆地向前奔跑着……

迎面，一对刚从澡堂出来的年轻情侣唱着歌，从小夜子身边走过去。

歌声："红色的手巾当围巾，我们经常去那小巷深处的澡堂……"

## 17. 晋作的房间

煤气弥漫开来，新一难受，鼻子直呛。

晋作："孩子，这味难闻……是吗？"

他赶紧跑过去关上开关。然后，急忙打开窗户，用双手向外赶煤气。

窗外，刚才的那对情侣正路过这里，他们还在唱着。

歌声："那时我们都年轻，无所畏惧，因为你对我只有一片柔情……"

晋作："（大声叫道）别唱这种软绵绵的歌！笨蛋！丑八怪！"

## 18. 映照在河面上的月亮

## 19. 晋作的房间（深夜）

昏暗中，新一打着轻微的鼾声。

晋作躺在旁边注视着新一的脸。他突然坐起使劲摇头。

晋作："错了，错了，一定错了。"

他反复念叨，仿佛是说给自己听的。

晋作边喝酒边拿出一面小镜子照照自己的脸，又照照新一。

## 20．服装部的走廊（第二天）

小夜子正在练台词。

小夜子："也许我们想到一起去了。"

助理导演："嗳！你不必再练了。那句台词已经删去了。"

小夜子："啊？删去了？"

助理导演："因为太长，导演删去了。"

小夜子："可是，我……（她欲言又止）"

小夜子茫然若失。

## 21．晋作的房间

晋作一边吃汤面一边看书。

"猩猩蝇的红眼遗传因子比白眼遗传因子更优越……"

晋作不由得看看新一。

新一正用左手拿筷子吃汤面。

晋作："（一惊）原来这孩子是个左撇子，猩猩蝇的红眼会遗传，人的左撇子也遗传哪。"

晋作伸出自己的左手，和新一的手比较，但急忙换成右手。

晋作："（呵斥）吃东西要规规矩矩地用右手，左撇子是遗传的呀！"

他拿过新一的筷子，塞到他的右手上。

## 22．深夜快餐馆（夜）

这里是无固定职业的青年人时常聚会的地方。

柜台里，小夜子一边忙碌地操持一边对坐在她面前的朋友A、B、C说话。

　　小夜子：“当明星的美梦吹了，我改变了主意。看来女人的幸福还是生孩子！因此，我决定生孩子，可是去医院一检查，没想到医生对我说，‘哈哈，你性急了！’我听了这话心都完全冷了。”

　　朋友A：“怎么，没有怀孕吗？”

　　朋友B：“真无聊！”

　　小夜子：“因为是别人的事吗？你这家伙！”

　　她扑过去卡住B的脖子。

　　朋友C：“（向门口望了一眼）嗳，你们看！”

　　她捅了一下小夜子。

　　小夜子朝门口望去。

　　晋作和背着新一的大津进来。

　　大津把睡着的新一放在后面的椅子上，在离小夜子较远的柜台边坐下。

　　大津：“（望了望男孩）净是随便的父母，孩子真可怜！不知孩子可知道这些，瞧他睡得有多甜！”

　　晋作：“……（斜着眼偷偷地窥视小夜子）”

　　小夜子：“（把脸转向一边，小声嘀咕）大傻瓜！”

　　大津：“（对晋作）你真去过那私奔的女人那里了吗？”

　　晋作：“当然去过。确实去南美了。”

　　大津：“可作为母亲，总该知道孩子的生父。即使和不同的男人有过交往。”

　　晋作：“是啊。要是写清孩子生父的名字，也就不会有这莫名其妙的事了。”

　　大津：“孩子的生父可能是你吗？”

神赐给的孩子

晋作："是啊……（他脱口而出，但马上使劲摇头）不！不是我的儿子，绝对不是我的儿子。"

大津："很难说。瞧那孩子鼻子头长长的，和你简直一模一样。"

新一微微地睁开双眼。

晋作："你别胡扯了！"

新一又合上眼睛。

晋作推了推大津，示意他去小夜子那儿。

大津："这可不好办哪！"

他站起身来："小夜子！请你来一下。"

他招呼一声小夜子，然后走进身后的单间。

小夜子从柜台里走了出来，坐到了大津的对面。

大津："小夜子，晋作这家伙准备带孩子从尾道去九州寻访孩子的父亲。真可谓三千里寻父呀。"

小夜子："……"

大津："怎么样？你还是跟着他一起去吧。晋作说他要让你当面消除疑虑。"

晋作睁大眼睛望着他俩。

小夜子："这和我没关系。他是自作自受。"

大津："就别说这薄情话啦。"

小夜子："（似乎有意让晋作听见）不！我认为已经到了重新考虑我俩关系的时候了。"

晋作咋了一下舌头。

大津："晋作可背上了大包袱啦！"

晋作和大津同时朝新一望去。

新一睁开了眼睛。

## 23. 东京车站的新干线月台 （第二天早上）

晋作带着新一上了火车。

## 24. 不对号入座车厢的通道

晋作和新一走了过来。

忽然，晋作怔住了——

小夜子坐在这里正翻阅周刊杂志。

晋作："（走进前去）怎么回事？"

小夜子："（头也不抬地）'黄道吉日，宜出行'嘛。"

晋作："……？（露出笑容）是和我一起去吗？"

他正想坐在她对面的座位上。

小夜子："根本估计错误！别套这份儿近乎吧。"

晋作："……？"

晋作无奈，只好向旁边的座位走去。

晋作："（转身骂道）丑八怪！"

## 25. 火车飞驰在新干线上

## 26. 车厢内

晋作和新一吃盒饭。

新一用左手拿筷子。

晋作："喂！车靠左走，拿筷子用右手。"

新一把筷子换到右手上。

晋作向小夜子望去。

小夜子正出神地望着车窗外的景色。

## 27. 透过车窗望得见浜名湖

## 28. 车厢内

小夜子拿着一个冰激凌走来，递给新一。

小夜子："给你！"

晋作："你这是上哪儿去？"

小夜子："尾道。"

晋作："尾道？那不是和我一路吗！我看还是……"

小夜子："真笨！我去办点事，顺便想拜访一些人。"

晋作："……"

## 29. 车窗

姬路城遥遥在望。

## 30. 车厢内

小夜子出神地眺望着姬路城。

## 31. 尾道市的俯瞰镜头

字幕：尾道

## 32. 尾道车站观光导游所

小夜子向服务员打听去旅馆的路。

小夜子："我明白了，谢谢你了！"

她顺着服务员指的方向走去。

这时，晋作带着新一赶到这里。

晋作："刚才的那位去哪家旅馆了？"

服务员："×× 街的大谷旅馆。"

晋作："麻烦你告诉我去那儿该怎么走！"

服务员用怀疑的眼光审视着晋作。

### 33. 大谷旅馆正门前

一位女招待站在门口向正要外出的小夜子行礼。

女招待："您走好！"

正在这时，晋作带着新一也赶到了。

小夜子："……？！"

晋作："怎么？你也住在这儿？真是太巧了！"

晋作进了旅馆。

小夜子差点笑出声来，径自朝外走去。

### 34. ×× 美容院内

女主人房江露出惊愕的表情。

房江："快上来。你先看看周刊杂志。等我把这位客人的活做完就没事了。"

小夜子："嗳！"

她脱鞋进屋。

### 35. 大街上

晋作领着新一走进来。他不时看看手里的笔记本。迎面，一辆"市长竞选车"吵吵嚷嚷地从他们身边驶过。

晋作突然停下了脚步。

晋作："（念叨着）田岛启一郎……"

"市长竞选车"上的喇叭不停地念着田岛启一郎的名字。

晋作："（回过头去）难道是他？"

竞选车上，晒得黝黑，刚入老年的田岛启一郎正向过往行人频频致意。

### 36.田岛选举事务所门前

墙上，挂着一块很大的匾额。

晋作领着新一进去。

### 37.事务所里

屋内，人很多，显得混乱。屋角，晋作正和田岛的秘书谈话。

忽然，秘书显得十分紧张，环视周围，忙对晋作耳语几句，把他领到外面去。

### 38.事务所后院

秘书、晋作和新一出来。

秘书："（焦急地）请你记住，这事务必请您保密。因为现在对于我们先生来说正是紧要关头。他以国会议员的身份参加市长竞选，眼下和前任市长激烈竞争。关于这个孩子，我做不了主，等先生回来后我向他反映，并一定去旅馆跟您联系。在这之前，请您务必严守秘密。"

晋作："那就先这样定了吧！"

秘书："拜托您了。"

他向晋作深鞠一躬。

### 39.美容院里

房江送客。

房江："谢谢您。"

房江送走客人，坐到小夜子跟前。

房江："真想你哪……当初，你母亲的葬礼也没去参加，真对不起！"

小夜子："没什么！"

房江："已经几年了？"

小夜子："三年。"

房江："已经那么久啦？你母亲在我这儿活干得可好着呢……那么，你现在连一个亲人都没有了？"

小夜子："是。"

房江："……啊，你到这儿来是有什么事？"

小夜子："也没什么事。只是不知为什么我突然想看看小时候居住过的地方，还有我母亲的故乡。"

房江："啊，寻根旅行哪。这在东京好像很时兴呢！"

小夜子："我还恍惚记得，来尾道之前，好像住在九州的什么地方。从一排老式房子，可以清晰地望见远处山上的城堡，和城堡里白色的城楼。那叫什么地方来着？"

房江："啊，我也不知道……况且能望见城楼的街多极了，光记住这么一点儿恐怕……"

小夜子："……（有些失望）"

房江："你还是一个人？"

小夜子："嗯，不过……"

房江："既然还有'不过'，那就是有了相好的吧？"

小夜子："有个同居的。"

房江："哦，同居在东京好像也很时兴呢！"

小夜子："那是过去的事了，我已经厌倦同居生活了。"

房江："厌倦同居？"

小夜子："……达哥如今干什么哪？"

房江："达哥？"

小夜子："就是那个理发师。"

房江："啊——你是说理发店的达夫？他如今已经独当一面了。他父亲去世以后，他继承了父业。"

小夜子："真想他呀！他是我初恋的对象呢。"

房江："是吗！"

小夜子："他也许一直没意识到，可我上中学时就很敬慕他。经常到他店里去请他给我剃汗毛呢！"

房江："是吗！"

## 40. ×× 理发店前

小夜子走来。

橱窗下半部是毛玻璃，上半部是透明玻璃。

小夜子反复跳起朝里望。她每跳起一次都能看到正在忙碌着的达夫（30多岁）。

小夜子嘴角挂着笑容，回过身去。但又似乎想起什么来，转身拉开了理发店的玻璃门。

## 41. 理发店内

达夫给小夜子剃汗毛。

达夫："如今，来剃汗毛的女人真不多了。（尾道腔）"

小夜子："是吗！可我从中学时期起就养成了这习惯。"

达夫："是啊，你会修饰呀。"

小夜子沉浸于遥远而颇堪回味的回忆中。

达夫："您不是本地人吧！"

小夜子："是啊，我正在旅行，初恋旅行……"

达夫："初恋旅行？"

小夜子："初恋的对象现在干些什么呢？哪怕是远远地看上他一眼也行，所以我就来了。"

达夫："真够罗曼蒂克的啦。找到他了吗？"

小夜子："找到了！"

达夫："是远远地望见他的吗？"

小夜子："就在眼前见到的！"

达夫："噢。我也想来一次初恋旅行，品尝一下滋味。可我和自己心爱的早已成婚，她快生第三个孩子了。"

他那快临产的老婆在一旁忙着干活。

小夜子"扑哧"一下笑出声来。

## 42．理发店门口

小夜子走了出来。

她显得容光焕发。

她情不自禁地跳跃着，向前跑去。

## 43．大谷旅馆走廊

田岛启一郎和他的秘书在女茶房的引导下走来。

## 44．大谷旅馆客房内

晋作和新一在屋子里。

田岛和秘书进来。

秘书："（对晋作）这位就是田岛先生。"

他话音未落，田岛迎了上来。

他满脸堆笑，向晋作伸过手来。

晋作疑惑不解地应付着。

秘书向女茶房使个眼色，她立刻退出。

田岛："（对女茶房）请务必把您那神圣的一票投给我！"

女茶房："好，好。"

田岛："（看看新一）噢！这就是我的孩子吗？长得怪聪明的。"

他摸了摸孩子的头。

田岛："（对晋作）老弟！你千里迢迢来访，有关孩子的事，我听秘书说了。可我并不记得有叫明美的女人，我绝不是装糊涂。也许我确实和那女人有那种关系。不管怎么说吧，在东京，有很多女人和我来往过。所以，名字也就记不清了。"

晋作："……"

田岛："啊，说不定就是她。"

晋作："啊？"

田岛："在神乐坂当艺妓的那个胖女人。"

晋作："您搞错了。明美是个瘦弱的女人，曾在高田马场的酒吧间待过。"

田岛："……是么？"

晋作："先生是什么血型？"

田岛："O 型。"

晋作："那可能性更大了！这孩子是 B 型，他母亲也是 B 型。"

田岛："原来如此。真是个绝妙的设想。"

晋作："这对先生你来说，也许是个灾难，可是请你把他痛痛快快地领回吧。"

秘书："你怎么能这么说呢？你并没有什么确凿的证据嘛。"

晋作："哈哈哈！如果没有证据，我就不说了。"

田岛："嚯！"

晋作从衣袋里摸出一封信来。

晋作："就是这个！这就是你给明美的信！"

田岛和秘书面面相觑。


## 45. 浴室更衣处

刚洗完澡的小夜子正穿着浴衣。

她朝门边望去，忽然"哎呀"地叫出声来。

原来新一正透过玻璃门的缝隙偷偷朝里张望。

小夜子："原来是新一……你，真和你父亲一样！"

她朝新一走去。


## 46. 晋作的房间

晋作在念信。

晋作："……我在处理国会议员政务的百忙之中，经常想到的就是你明美。你的倩影能给我无限的安慰。"

田岛和秘书在一旁倾听着。

晋作："（念信）'我爱你，我爱你爱得神魂颠倒。因此，请你能理解我现在的处境，打消生孩子的念头。眼下我这丑闻很难说不影响日本政治局面。'怎么样？念到这已经够了吧？"

田岛："实在是一篇名作！"

晋作："……？"

田岛："好哇！也可算是费尽了心机！"

晋作："这话什么意思？"

田岛："这是一个企图诬陷我的阴谋。"

晋作："简直是胡说！我因为是明美的相识，所以才把这孩子……"

田岛："且慢！很对不起，我有确凿的反证！"

晋作："反证？"

田岛："实话对你说吧，我早在十年前就扎了输精管。"

晋作："绝育？"

田岛："像我这样精力旺盛的人，这是常识。（他从口袋里掏出一张纸）瞧，我还保存着医生的证明呢。"

晋作："……"

秘书："这下，那个候选人的阴谋暴露无遗了。"

晋作："阴谋？这是哪儿的话！"

田岛："老弟！我要向你表示感谢！这件事作为我竞选的反宣传是再好不过了。"

田岛"啪，啪"地拍了几下手。

隔扇打开。一个警官和一名便衣刑警进来。

刑警："你因恐吓以及违反'公职选举法'的嫌疑被拘捕了。"

## 47. 尾道警察局门前（第二天早上）

## 48. 尾道警察局屋内

小夜子、新一和田岛的秘书在此等候。

晋作被一名警察带进来。

审讯官："（对晋作）你的嫌疑已经搞清了。森崎小夜子作保，所以，我们决定释放你。"

晋作："当然啦。你们无缘无故地把我关进拘留所，我绝不会善罢甘休！"

秘书："（劝解道）算了！算了！我们也为了弄清你的嫌疑费尽了心思。"

晋作："可是，你不觉得奇怪吗？如果那封给明美的情书是伪造的，那就一定有人盗用了田岛启一郎的名字写了这封信。当然，这个人一定在田岛先生身边并熟悉内情。比如说你吧，我看有必要鉴定一下笔迹。"

秘书："（一副狼狈相）……算了，算了，能够出来总是好事。我已经请旅馆备下了早点，咱们快去吧！"

### 49. 大谷旅馆客房内

秘书跪在晋作和小夜子面前，磕头一直磕到草席上。

晋作："啊？是你！"

秘书："对，是我。我冒用了先生的名字和明美保持着关系。她一直认为我就是国会议员田岛启一郎。"

晋作和小夜子面面相觑。

秘书："信是我写的。听说明美怀孕了，我想那一定是我的孩子。"

小夜子："那么新一呢？"

秘书："那不是我的孩子！我的血型是 A 型。因此。很明显，他不可能是我的孩子。只是……"

晋作："只是什么？"

秘书："我在先生手下一直很受宠。往后，我还要借助先生的地盘进入政界。现在如果先生知道我冒用了他的名字去诱骗女人，那我前途就全完了。所以……"

他拿出一个信封递给了晋作。

秘书："实在微不足道，请收下作为孩子暂时的抚养费。这件事，还望你们替我保密。"

晋作："（把信封推回去）我不是为钱来的。"

秘书："等我进入政界那一天，我还会设法报答你们。这回就请你们无论如何收下吧！"

他又把信封递了过来。

晋作十分为难。

小夜子一把拿过信封。

小夜子："如果是作为孩子的抚养费，那我们收下了。"

晋作惊愕地看着小夜子。

## 50. 坡道

晋作、小夜子和新一走下来。

晋作："（乐滋滋地）抚养费！不错，他说给的是抚养费，那我们就有理由收下了。一个人三十万，四个人就是一百二十万。（对新一）孩子！我们好好地在一起吧。哦，你不是喜欢'巨人军'吗？等我给你买顶王贞治那样的帽子。"

新一："……（显出高兴的样子）"

晋作："（对小夜子）你也有幸遇见了初恋的情人，啊，回东京后，你就生个胖娃娃……做一个受人称赞的未婚母亲吧……有孩子而自立的女人……好嘛！如今正时兴！"

小夜子："我要跟着你一起去旅行！"

晋作："咦？"

小夜子："（将手放在肚子上）这个孩子的抚养费得你出。"

晋作一惊。

## 51．另一条道上

晋作、小夜子和新一走来。

晋作：“（对小夜子）还是打算生孩子？”

小夜子佯装没听见。

附近的广场上，田岛正在发表演说。

小夜子朝那边大声喊。

小夜子：“好啊，你这扎了输精管的家伙！”

## 52．火车疾驶在新干线上

## 53．小仓站站牌

## 54．小仓站新干线月台

新干线的火车驶出车站。

晋作和戴着“巨人”队帽子的新一沿着月台走来。

小夜子跟在后面。

晋作觉察到后面有人。

小夜子突然停住脚步。

从月台上可以望见拥挤而狭窄的小仓街道中的小仓城城楼。小夜子的脑海里闪现出另一幅画面。

一长排老式的住房。对面的山上，矗立着白墙的城楼，以及各种角度拍的这个城楼的特写镜头。

小夜子摇了摇头。举步走去。

## 55．特快列车在日丰干线上飞驰

## 56．中津车站前广场

三人从车站里出来。车站前有一块大标语牌，上面写着"天不生人上之人，也不生人下之人"。这是中津出身的日本近代思想家福泽谕吉的名句。

小夜子："好，你就加把劲儿，不多要些钱回来可不行。我在城里等你。"

小夜子和晋作、新一分了手。

## 57．市区大街

晋作领着新一走进一家豪华的住宅。

## 58．桥边

从这里可以远眺中津城楼。

小夜子凭栏眺望着它。

小夜子："（小声嘟哝）不是它！……"

——小夜子的脑海中又闪现出唐津城的情景。

## 59．中津城城楼上

小夜子站在城楼上眺望远方。

晋作领着新一急匆匆地向城楼下跑来，他仰首呼唤。

晋作："喂！喂！小夜子！"

小夜子忙向下望去。

晋作："那家伙今天举行结婚典礼！"

小夜子："……？"

晋作："结婚仪式在别府市举行，我们非赶快去不可！"

## 60．别府市

到处都冒着温泉的腾腾热气。

字幕：别府

## 61．某大酒店前

晋作、小夜子和新一从出租汽车上下来。

他们看了一下门前挂的牌子，上面写着"福田、小室两家婚礼宴会会场"。

三人径直朝里走去。

## 62．某大酒店婚礼会场

新郎（福田邦彦，30岁）和新娘的"三献仪式"正在进行。

## 63．某大酒店走廊

结婚仪式已经结束，邦彦、新娘以及亲属们从大厅里走了出来。他们从注视眼前这番光景的小夜子、晋作和新一面前走过。

小夜子："真豪华呀……"

晋作："你在嘲笑我吧？"

## 64．某大酒店休息室前

新郎、新娘分别走进休息室。

晋作窥探动静。

邦彦匆匆跑出来，钻进就近的厕所。

晋作略显犹豫。

## 65. 某大酒店厕所里

邦彦在小便。

晋作："（向邦彦笑笑）新娘子真可爱啊！"

邦彦："啊……"

他有些难为情。当他看到晋作时马上疑惑起来。

晋作："想跟您商量一下有关你和东京的田中明美所生的孩子的事。"

邦彦吃了一惊，他死盯着晋作的脸。

晋作："我在前厅等你！"

晋作出去。

邦彦："等等！你！"

他裤子已经湿了。


## 66. 某大酒店前厅

一张照片。那是邦彦和明美依偎在一起，沿神宫外苑的一排银杏树走来的照片。

坐在晋作身边的邦彦向照片瞥了一眼。

邦彦："（不悦地）的确，上大学时跟这女人有过一段交往，也发生过关系。当然是玩玩而已，也只能是玩玩，我不会真心爱上她那样的女人。"

邦彦朝不远处看电视的小夜子和新一瞪了一眼。

新一也斜着眼朝这里望了一眼。

邦彦："他是我的儿子？这简直是开玩笑嘛！他一定是其他什么男人的孩子。据说明美这个女人随意和男人们睡觉。（对晋作）你说那孩子是我的儿子，可有什么证据？"

晋作："（佯装不知地）那我怎么知道？我是受了明美的委

托才把你的孩子送来的！"

邦彦："……（语塞）"

邦彦："那么，她到底想让我怎么办？"

晋作："最起码的常识是让你领回收养他。"

邦彦："最起码的常识？"

晋作："等你们蜜月旅行归来以后也行。"

邦彦："请不要开玩笑，我根本就不想认领！"

晋作："那……就不好办了……明美去了南美的什么地方谁都不知道。看来，只好把孩子带到婚宴上去，在他脖子上挂上一块'我是福田邦彦的儿子'的牌子，你看怎么样？"

邦彦："（骤然变色）那……你做那样的傻事，不是有意让我为难吗？！"

晋作："为难的是我！花这么多的旅费，带着孩子上别府这样远的地方来……我可不像你这样有钱！即使让我把孩子带回寄托到保育院去，多少也得贴上一些抚养费吧？可我连这些也办不到。"

邦彦窥探一下晋作。

邦彦："啊！原来是这样……刚才我也料到可能是这么回事。借我举行婚礼之际对我敲诈，手段可真恶劣呀！我这就去叫警察来！"

晋作："这是什么意思？！想叫警察就请便吧！警察到场容易解决问题。你把你们两家亲戚也一同叫来，咱们来个彻底解决！"

邦彦（困惑不安的脸）眼睛盯着手表，显得烦躁不安。

"邦彦，婚宴快开始啦！"

一位体格魁梧、上了点年纪的人来找他。

邦彦慌忙欠身，向晋作赔笑。

邦彦："原谅我的冒昧！刚才我说的话不算数，请在这里稍等片刻。"

晋作："等一下是不成问题的。"

邦彦："请你一定不要做为难我的事，在这等一下。拜托您了！"

他快步跑开，边跑边擦额头上的冷汗。

### 67．某大酒店婚宴会场

媒人开始发表祝词。

媒人："……福田先生以优异的成绩毕业于伟人福泽谕吉先生创立的庆应义塾大学法学系，现在是位青年实业家，也是他父亲事业上的得力助手。"

主宾桌边的邦彦在媒人身后忐忑不安地往前探着身子，看不清他在悄悄地鼓捣什么。

媒人："至于新娘子小室幸子，她是去年毕业于九州文化大学的才女……"

### 68．某大酒店前厅

一位侍者毕恭毕敬地将一只信封交给晋作。

晋作打开信封。

小夜子向里窥视了一眼，信封里装着现金。

小夜子："啊！才五万元哪！"

晋作："畜生！想用这点零钱来耍弄我……"

小夜子："就给这么一丁点儿抚养费？他是有钱人嘛。真气人……"

她朝宴会会场那边瞪了一眼。

## 69．婚宴会场

新娘子学生时代合唱团的十几个朋友正在唱贝多芬的《第九交响曲》。

新娘子感动得噙着泪花。

忽然，邦彦像看到了什么似的，他用手捅了一下父亲。

在最前排的餐桌前，晋作、小夜子正在给新一东西吃，他们俩也在吃，并不时地朝这边望着。

合唱结束，大家鼓掌。

司仪："优美的合唱结束。下面，请男方的代表致祝词。这回，是不是可以暴露新郎过去的'旧恶'，最好是有刺激性的。请吧！大胆些。"

小夜子举手。

小夜子："我说！"

（邦彦的脸。）

（邦彦父亲的脸。）

司仪："这位女士先举手啦！好，请吧！"

小夜子领着新一来到麦克风前。

邦彦脸色苍白，向父亲双手合十求救。

小夜子："唔——我是福田先生在东京上大学时期结识的相好田中明美的朋友……"

邦彦浑身直冒冷汗。

小夜子："其实，明美小姐前些天已经去世了。明美小姐是多么想参加今天的婚宴啊，这只有我最清楚。（她眼含热泪）今天，我所以出席宴会，是为了把逝世的明美的遗孤新一带来。

这就是新一。"

邦彦的父亲紧张得喘不过气来，立刻拿笔在装筷子的纸袋上写起来："奉上一百万元，请小姐高抬贵手，让婚宴平安无事。"

小夜子："福田先生离开东京五年之后，他给明美小姐留下了……"

邦彦的父亲急忙跑上前来，将小纸袋交给小夜子。

小夜子迅速地朝上面瞥了一眼。

小夜子："（微微一笑）……留下了美好的回忆。福田先生受到很多女人喜爱。可能是他们彼此都非常纯洁，也许是福田先生为人十分诚实，我想，福田先生至今也许还是个童男呢！"

一阵热烈的掌声。

邦彦父亲十分尴尬的表情。

新娘对她身旁的邦彦报以掌声。

即使如此，邦彦仍然十分狼狈。

## 70．婚宴接待处

邦彦父亲的心情似乎十分不快，他把来宾们带来的贺礼袋收集到一块，塞进一只大礼品袋里。

宴会结束了，来宾们陆续退席。

新郎、新娘和两家的亲属站在门口送客。

晋作、小夜子和新一从里面走了出来。

邦彦的父亲将大礼品袋给了小夜子。

邦彦父："特意远道而来，太谢谢了。"

小夜子微笑着向新郎新娘告别。

小夜子："祝你们幸福！"

邦彦深深地鞠躬还礼，他的脸抽搐了几下。

他偷偷地瞟了一眼晋作。

晋作报以微笑。

邦彦父亲悔恨交加，狠狠地拧了一下邦彦的屁股。

邦彦痛得龇牙咧嘴。

## 71. 山区公路

一辆租赁汽车在黄褐色的大草原上飞驰。

## 72. 车内

晋作显得很快活。他一边把着方向盘，一边哼着《第九交响曲》。

旁边的小夜子从一个个贺礼袋中取出现金，然后把空袋一个一个地抛出窗外。

小夜子："好像真有一百万哪。不知道为什么，我倒有点害怕了。"

晋作："那样的节目你都能演得好，说明你真有点名演员的气魄。"

小夜子："所以，你就不让我生孩子？"

晋作："完全正确！"

小夜子生气地扭过脸去。

后坐上新一在酣睡。他手上拿着一只用租赁汽车广告纸叠的小飞机。

晋作："今天我们住到阿苏山的温泉旅馆去。也该痛痛快快地开销一下享享福！"

小夜子："别开玩笑！这些钱全归我保管！"

晋作："这不成。我至少有支配一半的权利。"

小夜子："荒唐之至！一半是我肚子里孩子的抚养费，另一半是新一的抚养费。"

晋作："啊？！这……"

小夜子："（从一个贺礼袋里取出钱）啊！五万元！这人可真慷慨！"

说完，又将空袋向窗外抛去。

### 73. 阿苏山的千里草原

晋作的车停下。

晋作悄悄望了一下后座。

新一睡着。

晋作突然把手伸向小夜子的膝盖。

小夜子推开晋作的手。

晋作仍然不住手。

小夜子："讨厌！我们已经不是那种关系了。"

新一睁开眼睛，随后又闭上了。

晋作："我已经好久没做了。"

小夜子："不行！"

两人撕扯着。

新一又悄悄睁开眼睛。

晋作突然看了一眼后视镜。

新一正望着这边。

晋作咋舌，窘迫地起身。

### 74. 阿苏山下坡道

晋作租赁来的汽车在行驶着。

## 75．熊本市大街

巍峨的熊本城出现在眼前。

字幕：熊本

## 76．车内

小夜子看到熊本城。

小夜子："停！停一下！"

汽车停了。

小夜子注视着那城楼。她的脑海里又浮现出记忆中的另一座城楼。

## 77．熊本城城楼下

晋作、小夜子和新一走下城楼。

小夜子："（自言自语）错了！不是黑色的城楼……它比这座小一些，是白色的。那前面的一排房子虽说古老幽静……啊，要是找不到那座城楼，真要把人憋出病来……"

晋作："一提到城楼你就来劲了！以前就有这样的兴趣吗？"

小夜子："嗯，是啊。"

晋作不解地望着小夜子。

晋作："下一站就是长崎了！"

小夜子："咱们怎么去呢？"

晋作："绕过天草，乘渡船去。"

小夜子："天草……那我想顺便去一下那个地方。"

晋作："什么地方？"

小夜子："我母亲的故乡。"

晋作："啊！你母亲是天草人？"

## 78．天草五桥

## 79．天草某地

租赁汽车停下来。

小夜子下车，她朝四周望着举步走去。

## 80．河边小道

小夜子走来，向一位老太婆询问什么。

老太婆指着一方。

## 81．陋屋前面

小夜子走来，她注视着一间倾斜的破屋。

可以想象，即便当时有人居住，这家也够贫困的了。

小夜子目不转睛地看着它。

晋作领着新一站在她的身后。

晋作："这就是你那个可怕的母亲当时居住的房子吗？她虽然很不喜欢我，可是到这儿一看，对她也不胜同情啊。"

小夜子绕到房后。

这时，从邻家走出一位老太太，向小夜子打招呼。

老太太："啊！你们干什么来了？（她操着天草口音）"

小夜子："我是从前在这儿住的森崎千代的女儿。"

老太太："啊！是来看望千代老人的么？（她有些耳聋）"

小夜子："不，我是她女儿。"

老太太："啊！是朋友啊。你也住在大野楼吗？"

小夜子："大野楼……不！大野楼在什么地方？"

老太太："啊？"

小夜子："（大声地）大野楼在什么地方？"

老太太："在长崎！"

小夜子："长崎的什么地方？"

老太太："丸山。"

小夜子："丸山……"

老太太："已经很久啦！自打平作死后，千代就走了，从此再没别人住过。"

小夜子向老太太道谢，然后，再次注视着这间破屋。

## 82．乡间旅馆浴室（夜晚）

晋作给新一洗澡。

晋作："新一，站起来看看！"

新一站了起来。

晋作仔细地打量着他，仿佛在给他检查身体。

晋作："嗯，骨骼可真像我。"

他又扯着新一的耳朵，对着镜子和自己的耳朵比较。

晋作："耳朵有点不同。啊！这儿有颗黑痣……叔叔呢……"

他查看自己的身体。

晋作："黑痣没多大关系……"

他突然发起脾气，用力摇晃着新一。

晋作："你到底是谁的孩子？！你给我说清楚！"

新一哭了。

## 83．乡间旅馆二楼的房间

小夜子坐在窗边的一张藤椅上，望着窗外。

女茶房正在铺床。

小夜子："（对女茶房）请把另一套铺盖铺在隔壁房间。"

女茶房："知道了。"

晋作和新一洗完澡回来。

晋作："（学着小夜子口吻）也许咱俩想到一起了。"

小夜子："……？"

晋作："（对新一）今天你去那儿睡好吗？你已经能一个人睡了。"

新一点头。

晋作："好孩子！"

他摸了摸新一的头。

小夜子："你想错了，我一个人睡在那里。"

晋作大失所望。

小夜子："哎！茶房！"

女茶房："什么？"

小夜子："你知道长崎丸山一个叫大野楼的旅馆吗？"

女茶房："大野楼？"

小夜子："呃——不！也许是家中国饭馆！"

女茶房："说起丸山，那是个妓院集中的地方。大野楼嘛……"

小夜子："什么？丸山是妓院集中的地方？"

女茶房："是啊！从前颇有名气。用什么楼作妓院名的可多呢！说到这，我倒曾听说过大野楼。"

小夜子："……（怔住了）"

女茶房："大野楼怎么样了？"

小夜子："不！不知道！我只是想打听点事。"

女茶房："失陪了。"

小夜子茫然地望着窗外。

## 84．酒馆

晋作坐在柜台前喝酒。

已经没有客人了。

晋作："老板娘！附近可有玩的地方？"

他装作若无其事的样子，向柜台里一位中年妇人打听。

妇人："玩什么的？"

晋作："比方说土耳其浴室什么的，不是很多吗？就是这类的。"

妇人："噢，女人。"

晋作点点头。

妇人："你的要求一定很苛刻吧？"

晋作："那也不一定。"

妇人："那么，请上楼等着吧！"

晋作："什么？你把人叫到这儿来？"

妇人："是呀！（她神秘地笑了笑）"

## 85．旅馆屋内

空酒壶林立。

颇有醉意的小夜子正在歌唱。女茶房坐在她对面。

小夜子："（唱）在京都的时候，给我起名叫京子，在神户时人称我神子，在熊本的酒吧又称我熊子……"

新一莫名其妙地听着。

小夜子："（唱）在佐世保时我叫佐世子，在云仙叫云子，到了长万部又叫长万子。"

女茶房拍手称赞。

小夜子长叹了一口气，对新一说道。

小夜子："喂！你也拍手？！"

她轻轻捅了一下新一的脑袋。

女茶房："你行吗？喝这么多酒。"

小夜子："（舌头不听使唤）没关系，没关系，哎！你也来唱一个！"

女茶房："我可不会唱这种风趣的歌。我唱个从前这地方的歌谣吧！（唱）我是棵孤零零的梨树啊，生在岛原，长在岛原……"

小夜子骤然仰起脸来，竖起耳朵听着。

女茶房："（唱）要问什么梨树啊，什么梨树啊，梨花已凋残，就像女人年老色衰无人怜！"

小夜子："我挺耳熟！我小时候母亲经常唱。是摇篮曲吧？"

女茶房点了点头。

小夜子："别停，请继续唱。"

女茶房："（继续唱）快睡吧，别啼哭，小乖乖，你要不睡觉，池久助那坏蛋就背你来。"

## 86．酒馆二楼

晋作一边喝酒一边等着来人。

他拔出花瓶里的一朵花，把花瓣一片片摘下来。

晋作："……不是我儿子……不是儿子……儿子。"

"让你久等了！"门口响起一个女人的声音。

晋作回头一看，不禁愕然。

进来的是浓妆艳抹的酒馆老板娘。

妇人："让我陪你去极乐世界！"

晋作："即便电车停了，我也不能乘坐翻斗车呀。"

晋作已经醉得摇摇晃晃了。

## 87．旅馆屋内

新一躺在床上。小夜子蹲在他身旁低声唱着。

小夜子："（唱）圣诞节的乐声都已消失，快睡吧，别哭啼，小乖乖。快睡吧，别哭啼。（她对新一）喂！这是摇篮曲呀，快睡！大概你还从来没有听着摇篮曲睡觉吧？我这是给你催眠！"

小夜子一阵恶心，她忙站起身，打开窗户大口呕吐。

新一起来，站在她身后呆呆地望着她。

小夜子呕吐了好一会儿，泪流不止。

新一轻轻摩挲小夜子的脊背。

小夜子："孩子，谢谢你，好多了。"

新一把托盘里的水杯取来。

小夜子漱了口，平静了一些。

小夜子："你看喝醉的看多了吧？你妈妈也常像我这样？"

小夜子躺在铺上。她怔怔地盯着天花板陷入沉思。

隔壁房间里，新一已经睡了。

小夜子的脸（特写）。

## 88．小夜子的回忆（无声）

伴以岛原摇篮曲的旋律……

＊东京美容院

小夜子的母亲美容师千代忽然向门外望去。

玻璃窗外，高中生模样的小夜子正示意母亲出去一趟。

千代向客人道一声歉走了出去。

小夜子在向千代要求什么。

千代掏出钱包，把钱递给小夜子。

小夜子仍不满意的表情。

* 妇女时装店

千代将一件加上装饰的礼服贴在小夜子身上比试鉴赏。

* 游乐园

千代和小夜子愉快地坐在车子上。

* 大街

一个小阿飞死皮赖脸地缠着小夜子。

正在近处买东西的千代看见后，忙朝他们跑去。

千代严厉地把他赶走。

* 千代的公寓

千代给小夜子穿成人节的盛装。

* 晋作的公寓

晋作坐在窗台上弹吉他。

小夜子出神地听着。

晋作无意中向窗外瞅了一下，不禁大吃一惊。

千代气势汹汹地向这边走来。

晋作急忙告诉小夜子。

小夜子立刻躲进壁橱里。

门被打开，千代闯进来。

晋作向千代解释着什么。

千代推开晋作，猛地拉开壁橱。

小夜子缩成一团。

千代拖出小夜子，发疯般地揪住她乱打。

（回忆结束）

## 89．旅馆屋内

两眼发直望着天花板的小夜子。

她伤心地哭了。

## 90．长崎

长崎的许多名胜。

## 91．市区电车里

小夜子坐在车厢里。

## 92．丸山

小夜子走去。

这一带全是从前开妓院时的建筑物。她边走边看这些房舍。

她走进一家陈旧窄小的菜饼店。

## 93．菜饼店里

老太婆："大野楼？这斜对面的房子就是。不过现在已经换了主人，开点心铺了。"

小夜子："是吗？"

她站起身，微微拉开玻璃门。老太婆走了过来。

老太婆："瞧，那儿便是。"

随着老人指的方向望去，看到的是一间点心铺。这一幢三层建筑，的确还遗留着从前那种典型的妓院风貌。

小夜子默默地注视着它。

老太婆："你这是怎么了啦？"

小夜子："没什么！"

她回到座位处。

小夜子："请问，原先大野楼里有位叫森崎千代的，你还记得吗？"

老太婆："森崎千代……哎呀！她是妓女吗？"

小夜子："嗯……是的。"

老太婆："当初，妓女们用的都是源氏的姓，原名嘛就不太清楚了。"

老太婆歪着头想。


× × × ×


铁铛上烤着菜饼。

小夜子拿过老人保存的一沓照片翻阅。

小夜子："啊！"

她一下子愣住了。

她手里的一张照片是几个女人在野外郊游时的留影，其中有一个女人很像年轻时的千代。

小夜子："老人家，好像是这个，是这个。"

老太婆认真地看了一会儿。

老太婆："要是这个，她倒是叫菊千代呀。"

小夜子："菊千代？……"

老太婆："您和菊千代是什么关系呢？"

小夜子："我是她女儿……"

老太婆："女儿……"

老太婆不住地打量小夜子。

老太婆："（盯着小夜子）对，你有些地方像菊千代。这样说来，你一定是菊千代去唐津后生下的那个孩子了。"

小夜子："唐津？"

### 94. 繁华大街上的水果店前

操着长崎方言的店主正絮絮叨叨地对领着新一的晋作说什么。

店主："要是那家俱乐部，进第二条胡同就是。说到桑野弘，哎呀，他可曾是著名选手呢！当年他被人誉为九州高中球界无可取代的'稻尾二世'！长崎高中毕业后，第一个被推荐到'狮子'垒球俱乐部，头一年里就连胜了八场。也许是出息得太快了，总而言之还是因为风头出得过了火，就和女人胡扯个没完没了，到头来得了腰痛病。从那以后毫无起色，连吃败仗，只好退下来……你也是'狮子'俱乐部的球迷？"

晋作："唔……是啊，可是……"

店主："真叫人高兴啊！你一定知道'狮子'俱乐部的那个快攻手吧！"

晋作偷偷地将新一头上的"巨人"队帽子摘了下来。

### 95. "狮子"俱乐部的霓虹灯

### 96. "狮子"俱乐部的店里（夜晚）

店里客人很多。

酒吧侍者、女招待们身穿"狮子"制服，头戴垒球选手的帽子。

角落的一间包厢里，晋作戴着太阳镜，和原俱乐部选手桑野弘（32岁）并排坐着。新一靠在晋作身边。

体格魁梧的桑野身着运动服，心神不定地盯着新一。

桑野："（不敢正视，泄气地）这可不好办！事到如今，你就是那么说，我也……"

晋作："（威胁地）可是你和田中明美有过关系毕竟是事实吧！嗯？"

桑野："那，远征东京时经常……真对不起。"

晋作："你没有必要向我认错……我没有说让你收养这个孩子，可是你总该出点抚养费略表诚意才对。"

桑野："抚养费……"

晋作："据说，你当初被选为队员时，确实得到一千万元的契约金……"

桑野："不是开玩笑吗？那笔钱早就一文不剩了。"

晋作："可是你开的这家店不是很兴旺吗？"

桑野："这不是我开的店，我只是一个小招待……啊，孩子！喜欢垒球吗？"

新一："嗯！"

桑野："是吗？叔叔给你一件好东西。"

他取下装饰在旁边柜架上的垒球。

桑野："这是中西选手打的第三百个本垒打纪念球。棒吧？"

新一："不是王贞治的球我不要！"

桑野："嘘！在店里说这话，别人会要你的命呢！（转向晋作）这，这次你就宽恕了我吧！麻烦您了！"

说完，他硬把球塞到新一手里。

新一："我不要！"

新一把球扔给桑野。

球"啪"的一声打在桑野脸上，然后滚到地板上。

桑野狼狈，俯身捡球。

晋作："你瞧！连小孩子都不要你的东西呢！虽然你曾被誉为'稻尾二世'。难道你没有自尊吗？看来'狮子'俱乐部也败落了。"

客人们听了也非常刺耳，都瞧着晋作。

晋作："（越说越有气）瞧你这样子！难道你不觉得可耻吗？'狮子'俱乐部虽然自以为很了不起，可是净招你这样的选手，这就难怪一蹶不振了。"

客人们被激怒。

桑野不停地向晋作使眼色。

晋作："（毫不理会）有什么选手就有什么样捧场的。球队的名声早就垮了，你们却还在这里做着过去的美梦！……"

这时他才突然注意到客人们的存在。

（客人们即将发作的愤怒的脸。）

晋作大吃一惊。他悄悄地站起来，拉着新一向门口走去。

客人们一步步逼来。

心惊胆战的晋作回头向客人们歉疚地笑笑。

客人们一下子扑向晋作。

桑野赶紧过来阻止。

桑野："请放手，别打！要打架请到外面去打。"

客人A："（对桑野）你把'狮子'俱乐部人的脸都丢尽了，你不觉得羞耻吗？"

客人B："你也太窝囊了！"

客人C："哼！打的球连苍蝇都能停在上面。你知道咱们球队因为你输了多少回？"

"是啊，都因为你这家伙！"客人们扑向桑野。

店堂里一场混战。

新一戴上"巨人"帽，连声助威。

新一："'巨人军'加油！'巨人军'加油！"

新一被卷进了人群，好容易才挣脱了出来。他爬起身继续叫着。

新一："（带着哭腔）'巨人军'加油，'巨人军'加油！"

突然，桑野一声怪叫，疯狂地把客人打倒，抄起灭火器就扔。然后把柜台上的杯子一下掀翻在地，猛力推倒柜台。

晋作也被激怒了，他显得更加狂暴。

店堂内一时大乱。

## 97. 商务酒店客房内（夜晚）

小夜子对着镜子涂上鲜红的唇膏。

她从皮箱里取出一条围巾围在脖子上，然后穿上一件紧外衣。

她对着镜子端详一番，叼上一支烟，做了个轻佻的姿态。

她把外衣领子竖起来，然后走出房间。

## 98. 思案桥一带

小夜子一直站在大厦的背阴处。

与镜子前的她一样，一副轻佻的举止。

几位行人从她身旁走过，回头瞥了几眼。

一名醉醺醺的中年男子摇摇晃晃走过来，在小夜子面前站住。

醉汉："（盯着小夜子的脸）大姐，多少钱？"

小夜子："——（吓了一跳！）"

醉汉："你不是卖的吗？"

小夜子："……五、五万块。"

醉汉："嗯？你说什么？！"

小夜子："五万块。"

醉汉："（嘿嘿一笑）你别耍弄我了。"

说完离去。

小夜子："……"

忽然看见一名青年走进两座大厦间的缝隙中，一边解小手一边望着小夜子。

青年解完手，走近小夜子。

青年："请问……"

小夜子："……"

青年："……要是我误会了的话，请包涵。你是不是夜女郎？"

小夜子："……（点头）"

青年："像我，也就是说，那个……我可以跟你吗？"

小夜子："……（点头）"

青年："多少钱？"

小夜子："一万块。"

青年："我只带了八千块。"

小夜子："行，可以啊。"

青年朝小夜子点头示意。

小夜子和青年很尴尬地一起走去。

## 99. 杂烩店

穿着脏衣服的晋作和新一坐在这里。

晋作用手擦了擦嘴唇边的血糊。

晋作："全是一帮疯子！啊！你也助我出了不少力，没有弄伤吧？"

新一："嗯！"

晋作："你真有胆量。称得上'巨人军'一员，就好像是'江川选手'。"

杂烩端上来了。

晋作把木筷递给新一。

晋作："这是长崎著名的杂烩，很好吃。"

突然，新一看了看晋作的手，赶忙把左手的筷子换到右手上。

晋作也慌忙换过来。


## 100. 情人旅馆的房间内

青年腰缠着浴巾走出来，看见已经躺在床上的小夜子后踌躇不前。

小夜子脱下来的衣服扔在了地板上。

小夜子勉强露出微笑。

青年："我这是第一次。"

小夜子："哦？……不要担心，我会好好引导你的。"

小夜子的声音有些嘶哑。

青年吞了一下唾液，钻进被窝，躺在小夜子旁边。

一直望着天花板的青年，身子动都不敢动一下，静静闭上双眼。

青年："拜托了。"

小夜子被这句话唤醒，吓得将身子从青年身旁挪开。

青年误以为小夜子要摸他，也吓得将身子挪开。

青年战战兢兢睁开眼睛，看着小夜子。

小夜子闭着双眼。

青年发出一声不明缘由的怒吼，扑到小夜子身上，狂乱地吻着小夜子的脸。

小夜子睁着大眼忍受着。

小夜子冷不防推开青年的身子。

青年从床上滚落到地上。

小夜子捧着衣服，戴着胸罩穿着短裤就冲出了房间。

## 101. 走廊上

小夜子逃走。

青年冲出来，被差点脱落的浴巾绊了一跤，朝前趴在了地上。

青年："拜托你了！"

## 102. 情人旅馆的玄关前

小夜子跑过来，不时看看后面，急匆匆穿上衣服。

## 103. 夜晚的路上

小夜子悄然归来。

"哟！你干吗垂头丧气的？"

后面有人对她说话。

小夜子转过身去。

只见晋作背着已经睡熟了的新一。

晋作："半夜三更的，你转哪儿去了？"

小夜子懊丧的脸。

晋作："……？"

小夜子突然"哇"的一声，孩子似的扑倒在晋作的怀里痛哭起来。

（晋作茫然的表情。）

## 104．长崎的夜景

## 105．商务酒店最上层的休息室

柜台边，晋作和小夜子坐着。

两人沉默了好长一会儿。

晋作："哎！你那母亲……"

晋作望着小夜子。他拿起餐巾给小夜子擦眼泪。

小夜子："孩子的事怎么样了？"

晋作："是啊！那家伙装糊涂，死不认账。钱也没得到。"

小夜子："是吗……"

晋作："哎！咱们走吧！"

他们站了起来。

## 106．商务酒店走廊

电梯门打开了，他俩走出来。

晋作搂着小夜子的肩膀，用钥匙打开了房门。

晋作："你去睡吧！"

他走进房间。

## 107．商务酒店的客房里

晋作把熟睡的新一放到床上。

房门被轻轻地拉开了。

晋作回过头去。

走廊里，小夜子倚门而立。

晋作："……（望着她）"

小夜子："……（也望着晋作）"

晋作走出房间。

## 108．商务酒店的另一间客房里

小夜子和晋作进来。

小夜子脱去外衣，朝向晋作。

小夜子："……喂，咱们玩玩吧。"

泪水沿着脸颊淌下来。

晋作紧紧搂住小夜子，将嘴唇贴上去。

两人就这样倒在了床上。

两人疯狂地相互索取对方。

## 109．隔壁的客房

新一慢慢地从床上下来，朝房间外走去。

## 110．走廊上

新一来到小夜子的房间前。

新一摸到门把手，试着转动一下。

## 111．小夜子的房间

晋作在小夜子的耳边私语。

晋作："你就生吧！"

小夜子："什么？"

晋作："孩子呀！"

小夜子："对不起，那是我胡乱编的。"

晋作："啊？"

小夜子："经期错后，我弄错了。"

晋作觉得奇怪，随即点了点头。

晋作："真是那样吗？（小声嘟哝着）"

晋作半开玩笑地在小夜子脸颊上拧了一把。


## 112．唐津城天守阁耸立（第二天）

字幕：唐津


## 113．桥上

小夜子、晋作和新一走来。

晋作："这'古城巡礼'的旅行总算到达终点了。"

小夜子："嗯。（对晋作）到了这座城就是终点了。母亲从长崎迁居到唐津之后，在这里生下了我，并把我抚养到三四岁。"

晋作也抬头向城楼望去。

小夜子："以前母亲曾告诉我，父亲因交通事故死了……"

晋作："我想你母亲在这儿一定是爱上了谁，所以才生下你的。"

小夜子拉起晋作的手，精神抖擞地向前走去。

小夜子："跟我来，在这城里一定会找到些线索！"

## 114. 古老的小巷

三人一起走来。

小夜子："总觉得越来越像了。"

## 115. 走出小巷口便是从前的妓院一带

小夜子他们一边巡视着周围的建筑物，一边向前走着。

突然，小夜子像发现什么似的向前奔去。

## 116. 一家粗点心铺门口

小夜子站在门前仔细端详。

——小时候的记忆浮现在眼前——四岁的小夜子攥着零钱来买点心。一位妓女模样的女人拿着浴盆从她身边走过。

小夜子："（对晋作）我想起来了……从前我经常到这店里买薄脆饼……饼上沾满了红糖，可好吃了……啊！那信箱也完全是原先那个模样……是啊！从前面的十字路口往左拐，那儿本来有一个香烟店。从前我们经常在那门前玩耍。"

## 117. 香烟店门前

小夜子从拐角上跑过来。

小夜子："果然不错！"

她非常兴奋。

晋作和新一走来。

小夜子："和从前一模一样。"

回忆镜头——四岁的小夜子和左邻右舍的孩子一起跳绳玩耍。

## 118．另一条胡同

小夜子他们三人跑来，拐过街角。

小夜子向出现在眼前的这条大街深处望去，突然，她心里一震，停下了脚步。

在两边排列着的民宅尽头，只见方才寻访过的唐津城城楼高高地耸立在一个并不太高的山冈上。小夜子慢慢弯下身子，双膝着地，她是在捕捉四岁的视角。

回忆镜头——

小夜子辗转于尾道、东京之间的成长时期，始终隔着房檐才能看到的唐津城的风貌，如今分毫不差地出现在这里。

小夜子蹲坐在地上。

晋作："你一直在寻找的就是这个景色吗？"

小夜子点点头。她双手托腮望着那城楼。

小夜子："真叫人心旷神怡啊……"

站在她身后的晋作也盘腿坐在地上。

新一也模仿他们坐在地上。

这时，没有行人也不见车辆，片刻的异常宁静。

小夜子："（自言自语地）森崎小夜子，24岁……母亲啊……我现在健康地生活着呀！"

三人动也不动，久久地坐在那儿。

## 119．火车飞驰

## 120．车内

小夜子和晋作在交谈。

小夜子："……该是最后一个人吧？"

晋作："（低着头暧昧地）唔！"

小夜子："这一回，但愿碰上他真正的父亲把他收下，那该多好啊。"

晋作："……唔。"

小夜子："可是，也许照旧碰壁……那样的话，我们怎么办？"

晋作："那只好把他送到保育院去了。"

小夜子："保育院……（她显出不大同意的样子）"

晋作："其实……这一回倒有些麻烦。"

小夜子："……"

晋作："这回是《花和龙》那出戏的局面呀！"

小夜子："什么？那不是黑帮电影吗？"

晋作："那人不是什么流氓。不过是跟海打交道的人，很野蛮。这回我们要找的那个家伙就住在《花和龙》的故事发生的地点——若松。——他也是海运业中的一霸。"

小夜子："还真叫人担心！"

晋作："是啊。（他突然向另一座位上望去，新一的座位上没人）"

晋作："哎呀，那小家伙跑到哪儿去了？"

他站起身环顾四周。

晋作来到厕所前，开门一看，里面什么人也没有。

晋作挨个车厢寻找新一。他表情逐渐紧张起来，脚步也加快了。

晋作十分害怕，唯恐新一出了事。

他来到最后一节车厢。立刻收住脚步。

原来新一坐在一个空位上，凄凉地望着窗外。

晋作如释重负，一屁股坐在近旁的座位上。

小夜子也焦急地赶来。

小夜子："……原来在这里！"

小夜子坐到晋作的身旁。

两人盯着新一。

那是一张异常孤独的脸。

晋作："真把我吓了一大跳……"

小夜子："……"

晋作："小家伙在想些什么呢？"

小夜子："……他长大之后……回忆起这次旅行，他会怎么想呢！"

晋作："……"

新一依然目不转睛地望着窗外。

## 121. 若松站前

车站是一幢木建筑，仍然保持着《花和龙》时代的特色和风貌。

晋作、小夜子和新一走出车站。

## 122. 煤炭堆放场地的小道

三人来到这里。

晋作："（准备着和那人见面时说的话）'请问，您就是贵店主人吗？马上我就动手，请您做好准备。'"

小夜子："甚至这么说吗？"

晋作："是啊，对方是江湖好汉嘛。"

### 123．一幢古老房屋前

晋作："请您做好准备……这时对方一定说，'好，遵命伺候，如果以后有三长两短，尚请原谅。'……这时我就说，'承蒙应允，非常感谢！还请高田先生和夫人手下多多留情！'"

小夜子忍不住"扑哧"笑出声来。

### 124．旧衣店

晋作、小夜子和新一从里面出来。

晋作试着刚买下的无领短外套。

### 125．高田五郎家门前

这是从《花和龙》中看到的非商业区里的大住宅。

一块陈旧的招牌上写着"高田组"的字样。

神情紧张的晋作和领着新一的小夜子走了进去。

### 126．高田五郎家门厅

晋作向不见人影的里边偷偷张望，然后做了一下深呼吸。

晋作："对不起，来打扰了！"

他提心吊胆地听候回音。

晋作："对不起，来打扰了！"

"谁呀！"

一位极为瘦弱的老人（高田几松）从里面走出来。

晋作立刻按照规矩摆好姿势。

晋作："贸然登门，有事相商，请予静听。"

他向高田瞟了一眼。

高田锐利的目光盯着晋作。

晋作："我是初出茅庐之辈，还请多关照！"

高田的目光变得缓和了。

高田："你虽然年轻可令人敬佩。客人，如今可不兴'侠义'那一套了。"

晋作："……"

高田："你就把那老一套省了吧。"

晋作受到奚落，显得很尴尬。

高田："你有什么事？"

小夜子："高田五郎先生在家吗？"

高田："五郎已经不在世了。两年前因事故死了。"

晋作："什么？"

晋作和小夜子面面相觑。

高田："我是五郎的父亲，如果能对我说，我愿听一听。"


## 127. 高田五郎家客厅

高田、小夜子、晋作和新一四人在这里。

高田："（直率地）你说的我都明白了，可是我一个人难以决定。这事要和第三代家主商量。"

晋作："第三代家主？"

晋作、小夜子又开始不安起来。

## 128．大道上

晋作、小夜子和新一跟在高田的后面。

路过水天宫前，老人合掌祈祷。

晋作、小夜子也赶忙跟着老人合掌。

## 129．码头上

一条货船在此停泊。

一位三十出头、身穿带商家徽号的短外衣的女人正在熟练地指挥工人。

听见有人叫，女人朝这边走了过来。

高田："那就是我们第三代家主雅子。"

雅子向他们点头行礼。

她有一种不可言喻的威严。

## 130．高田海运事务所前

这是一幢建在若户大桥下的古色古香的砖瓦楼房。

晋作等人跟着高田和雅子走进门去。

## 131．高田海运事务所

雅子从容地听着他俩的叙述，并不时地点头。

小夜子："他是个乖孩子！每当我晕车要吐时，他就给我揉背呀端水的，实在可爱得很呢！"

晋作："性格也很刚强，真不愧继承了《花和龙》的血统呢！"

雅子："有些话当着孩子的面不便说。（对高田）爸爸！您把孩子带回家去，让他和孩子们一块儿玩好不好？"

高田点点头将新一领走了。

雅子："……那么说，你们去了各处寻访之后才到这儿的吗？"

小夜子："是的。去了三家。这孩子如果不是他们的，就是高田五郎先生的了。"

晋作："是啊。尾道的一家早做了绝育手术，而且血型也不对。"

雅子："另外两家呢？"

晋作："噢！一个出了抚养费，另一个送了一只中西选手的纪念球。"

雅子："纪念球？"

晋作："嗯，他说自己没钱，真是个没良心的家伙！"

雅子："（觉得很有趣而笑笑）给人家添麻烦了。"

小夜子："（惶恐地）不，无论相貌和性格，凭着直觉就能判定他们都不是这孩子的父亲。"

雅子："凭直觉……"

晋作："不，我们也有证据。请看这个（摊开手里的手绢）。这条印有'井桩'徽章的手绢是你丈夫的吧？五郎先生在'七五三'纪念日那天把它送给了明美，而且还有一封信。"

他说着，伸手从提包里拿信。

雅子制止他。

雅子："那东西不必看了。"

晋作："（话说得更尖锐些）您是高田家的第三代家主，那

神赐给的孩子——荒井晴彦电影剧作选集

么请问，像您这样的人是该通情达理，办事干脆利落呢，还是如今这种态度不时兴了呢？"

雅子："哎呀！何必生气！好吧……就请先到我家吃午饭……"

## 132. 高田组客厅

五个穿着佣人服装的小伙子端进两桌丰盛的饭菜，放在晋作和小夜子跟前。

小伙子："（大声地）客人，请用餐！"

晋作、小夜子有些胆怯了。

小伙子们退了下去。

小夜子："不能吃，不能吃。想用好饭好菜诱骗我们，真卑鄙！"

晋作："是啊。电影里经常有在食物里下毒的呢……可这虾看来挺好吃。"

他说着，拿起那做成虾形的虾肉就吃。

"啪"，小夜子在他手上打了一下。

小夜子："这不是时常可以吃到的吗？你看，隔扇外有好几个佩着匕首的家伙在监视这里呢！"

晋作点点头，他爬过去挨个拉开隔扇向外看。这时，另一面的隔扇忽然打开。两人吃了一惊，雅子完全变了个模样。她像怒放的大菊花一样，身着艳丽的和服出现在他们跟前。

雅子："哎呀！你们怎么不吃呢……不合你们东京人的口味？"

小夜子："不！不是……"

晋作："唔，这看起来挺新鲜的呢！"

他说着，抓起刚才没有吃到嘴的虾塞进嘴里。

雅子打开神龛。

雅子："能给我丈夫烧支香吗？"

小夜子："好的！"

神龛里放着过世的五郎的照片。雅子点上一支香，并敲响小铜铃。

晋作、小夜子在她身后合掌。

雅子："（突然用若松方言对着照片）这种耻辱，你打算让我蒙受到哪一天为止呢？"

晋作、小夜子吃了一惊。

雅子："（大呼）这种日子我已经受够了！受够了！受够了！（哭喊）活着时你到处作孽，随意胡来，死了还打算让我哭一辈子吗？"

雅子拿起铜铃朝五郎遗像砸去。

相框的玻璃砸成碎片。

晋作、小夜子惊得目瞪口呆。

雅子转过身。

雅子："（用标准语）啊，这就痛快了啦！"

她深深低头向晋作他们表示歉意。

雅子："（毅然地）孩子就让我来收养吧！"

晋作和小夜子互相望了望。

晋作："啊？"

小夜子："是真的吗？"

雅子："（点点头）当然真的！"

小夜子："唔……我们也不一定强迫你。如果不乐意，不收养也没关系。"

晋作不解地望着小夜子。

晋作："（似乎领悟）是啊，这孩子也可能不是你丈夫的……"

雅子："（干脆地）不是我家的也没关系，我已经收养了三个这样的孩子。即便真假难辨，收养下来才合情合理。"

晋作、小夜子："……"

雅子打开玻璃窗户。

晋作、小夜子从窗户向外望去。

窗外，有一个陈列着一台蒸汽机的小公园。新一和雅子的孩子们兴兴致勃勃地围着高田玩耍。

晋作和小夜子依依不舍地望着新一。

小夜子："……"

晋作："……"

小夜子："（自言自语）他玩得多快活啊！"

晋作："……（点点头）"

小夜子："看来他会过得很幸福的。"

晋作："嗯！"


## 133．高田组门前

雅子深深鞠躬送别晋作和小夜子。

晋作、小夜子也向雅子还礼，然后走去。

## 134．小公园

晋作和小夜子悄悄地来到这里，故意不让新一看见，依依不舍地望着新一。小夜子悄悄地擦着眼角边涌出的泪水。

晋作催促小夜子上路。

## 135．若户大桥下

他们搭上上桥的电梯。

## 136．电梯中

二人默默无言。

## 137．若户大桥上

电梯门开了，两人走了出来。

他们脚步沉重地走过桥去。

晋作为了掩饰对孩子的怀念之情，故意装得很快活。

晋作："啊，这下全解决了。好吧！咱们到车站吃顿榭树叶包的带馅年糕，到广岛去买点柿子，到大阪吃吃加吉鱼寿司。喂！你从此可以一心去当个明星啊，你不能当费·唐纳薇那样的明星，而是当个玛丽莲·梦露那种类型的明星。啊！太阳你好！今天我们要告别九州了！"

小夜子："（轻声嘀咕）也许我们想到一起了。"

晋作没有听见。

小夜子小声地念着同样的台词。

晋作默默地向前走着。

小夜子："也许我们想到一起了。"

晋作莫名其妙地望着小夜子。

小夜子也向晋作瞟了一眼。

忽然，两人不约而同地掉转身去。

他俩无牵无挂的表情，沿着能俯瞰洞海湾又长又大的若户大桥往回走去……

片尾字幕……

—完—

# 颓废姐妹

根据岛田雅彦同名小说改编

编剧：荒井晴彦　井上淳一

## 1. 宫本家

1944年12月——

东京目黑区的一栋日式与西式折中的二层建筑。

为了补充战时食物的缺乏，用木栅栏围起来的一个宽阔的庭院已变成家庭菜园，里面种植着小油菜和红薯等。

在阳光照射不佳的北侧，可以看见一个防空壕（为防备空袭，在院子里挖掘的简易避难所）。

从大门到玄关铺着石块，进入玄关左边便是西式的客厅（六铺席大小），右边是日式的起居间（四铺席大小），在正面的日式客厅里（八铺席大小）摆设着佛坛，日式客厅旁边的四铺席间是父亲的房间。

玄关右侧是楼梯，楼上并排三间四铺席的房间，其中两间由姐妹俩使用。

从玄关开始，缘廊呈L型伸展开去，尽头便是厕所，厕所旁边是浴室。

为了防备空袭造成碎玻璃飞溅，所有的窗户都贴上了斜十字的细纸条。

电灯都罩上了黑罩，这也是防备空袭的一种对策，防止灯光泄漏到外面。

日式客厅的里面是厨房，姐姐宫本有希子在那里开启罐头盖。

妹妹宫本久美子回来。

久美子："从早晨就开始排队，一人只配给一条咸鱼。"

战争期间，生活必需品都实行配给制，久美子刚才一直站在那长蛇般的队列中。

有希子把罐头里的牛肉放到狗食盆里。

久美子："爸爸说那是过年吃的，爸爸辛辛苦苦……"

有希子："警察来过了，命令我们把狗交上去，说狗的皮毛可以用来制作士兵的防寒衣和航空队的帽子。"

久美子："连狗都不放过……"

有希子："听说小狗会被摔死，大狗会被棍棒打死。所以……"

有希子把杀鼠剂掺合在牛肉里。

久美子："他们只要狗皮？"

有希子："说我们在粮食缺乏的时代还养狗，这叫奢侈。我看他们不只要皮毛。所以才……"

久美子："吃了食用过杀鼠剂的老鼠，猫也会死的啊。"

有希子："所以我让他吃不成。"

有希子拿起狗食盆朝外走去。

## 2. 宫本家·庭院

有希子从缘廊走到庭院里。

狗棚里，一只瘦骨嶙峋的老犬抬起头来。

老犬惦记着有希子拿着的狗食盆，摇晃着尾巴。

"等等。"

久美子拿着一条咸鱼过来。

久美子："这个也给它。"

有希子："你舍得？"

久美子："这是你的那半份。"

说着将咸鱼放在老犬面前。

久美子："吃吧，上帝。"

有希子："这是敌人的语言！"

久美子："战争开始后就一直不能这样叫它，都到最后了，叫叫还不行吗？"

上帝吃着咸鱼。

久美子："妈妈为什么给它起了个'上帝（God）'的名字？"

有希子："反过来念就是'狗（dog）'。"

久美子："你说什么呀。"

泪水从久美子眼里溢出来。

有希子："上帝也要以死效劳天皇呀。"

有希子把狗食盆放到上帝面前。

上帝狼吞虎咽吃起来。

儿童们欢送出征士兵的歌声从木栅栏外通过。

为了报答天皇陛下的大恩大德

父母教育我们要战死疆场

我们继承红色的血潮

下定决心决一死战　披挂红绶带

有希子和久美子目不转睛看着专心吃食的上帝。


回响起警报声。

溶暗——

随着爆炸声推出片名。

爆炸声消失——

有希子的声音："久美子，该起来了。空袭结束了。"


### 3. 宫本家·防空壕内 （1945年3月10日未明）

这是一个地窖，墙壁是用石头垒起来的，天花板是用废墟里的柱子和房梁支撑起来的，地面铺着席子，充满着潮湿和锯末子的臭味。

久美子起身叹息。

久美子："贾利·库珀来这里了，要把我从地窖里带出去。"

有希子："把你带到哪儿去了？"

久美子："……点心店。"

有希子："（笑）。"

久美子："我正要吃巧克力棒的时候，被你叫醒了。"

有希子："（笑得更厉害了）对不起，对不起。"

久美子："姐姐，你在防空壕里是怎么过的？都想到了些什么？"

有希子："小久美，如果让我们选择是在空袭中死还是饿死，你会选择哪个？"

久美子："我哪个都不选。我要吃许许多多的好东西，我要尽情打扮，我要谈一场美好的恋爱，否则我不会轻易死的。我从生下来就一直处于战争中。"

久美子说着推开防空壕的盖子。

姐妹俩爬出防空壕。

有希子："好亮啊。"

久美子："都能看报纸了。"

"明亮将会是灭亡的身影，无论是人还是房屋，在黑暗中还未灭亡。"

传来低吟声。

姐妹俩转过身来。

姐妹俩："爸爸！"

宫本国男望着东方燃烧的天空，如血一般。

如同熔矿炉中的火焰吞噬着天空。

×

### 4. 宫本家·起居间 (夜)

有希子、久美子、宫本喝着芋茶粥。

宫本："我想把这房子卖了。"

有希子："不行。把房子卖掉了，我们就再也回不到东京来了。"

久美子："我也不同意卖。我们在院子里挖防空壕是为了什么呀？都这时候了还要疏散到乡下去，我可不干。"

宫本："在3月10日的空袭中，你知道死了多少人啊。一晚上就是10万人呀。戴着防空头巾的人，防空头巾一下子就被火星点着了，头部全被烧焦了。听说钻进防空壕里的人都被烤死了。人们被大火追着纷纷跳进隅田川里。可是，隅田川里也在着大火。整个就是一个火焰地狱啊。"

有希子："不过……即便明天这个房子还存在，你说谁会买呢？"

宫本："如果烧掉了，就算对方蒙受了损失。不过，如果没有烧掉，那就等于对方赚了。"

久美子："爸爸，你是不是已经和别人谈好了？"

宫本："用这笔钱我们可以把宫本制片公司欠的债还上了。"

有希子："不管发生什么，我都不会离开这座房子的。"

宫本："就是说，即便这座房子烧掉了，你们还是要住在这里？"

有希子："对，就住在这里。燃烧弹的扑灭方法，我是通过您制作的影片《燃烧弹的扑灭方法》学会的。"

久美子："我也要住在这里。为此我在院子里种植了土豆和萝卜。我是通过您制作的影片《土豆种植法》学会的。"

（插入影片《土豆种植法》的一个场面——小学生们在校园

里耕地，埋上马铃薯块。）

宫本：“敌人要是攻打进来怎么办？”

有希子：“和美国兵拼刺刀，拼不过就去死。”

久美子：“我们是通过您制作的影片《本土决战》……”

（插入影片《本土决战》的一个场面……为防备本土决战，妇女和儿童们在进行竹枪训练。）

宫本：“行了，别说了。”

宫本站起来，朝外走去。

久美子：“姐姐，你是不是害怕搬到乡下后就再也见不到后藤少尉了，所以才反对的？”

有希子静静地垂下眼睛。

## 5. 住宅街的街道 （闪回，1943年11月）

身穿制服的有希子走在街上。

“让我送你回家吧。”

突然身后传来一个声音。

有希子止步，转过身去。

学生：“我并不是今天才开始尾随你的，我想给你写信，于是跟着你查到了你的住所和姓名。”

有希子：“……你要出征了？”

学生：“我要去海军了。……我想用自己的这双眼睛好好看看你，牢牢记住你的容貌。”

有希子：“……我等着你的来信。”

学生：“谢谢你了。那我走了。”

学生返身欲走。

有希子：“喂，你叫什么名字……”

学生："（转过头来）我叫后藤，后藤晴男。"

露出笑容。

## 6. 起居间兼饭厅（夜）

有希子："从去年11月份开始，就再也没接到过他的回信。"

久美子："……后藤少尉，是在航空队吧？所以，有可能参加了特攻……"

有希子注视着一点，一动不动。

## 7. 东京宝·剧场

有希子等被强制劳动的女学生们和女子挺身队的妇女们，正在制作气球炸弹。

## 8. 军需工厂

久美子在检查战斗机的零部件，她头上缠着一块布，上面的红日里写着"神风"二字。

技术军官："不符合规格的都使用不了，所以要格外注意。特攻机在途中掉下来的话，就是你们的责任！为了神鹰，为了国家，为了天皇陛下，我们要以大和魂的精神努力加油！"

久美子把不符合规格的零部件扔进脚下的箱子里。

## 9. 澡堂

混浊的洗澡池子里挤满了人，没有缝隙。

有希子和久美子也在其中。

由于作为燃料的柴禾极度缺乏，人们无法在自己家里烧水洗澡。

旁边被抱在怀里的婴儿突然哭叫起来。

隐约看见洗澡池子里漂浮着婴儿的粪便。

母亲若无其事地用手捧起粪便往池子外掏。

无人发牢骚。

## 10. 目黑川畔的道路（傍晚）

洗澡回来的有希子和久美子走在路上。

久美子："就像洗土豆一样，水也脏兮兮的黏糊糊的。啊，我好想在自家的澡盆里洗个澡。"

有希子："在哪儿都找不到柴禾了，这也是没办法的呀。回去后用清水冲冲身子吧。"

河畔是一排排工棚的贫民窟。

一位身着破衬衣的少年（今村庆一）端着脸盆，从其中一个工棚里走出来，将盆里的污水泼进河里。

今村抬起头来。

只见空中飘落下来许多十日元的纸钞。

行人们挤成一团。

久美子捡起来，翻过来看。

原来是传单（美军的谍略宣传单）。

行人A："什么，是纸炸弹吗？"

行人B："不要读！不要捡！"

揉成一团扔掉。

久美子注意着人们的目光，悄悄将传单塞进兜里。

久美子的声音："现在通知各位，你们居住的城市已被选定为美军的下一个空袭目标。此传单投送后三日内，美国空军将开始轰炸。"

颓废姐妹

×

## 11. 东京的山手地区正在燃烧 (5月24日)

在夜幕的掩隐下，B-29大编队投掷的燃烧弹和炸弹像雨点般落下来。

## 12. 防空壕内

从天花板上掉落下来的土蒙在了宫本、有希子和久美子的身上。

轰炸机的声音，如同小虫振翅的声音。

炸弹落下的声音，如同雷阵雨的声音。

燃烧弹的声音，如同堆在一起的罐头哗啦哗啦倒塌的声音。

振翅声、雨声、哗啦哗啦声、爆炸声、熊熊烈火声，以不规则的周期循环着。

久美子突然跑出防空壕。

宫本："久美子！"

有希子："小久美！"

追了出去。

宫本："久美子！有希子！"

追了出去。

## 13. 宫本家·二层

破碎的窗户玻璃散落一地，书架倒了下来，没有下脚之处。

三人站在晾衣台上。

夜空被染得通红。

久美子："我就是想看看生我养我的城市变成什么模样了。"

无数的火球落了下来。

沉寂在黑暗中的地域变得明亮起来，一片熊熊烈焰。

远处似乎传来人们的呼喊声。

无论是有希子还是久美子，还是宫本，都伫立在那里。

## 14. 目黑大道

久美子提着一升瓶的酒走在路上。

一位父亲拉着板车，板车上放着柜子和被褥，还有孩子的母亲坐在上面。母亲背着吃奶的孩子，两手牵着幼小的兄弟俩。父亲拖着沉重的步伐沿着尸骨累累的街道走过去。

烧焦的尸体中，还有怀抱婴儿的母亲。

金村庆一在废墟中蹲下身来。

金村："你是宫本久美子？"

久美子："（点点头。）"

金村："我叫金村庆一。我们是一个小学的。"

久美子："那里原来是你的家？"

金村："（点头）你家呢？"

久美子："还不要紧。"

金村："难怪呢。"

久美子："怎么了？"

金村："美英鬼子看着东京地图，用红笔划了一个圈。好像他们就往这个圈里投炸弹。用红笔圈起来的地方是穷人住的区域，房子容易燃烧，听说这是为了节约炸弹。"

久美子："骗人。"

金村："你家的房子没有烧掉吧？"

泪水从久美子的眼睛里溢出来。

久美子："我知道会有空袭，可我没跟任何人说过。结果，大家都死了。阿柴和岛中也都……"

金村："很快就要本土决战了，一亿国民都要玉碎，只不过是早晚的问题。说不定早点死了倒好了，这样就饿不到肚子了。"

久美子："（笑起来。）"

金村："那是酒吗？"

久美子："我爸爸没酒就活不了，硬是朝酒铺老板讨了一点。"

金村从行囊里取出杯子。

久美子给他倒了一点酒。

金村喝下去。

金村："我就要去海军当飞行预科生了。"

久美子："会变成特攻队吗？"

金村："我一定会为爸爸、妈妈和姐姐报仇的。"

久美子："他们在昨天的空袭中都……？"

金村："在逃跑的途中，被炸弹直接炸中……"

久美子屏住呼吸。

金村："我一直都是喜欢你的。"

久美子："？！"

金村："上小学时，大家都嫌弃我吃大蒜口臭要调换座位，可只有你从没提出过这个要求。"

久美子故意板着脸听他讲。

金村："如果日本战败了，你也许会被美国鬼子欺负。所以，我要为保护你而死。"

"我走了。"金村正要离去。

久美子："这个给你。"

把一升瓶酒递给金村。

金村接过来，朝久美子敬礼。

久美子还礼。

### 15. 宫本家·庭院 (8月7日)

有希子将家庭菜园里的茄子采摘下来，放进箩筐里。

久美子给黄瓜喷水，好像沾上了露水一样。

久美子："啊，西红柿红了！"

有希子："真的！就像宝石一样！"

姐妹俩盯看着沐浴在朝阳中闪烁着光泽的西红柿。

"大特急！大特急！"传来孩子们的喊叫声。

孩子们大概在不停跳跃，透过大门可见他们的脑袋忽隐忽现。

有希子和久美子打开大门。

邻居家的田中孝伸过来一块传阅板。

孝："重要留言。今后要经常穿着白色衣服。据说这次在广岛投下了新型炸弹，身穿白衣服的人被火烧伤的要少得多。"

孝恭恭敬敬鞠了一躬，然后跑回去。

久美子："就一颗炸弹，建筑物和人一瞬间就都消失了，广岛连遗迹都没有了。"

有希子："看来铁桶、草席和竹枪根本就派不上用场。可我都做好了准备，美国兵一旦登陆，我就用竹枪一拼到底……"

回响起空袭警报。

有希子："我去拿一条床单来。"

说罢朝屋里跑去。

### 16. 望得见大海的山丘 (千叶·馆山)

一名海军士官和一位姑娘并肩行走。

姑娘："大婶做了好多豆沙糯米饭团在等着你呢，好不容易才搞到一点真正的砂糖，真是又甜又香。"

士官："……出击的时间已经定下来了。"

姑娘："……什么时候？"

士官："这是军事机密。"

姑娘："那很快就要出击了……是吗？"

士官："……我爸爸妈妈就托付给你了。"

姑娘："鹈饲少尉，祝您武运长久。"

敬礼。

士官回礼。

姑娘强忍住泪水，露出笑颜。

架在轨道车上的摄影机追拍着他俩。

空袭警报响起来。

导演："停！"

第一副导演："躲避！"

外景队朝洞窟跑去。


## 17. 柳川旅馆

宫本、山下、导演和制片主任。

宫本："厂长说了，近日可能会发生紧急事态，所以要求我们今后空拍。"

导演："是在命令我玩拍摄游戏吗？"

下山："导演，一旦中止拍摄，摄制组工作人员和演员就会询问理由的。如果流言蜚语传开了，特高或警察不会不管的。"

制片主任："制作部长，紧急事态就是指日本举手投降了？"

导演："怎么会发生那么愚蠢的事情呢？"

宫本："在10日天还没亮就召开的御前会议上已经做出决定，以维持国体为条件，接受《波茨坦宣言》。"

下山："我们也召开了领导会议，讨论了一些问题。以前我们公司利用军方的力量来确保生胶片，拍摄了提高战斗力的影片，获取了利润。如今领导层会更迭，不，公司也会解体，我们今后将如何生存下去呢？"

制片主任："在说国家的命运将会如何的时候，你们怎么会去讨论公司今后的生存呢？"

导演："日本人协助日本的战争这不是理所当然的吗？就连美国的导演也在拍摄提高战斗力的影片呀。"

制片主任："我们只是在制作电影，实际上并没有去杀美国兵。"

导演："战争还没有结束。我要继续拍电影。要在开战纪念日公映。你就这样告诉厂长。"

宫本："厂长的真正意图是想抹杀我们曾经拍摄过《美国去死》那样影片的事实。导演，您做好准备了吗？决心做英美中三国宣言中所说的战争罪犯吗？"

## 18. 有希子和久美子行走着

"日本接受《波茨坦宣言》，将无条件投降"，书写着这些内容的传单飘落下来。

久美子正要捡起来。

"不要捡！谁捡逮捕谁！"警察跑过来。

有希子："啊，你瞧！"

一架 B-52 飞机悠然飞行在夏季的天空上。

二式战机"钟馗"朝着 B-52 冲过去。

久美子："要撞上了！"

"钟馗"撞击 B-52。

在爆炸的烟雾中，飘落下来一顶降落伞。

"美国兵跳伞了！"喊声。

久美子跑过去。

有希子："小久美！"

有希子去追赶久美子。

## 19. 一片瓦砾中的一片积水

久美子和有希子气喘吁吁。

宪兵收缴了美国兵的手枪，将美国兵反绑起来。

"这就是美国鬼子的脸吗？"

从围观的人群中传来这样一句。

宪兵："（英语）你叫什么名字？"

美国兵："萨诺布·维奇。"

宪兵殴打美国兵。

老婆婆："真可怜啊，那个美国兵也是有家人的……"

一个手持竹枪的妇女说道。

妇女："就因为那些家伙，你知道有多少人死去了吗？你还说这种非国民的话！"

美国兵浑身颤抖，高声喊着。

美国兵："（英语）日本战败了！日本无条件投降了！"

他的目光与久美子的目光相遇了。

美国兵："（英语）战争结束了！我就是来告诉大家这件事情的！"

宪兵："什么日本战败了！"

殴打美国兵，并用脚踹美国兵。

久美子："姐姐，她说日本战败了……"

有希子："骗人的。"

"你在撒谎！"妇女用竹枪戳美国兵的大腿。

妇女："日本是神之国，是不会战败的。"

妇女试图再次用竹枪刺美国兵，被宪兵制止了。

妇女："为什么阻止我！我们的同胞都被这些家伙杀害了！"

"好好收拾他！"围观人群中发出的喊声。

妇女和美国兵被人们拉开，带出了人墙。

久美子："……他长得真像贾利·库珀。他叫萨诺布·维奇。"

## 20．宫本家·起居间 （8月15日晨）

有希子和久美子在吃早饭。

广播："……天皇陛下将于今天正午亲自广播……"

久美子："他要说什么……是停战？还是投降？"

有希子："不会吧……"

久美子："那是什么？"

有希子："本土决战迫在眉睫了，所以我猜，天皇大概要说全体国民要做好一亿玉碎的思想准备，投入战斗。"

久美子："还要打仗吗？"

有希子："如果天皇陛下说要战斗到最后一个人，那我就去打仗。"

## 21．电影制片厂·中央喷水广场 （正午）

安放在阳台上的收音机在播放天皇亲自宣读的诏书。

一群女性工作人员中有数位男性，其中便有宫本和下山。

女工作人员：“……这就是天皇陛下的声音？”

宫本面无表情聆听着。

## 22．柳川旅馆

玄关旁的板间里，外景队的三十多名摄制人员端端正正坐着，面对留声机聆听天皇广播。

## 23．宫本家·庭院

有希子一边哭泣一边把井里的水汲到铁桶里。

有希子哗啦哗啦洗脸。

## 24．宫本家·走廊

有希子开始用抹布擦拭走廊。

久美子：“这个用不着了。”

说着，用抹布开始擦除贴在窗玻璃上的纸条。

久美子：“这也用不着了。”

说着，把罩在电灯上的黑罩摘下来。

有希子：“小久美，你高兴吗？”

久美子：“什么？！”

有希子：“日本战败了，你高兴吗？”

久美子：“我不高兴。不过这下子我们可以脱掉劳动服睡觉了，可以在明亮的电灯下吃饭了……”

有希子：“我们有这种心情可不好。由于我们的努力和忍耐不够，日本才战败的。我们要向天皇陛下说声对不起，我们要反省道歉。”

久美子：“打了败仗要由我们向天皇谢罪？”

有希子："这不对吗？"

久美子："什么怪道理。"

有希子："混蛋！"

说着将铁桶里的水泼向久美子。

### 25．电影制片厂·洗印车间

下山将大量胶片（负片、正片、样片）扔进冷气专用的焚烧炉内烧掉。

下山："不知道是厂长的命令还是谁的命令，不过，即便把胶片烧了，协助军方拍摄提高战斗力影片的罪行还是抹不掉的。有多少年轻人看了这些影片后奔赴战场再也没有回来啊。"

宫本闻到一股刺鼻的恶臭，捏住鼻子。

### 26．一股黑烟从高高的烟囱里冒向蓝天

### 27．宫本家·庭院（黄昏）

久美子在掩埋上帝的脖圈。

有希子在上面竖了一块牌子，写着：上帝之墓。

久美子："反正都要投降，早点投降的话，上帝也不至于死呀。后藤少尉呢……"

有希子："还是没他的消息。"

"大特急！大特急！"孝的喊叫声。

有希子和久美子打开大门。

孝："占领军一旦登陆，女性尽量不要外出。不得已外出时需穿三件衬裤，外加一件劳动服，以防美国兵的暴行。"

孝递上传阅板后跑回去。

久美子："我们会遭到强奸？"

有希子："你要不想遭到强暴的话，用白布把胸脯缠起来，把头发剪掉，打扮成男孩子的样子，低声说话，还要咳嗽。"

久美子："为什么要咳嗽呢？"

有希子："装给他们看的，表示患上了结核。"

久美子："……如果美国兵都长得像贾利·库珀的话？"

有希子："小久美，你不想守住贞操？"

久美子："瞧你说的，我不像你，还没有恋人呢。"

有希子给了久美子一记耳光。

久美子："疼死我了！"

泪水从有希子眼睛里溢出来。

## 28. 电影制片厂·第一摄影棚 (8月17日)

宫本、下山陪着辻本（东京料理饮食业工会的工作人员）走进来。

正在搭建安宅之关的景。

黑泽明导演的影片《踩老虎尾巴的人》的拍摄现场。

照明灯亮着，演职员们大声喊叫着跑来跑去。

辻本："战争才结束不过两天，你们就已经在拍电影了？"

下山："厂长提出了今后的方向，需要拍摄娱乐片。"

辻本："可是厚木航空队还在撒传单呢，说是要彻底抗战……"

下山："我厂的厂房在空袭中损失得最少。我们要是不拍出一些新片子来说不过去。是吧，部长？"

宫本没有回答。

### 29．电影制片厂·接待室

宫本和辻本面对面坐着。

宫本："是政府要求成立卖淫公司的吗？"

辻本："那是叫进驻军特殊慰安设施。国务大臣近卫公对警视总监坂先生说，你要保护日本的姑娘们，于是坂先生就把我们这些接客业的代表召集到警视厅，求我们创办慰安所。坂先生过去曾在鹿屋的特攻基地设置过慰安所。日本兵过去在支那不是也干过很过分的事情吗？那些大官对此非常清楚，整天提心吊胆的。你有女儿吧？"

宫本："有两个。"

辻本："你也很担心吧？我们要保护大和抚子的纯洁，免遭美国兵的兽欲侵害。所以我们要建筑一道性的防波堤。大藏省也做出了预算。主税局长池田先生说了，即便花费一个亿，如果能保住众多女性的纯洁也不算多。"

宫本："一个亿……"

辻本："我已经把大森海岸没有烧毁的料亭全部买下来了。立川、三鹰、调布、福生、热海、箱根的也都接收过来了。把三越和白木屋的服装都扣押下来了，把资生堂仓库里的化妆品也都扣押下来了。避孕套是从军方调拨过来的。剩下就是准备女人了。只有那些妓女是不够的。"

宫本："你是为了保护良家妇女的贞操才来召集良家妇女的吗？"

### 30．多摩川的河堤

有希子和久美子在采摘野菜。

久美子："这个能吃吗？"

久美子问有希子，有希子手里拿着一本书，书名是"能吃的野草"。

有希子："不能吃。"

河堤上挤满了挖野菜的人。

"青蛙！"

"跑那边去了！"

"我抓着了！"

"是我先发现的！"

"是我抓住的！"

为了一只青蛙打起架来。

久美子："战争一结束就吃起青蛙和蒲公英了。"

## 31. 特殊慰安设施协会 (RAA, Recreation & Amusement Association) 总部·前

宫本在银座的日本料理屋前竖立起一块大招牌。

**告新日本女性！为处理战后问题，国家特设紧急机构，要求新日本女性率先协助，加入驻屯军慰安之大事业中！现招募舞女及女职员。年龄十八岁至二十五岁。提供宿舍、被服及粮食。**

× × × ×

年轻的姑娘们排成一列。

全部是一身劳动服装束，其中也有赤脚的。

## 32. 特殊慰安设施协会总部·内

宫本面对着一位皮肤白皙的女人。

宫本："多大岁数？"

女人："十八岁了。"

宫本："对不起，请问和男人发生过性关系吗？"

女人："没有。"

宫本："……我看你最好就这样回去。"

女人："你就别说这些了，就雇用我吧。在空袭中，我失去了家和亲人，没地方可去了。"

宫本："在哪儿遭到的空袭？"

女人："在上野。"

宫本："老家是哪儿的？"

女人："我出生在东京。"

宫本："你叫什么名字？"

女人："寒河江祥子。"

宫本："寒河江？那么，是山形县的了。"

祥子："是秋田的。"

说罢，脸上露出"这下子糟糕了"的神色。

宫本："你待在东京有什么好，连今天的饭都不知道能不能吃上，我看不如回乡下去。"

祥子："……男人们在战争中都死了，我也嫁不出去了。老百姓也是负担更重了。我即便这样回到乡下，也结不了婚，一辈子都要不停干着辛苦的农活。"

宫本点燃一支香烟。

祥子突然跪伏在地上。

祥子："我这身子骨是在农田里摔打出来的，轻易坏不了。"

宫本："你有没有什么喜欢的人？"

祥子："没有。"

宫本："那么，你至少要在美国兵到来之前找到一个日本的好男人，最好是把你的初次奉献给他。"

祥子："我要是把初次给了日本男人，你就让我工作了？那样的话，我的初次你要吗？"

宫本深深吸了一口烟。

### 33．厚木机场 (8月28日)

美军运输机着陆，150名先遣队员走下飞机。

盟军开始了第一次进驻日本本土。

### 34．宫城前广场 (8月28日)

"天皇陛下，万岁！"有人剖腹自杀。

旁边正在进行特殊慰安设施协会成立的宣誓仪式。

理事长宫泽浜次郎在宣读声明。

宫泽："……值此命令下达之际，作为国家处理战后问题而设立的紧急机构，我等通过岗位被课以驻屯军慰安之艰难事业，任重而艰巨，且成功实为难中之难。"

宫本在看剖腹自杀。

### 35．大森·"小町园"

在慰安设施第一号店前，美军的吉普车排成了一行。

宫泽的声音："同志团结起来，坚定信念，勇往直前，在牺牲数千人的基础上，筑起一道阻挡狂澜的防波堤，护卫培养民族之百年纯洁，与此同时，在战后社会秩序的基础上，竖立起一根根看不见的地下支柱。"

### 36. 大森·"小町园"·玄关

美国兵穿着鞋子就要进来。

女掌柜："鞋子脱了，脱鞋！"

比比画画叫喊着。

宫泽的声音："在此声明结束之际，我再说一句，我等绝非在向进驻军献媚，我等绝非枉失节操出卖心灵。"

### 37. 大森·"小町园"·走廊

美国兵不知道该如何拉开隔扇，着急得将隔扇踹破。

二十铺席大的大房间被布帘和屏风隔开。

美国兵冲进其中一间。

宫泽的声音："不得已抛弃礼节，亦为履行条约做出贡献，有助于社会之安宁，以大言之，无疑是为维护国体而挺身，再次直言，以此为声明。"

### 38. 大森·"小町园"·房间内

黑人士兵按倒一名妇女。

女人："痛死我啦！痛死我啦！"

一个娃娃脸的女人从另一个房间里跑出来。

娃娃脸的女人："啊——！"

血从她的大腿处淌下来。

娃娃脸的女人冲进厕所，号啕大哭。

宫泽的声音："天皇陛下万岁！"

"天皇陛下万岁！"回荡着唱和的声音。

## 39. 一个个席棚组成的黑市 (尾津市场)

废墟上呈现出一派热闹的景象，摊床一个挨着一个，在战争中幸存下来的人们拥挤在这里。

"光明来自新宿"的招牌上装有100烛光的电灯，照亮了这一片。

有希子和久美子站在灯饰下。

久美子："好，走！"

久美子拽住有希子的手，拨开人群走进去。

摊床上摆放着碗、炭炉、拖鞋、提桶等日用品。

久美子："当时连寺庙里的吊钟和蚊帐的挂钩都被迫交上去了，这么多锅碗瓢盆都从哪儿冒出来的？"

有希子："有人把它藏起来了呗。所以日本才会打败仗。"

摊床上还摆放着蒸红薯、咖喱饭、五香菜串儿、年糕小豆汤、团子、疙瘩汤、剩饭大杂烩，还有从美军那里偷偷弄出来的香烟和巧克力。

久美子在菠萝罐头前停下脚步，吞咽口水。

"我给你买？"一个穿着时髦的中年男子开口说道。

有希子拽起久美子的胳膊，拔腿离去。

不知和谁的肩膀撞了一下。

原来是一个落魄的特攻队员，头戴战斗帽，上身穿着一件黄色衬衫，下身穿着一条褐色飞行裤，脚上套着棕色的长靴。

有希子的目光追随着那位男子。

## 40. 祥子的房间

宫本趴在祥子的身上蠕动着。

宫本："外国人一般对性比较开放，他们感到不好意思的是，他们的做法赶不上日本人的那种悄悄的做法。所以，不管发生什么，你都不要害怕，按照对方喜欢的方式去做，快点让他满足，打发他走。"

祥子点头表示明白了。

### 41. 新宿车站附近的铁路跨桥下

一个女人把旧锅旧盆、男人的衣物、日用品摆放在凉席上兜售，让幼小的孩子在一旁独自玩耍。

有希子将一张寻人启事贴在了告示板上，上面写着："后藤晴男先生，如果您平安无事的话请告知我。宫本有希子。"

### 42. 祥子的房间

宫本和祥子缠绵在一起。

宫本："有本书叫《四十八手秘笈》，这或许是我国可以夸耀的文化。有了这个就能战胜外国。"

祥子："请教给我。"

宫本："男人要舔啜女人的那个地方，年轻人把它称为吹口琴。"

祥子："哦……"

### 43. 宫本家·客厅 (9月12日)

有希子和久美子在阅读报纸。

东条英机自杀未遂的照片。

久美子："生不受虏囚之辱，死勿留罪祸之污名，就是这个人说的吧？"

有希子："丑陋！是全体日本人的耻辱！"

久美子："东条大将怎么没有像阿南陆相那样在终战那天剖腹呢？"

有希子："他像外国人那样使用了手枪，结果没有死成，被美军的军医抢救过来了……从那以后，凡是接到逮捕令的人都希望自己能够剖腹。"

久美子："天皇陛下也是战犯，会被抓起来吗？"

有希子："他可是比东条先生还要了不起的大元帅……"

久美子："是啊，他是日本最了不起的人了。"

## 44. 祥子的房间（夜）

宫本和祥子正在做爱。

宫本："你要是每个都那么认真的话，你的身体会吃不消的。你要是感到舒服了，那说明你遇到了一个你喜欢的男人。"

祥子："啊……大叔……好舒服啊……"

## 45. 宫本家·客厅（9月29日）

有希子和久美子在阅读报纸。

天皇和麦克阿瑟并排站着。

久美子："滚出去，米尼茨！滚出去，麦克阿瑟！"

低声哼哼着。

有希子："令人难以置信，对任何事情，我再也不相信了。"

久美子："为了天皇陛下，我们忍受了多少煎熬。"

有希子："为了天皇陛下，多少人被要求去死……"

久美子："大君旁死，不顾不悔。"

久美子唱起来。

有希子："他要是和对方司令官同归于尽该多好……两个人

还亲亲密密照什么相……这可不能露出去……不能让那些为了
陛下而死去的人看见这种照片。"

有希子静静哭泣。

### 46.调布高等女子学校·教室 (10月1日)

暑假推迟一个月才结束，下学期的课程开始了。

许多座位都空着，因为有些学生在空袭中遇难，有些学生
还没有从疏散地回来。

国语教师细川站在讲坛上。

细川："同学们，你们很幸运，都活了下来。从今以后就是
你们的时代了。暑假前老师所说过的话，你们要忘掉，考虑考
虑未来吧。不管谁来问你们，说老师都讲了些什么，你们就回
答他说忘记了。知道了吧？"

细川满脸堆笑，一股献媚的样子。

久美子厌恶地皱起眉头。

### 47.都立第六高等女子学校·教室

英语课的槇老师正在对同学们说。

槇："未来将是一个需要英语的时代。不过，你们旁边就
是死去的同学空出来的座位，我想你们大概不会愿意学习英语
的吧？"

有希子："老师！"

槇："什么问题？"

有希子："您看了天皇陛下的照片，是怎么想的？"

槇："……麦克阿瑟比陛下个头高，陛下身着晨礼服，元帅
身着常服，就这些啊。"

有希子："我们接受的教育告诉我们，天皇是神，是现人神。"

槙："如今还把天皇视为神的那个家伙，禁止刊登那张照片的报纸发行。不过，GHQ（总司令部）解除了禁令，于是大家都看见了那张报纸。这在日本是第一次有了言论自由。日本战败了，占领军给了我们自由。老师认为亏得战败了。"

有希子："……老师认为还是战败好，那么您在战争期间也是这么认为的吗？"

槙："是啊。"

有希子："老师，您是赤色分子吗？"

槙："不是。我是自由主义者。"

女生A："自由万岁！"

女生B："宫本同学，你不认为麦克阿瑟比天皇帅气吗？"

女生C："是啊，这么说来，宫本同学也被涂黑了。"

有希子想反驳，但什么也没说。

## 48. 市川的料理屋（军官专用慰安设施）·前

宫本和祥子走过来。

祥子："……谢谢你的照顾。"

说完随即转身走向玄关。

宫本："（不由得）祥子。"

祥子转过身来，等待宫本的下句话。

宫本："……这里是卖身的地方，就看你以什么心情来对待了，在这里就连梦想也能买到。来的都是军官。如果能做他们的情妇，日子就过得下去了。"

祥子在等待他的下一句话。

宫本："……我走了。"

转身离去。

祥子："大叔。"

宫本转过身来。

祥子："我爱你，用英语怎么说？"

宫本："……I love you。"

祥子："再说一遍。"

宫本："I love you。"

祥子："……Thank you。"

说罢朝里走去。

宫本望着祥子消失在玄关里。


## 49．废墟的一角

孩子们追随着美军的吉普车，喊叫着："给我巧克力！"

美军士兵扔下巧克力，大人也跟着抢。

久美子不由得也要去捡。

这时，她的胳膊被人拽住了。

"太丢人了，大日本帝国的大人们。"

转过头来一看，原来是金村，他穿着很花哨的夹克衫。

久美子："你还活着？……怎么这身打扮？"

金村："现在我在上野的黑市上混。我们第三国人（指战前和战争期间，作为劳动力，从朝鲜、中国大陆和台湾被征用或移居到日本来的人）如今成了日本警察也管不了的解放国民了。这下子轮到我们来欺负日本人了。"

久美子以一种复杂的心情听着。

金村："哦，不过，你例外。你需要什么东西就跟我说一声，不管是什么。"

金村掏出一板巧克力。

金村："你能让我亲一口吗？我还没和日本人亲过嘴呢。"

久美子："金村君，你变了。"

金村："我不叫金村，我叫金。"

久美子："金君，如果你想亲我的话，你就把你在黑市卖的东西都拿来。"

美国兵将两个正在路上行走的年轻姑娘抱上吉普车，让她们坐在自己的膝盖上。

姑娘们满脸通红，但眼里闪烁着光芒，笑个不停。

吉普车驶走。

久美子："！"

金村把巧克力塞进久美子的手里。

金村："我会保护你的。"

金村拉开夹克衫的前摆，露出别在腰带上的手枪。

久美子："……谢谢你的巧克力。"

快步离去。

## 50. 宫本家·正门外

宫本回来。

MP（宪兵）和翻译从停在房前的吉普车上下来。

翻译："你是宫本国男吗？"

宫本："是的……"

翻译："你有战争罪嫌疑，现在逮捕你。"

宫本："那都是公司的命令。我是不得已才拍摄提高战斗力影片的。"

翻译的目光落在了英文的文章上。

翻译："你有虐待俘虏的嫌疑。"

宫本："唉！我没有上过战场，怎们会虐待俘虏呢？"

翻译："你制作了《碧眼特攻散花大空》的影片，片中混血儿飞行员的角色，你使用了大森收容所里的俘虏。"

宫本："！？……那也算虐待吗？"

翻译："你让一位美国军官扮演飞行员，为了日本去撞击B-29，最后死了，这就是虐待。"

MP 给宫本戴上手铐，将他推上吉普车。

"爸爸！"放学回来的有希子和久美子跑过来。

宫本从吉普车上探出身来，高声喊道。

宫本："不要担心！爸爸不是战犯！找下山君帮忙！"


## 51. 电影制片厂

有希子和久美子穿过正门走进去，正门上方挂着大标语"NEW FACE，NEW PLOT，NEW TREATMENT"。


## 52. 电影制片厂·第一摄影棚

有希子和久美子，还有下山，站在一个角落里。

下山："宫本先生在八月份就辞掉了公司的工作。他让我帮助他，可我现在已经不是他的部下了，我也很难办，很麻烦。"

副导演大声喊道："正式拍！"

下山将食指贴在嘴唇上嘘了一声。

导演："好，开始！"

男女演员又歌又舞。

现场制片跑过来，贴在导演耳朵旁说着什么。

导演："停！进驻军来了，快把女演员藏起来！"

女场记正要把女演员们带出去。

数名美国兵抢先一步冲进来。

美国兵 A、B 走近身穿和服的女演员。

大家顿时紧张起来。

美国兵 C 端好照相机。

美国兵 A、B 搂住女演员的肩膀，冲着照相机微笑，并做出 V 字手势。

美国兵 D 把道具刀戳在肚子上，做出剖腹的动作。

美国兵 C 按下快门。

美国兵 C 把照相机递给下山，然后站在有希子和久美子中间，把手搭在她们的肩膀上。

有希子逃掉。

久美子身子变得很僵硬，任凭摆布。

下山拍下搂着久美子肩膀的美国兵 C。

美国兵 C："Thank you。"

美国兵 C 给了久美子几块口香糖，然后走向另外的女演员。

有希子："如果说在战争期间拍过电影的人就是战犯的话，那这个制片厂里的人不都是战犯了吗？为什么只把我爸爸抓起来了？"

下山："因为他使用美国俘虏兵当主角了。我对他说，拍一个混血儿的悲剧吧，混血儿撞击敌机后跳伞，被误认成敌人，最后被竹枪刺死了。可是宫本先生却要将他拍成一个血是一半但大和魂不是一半的故事。"

久美子："这就成虐待俘虏了？"

下山："也不能把制片厂的所有人都抓起来呀，这就是惩戒一下吧。"

有希子："我爸爸辞掉公司的工作后，一直在做什么？"

下山："他的工作就是，把饥饿中的日本妇女们奉献给对女人如饥似渴的进驻军。"

姐妹俩面面相觑。

下山："到底是没法开口对自己的女儿说啊。这下该轮到你们卖身了。真是自作自受啊。你们要是做的话，我可以做你们的第一个顾客。"

### 53. 多摩川的河滩

有希子捡起石子投向浅滩。

有希子："……他说爸爸把那些吃不上饭的女人卖给了美国兵。"

久美子也在投掷石子。

久美子："他说这下子轮到你们卖身了。"

有希子："还是饿死的好。"

久美子："我可不愿意饿死……"

### 54. 黄昏时刻的银座

久美子行走在路上，她穿着人造纤维的裙子，赤脚套着一双帆布鞋，头发上系着一条红方巾。

她在高架桥下、路旁、树荫下兜售蜜柑、糖果、咸鱼和柿饼。

日比谷剧场正在上映美国影片《育空的呼唤》，门口排起了长蛇阵。

在队列对面的废墟上，流浪者在烧火。

久美子买了一本摆在书店门口的《日美会话手册》。

在银座四丁目竖着标示着 TIMES SQUARE（泰晤士广场）

招牌的十字路口，MP 在指挥交通。

服部钟表店竖立着一块巨幅招牌：TOKYO PX（占领军专卖店）。

久美子望着摆放在橱窗里的裙子、高跟鞋、手提包和首饰。

正在播放 "Smoke Gets In Your Eyes"，大概是 AFRS（美国军方广播机构）的广播。

× × × ×

久美子从日剧场前走过。

一个戴着墨镜的女人（阿春）向她打招呼。

阿春："你多大了？"

阿春身穿一件垫肩的外套，背着一个挎包，嘴上叼着洋烟。

久美子："……19岁了。"

阿春："这正是小孩子回家的时间啊。"

久美子："我想几点回去就几点回去。"

阿春："你在这儿干什么呢？你那身打扮不像该是你穿的，你也想学我们的样子？"

久美子："我就是逛逛银座。"

阿春："哦，帆布鞋。要到巧克力了吗？"

久美子："我不是小孩子了。可以走了吗？"

阿春："哎，等等。"

阿春搀起久美子的胳膊走去。

### 55. 新桥的黑市·食堂（夜）

阿春和久美子面前摆着烫热的酒，还有锅烙和黄油煎鱼。

久美子："（咽下唾液。）"

阿春用小酒杯饮着烫热的酒。

阿春："你吃呀。"

久美子："你为什么要请我吃饭呢？"

阿春："你不愿意的话，不吃也可以。"

把盘子拿到自己这边来。

久美子："我吃。"

抓住盘子吃起来。

阿春一边看着久美子吃，一边喝着酒。

阿春："……做起了这种营生啊，特别在意别人的目光。向美国兵出卖肉体的女人，在社会上总是遭人白眼。不过你的目光不一样。你看着我的时候，就像你在望着美军专卖店的橱窗一样。"

久美子吃着。

阿春："战争期间说什么大家都要为国出力，我们都忍受着饥饿，可我们不是什么回报都没得到吗？我们依然贫穷依然挨饿。对吧？"

久美子："（点头称是。）"

阿春："你还是处女吧？"

久美子停住咀嚼。

阿春："你其实只有16岁吧？"

久美子："再过两个月就17岁了。"

阿春："我20岁。干这种营生有三个月了。感觉就像是一个月老了一岁。"

久美子望着看上去不像是20岁的阿春。

阿春："开始的时候，我在进驻军专用的设施里面工作。说起来是为了维护国体，是为了保护民族的纯洁，可是相当悲惨。既没有被褥也没有屏风，这些都顾不得了，还要忍受美国兵那种大蜡烛一样的家伙捅进来。"

久美子吞咽口水。

阿春："我为国家工作得太多了。我决定今后要为自己活着了。"

久美子给阿春斟酒。

阿春："我知道你在想什么。我就不说什么了，你还是不要那么想，你会后悔的。"

久美子："不过，我也想像姐姐你那样坚强地生活下去。"

阿春："你也是一个大小姐了，女子学校怎么了？"

久美子："我要从女子学校退学。我想打扮得更漂亮，我想吃美味佳肴，我想谈恋爱。如果像现在这个样子下去的话，和战争期间没什么两样。所以，你就让我加入到你们一伙里去吧。"

阿春："不行。你吃饱了就快回去吧。晚上就不要再到银座来了。"

阿春一饮而尽。

久美子注视着阿春的侧脸。

## 56．农家

有希子和久美子低下头，把母亲的衣物拿给在房檐下蒸小豆的中年妇女看。

## 57．宫本家·大门前

有希子和久美子回来。

一个女人（原贞）独自一人等候在玄关前。

原贞低头致意。

原贞："是有希子小姐和久美子小姐吧？"

姐妹俩："（点头表示是。）"

原贞："我叫原贞。"

有希子和久美子含含糊糊点了一下头。

原贞："真的长得很像，和你们的母亲。"

姐妹俩："？！"

## 58．宫本家·佛间

面对母亲的遗像，原贞长时间双手合十，随后朝向姐妹俩。

原贞："我与你们的母亲过去一起演过话剧。"

有希子："……我妈妈是演话剧的？"

原贞："看来……你们是一点也不知道啊。"

有希子："我们只知道妈妈出演了爸爸制作的影片，然后跟爸爸结了婚，得了肺病后就一直在疗养，在我5岁、久美子3岁的时候，妈妈去世了……"

久美子："讲讲我妈妈的事情。"

原贞："'戏剧不能是反动化的手段，不能是一部分有钱人和知识分子的占有物，戏剧必须是大众的'，这就是我们剧团的信条。'为贫苦劳动大众谋幸福'。文子认为，在无产阶级戏活动中才能找到自己的生存道路。"

姐妹俩认真听着。

原贞："你们的妈妈跟宫本先生结婚后就不再演戏了，然后就生下了你们……不过她心里怎么也放不下舞台。"

有希子看着母亲的遗像。

原贞："就在这时，文子与剧团的专属剧作家……（支吾起来）"

久美子："……坠入了情网？"

原贞："（点头）……结果她离开了这个家，与那个人生活在了一起……"

久美子："不是得肺病死了吗？"

原贞："（摇摇头）被警察杀害了。"

有希子："被警察杀害了？"

原贞："那位剧作家是共产党员，为了逃避镇压，他潜入了地下。特高科让你们的妈妈说出那个人的下落……特高科的拷打……是相当狠的。"

久美子："……妈妈是在拷打中被打死的吗？"

原贞："当时，我……被三四个男人围住，他们把我的手反绑，像打年糕那样，用竹刀轮番打我。我的身子被打得像石头一样僵硬，伤痕由紫变黑，脸颊歪斜，头发一缕一缕脱落，意识模糊。这时，他们朝我身上泼水，然后把我扒光，将我五花大绑，倒吊起来，更甚的是，他们拿来小笤帚……将小笤帚把儿捅进我的屁股里。"

久美子不由得捂住耳朵。

有希子："我妈妈也遭到了同样的酷刑……？"

原贞："即便这样，我都坚持下来，没有去死。不过，文子的肚子里还怀着孩子……"

久美子："孩子……？！"

原贞："她到死也没有说出孩子的爸爸藏在了哪里。"

有希子和久美子纹丝不动，侧耳聆听着。

原贞："我被释放后，想马上就来的……"

原贞朝向遗像。

原贞："文子，我一定为你报仇。德田先生也出来了，野坂先生也回来了。革命一旦爆发，我就把那些家伙绞死！"

原贞将《告人民书》放在了佛前，再次双手合十。

有希子和久美子望着母亲的遗像。

### 59. 宫本家·正门外（1946年1月1日）

既没有门上的装饰，也没有松枝。

舞狮子的从门前通过。

### 60. 宫本家·起居间

桌子上只摆着杂煮。

久美子："软乎乎的年糕。"

说着将疙瘩汤放进口中。

有希子在阅读报纸。

久美子："天皇陛下说什么了？要退位了？"

有希子："什么天皇是现人神啦，什么日本民族比其他民族优越啦，全是架空的观念。就像我们这些无知的人，那么轻易地就将他奉为了神。"

久美子："现在是个神，过去就是人吧？现在是人，过去就是个神吧？就是说他只不过成为了一个人吧？"

有希子："……我不跟你说了。"

说着从座位上站起来。

端着酒走过来。

有希子："在空袭中天皇的像被烧掉了，竟然有的校长自咎其责自杀了。军舰沉没的时候，有位海军用带子将天皇的像拴在后背，可自己无法游泳，最后死了。就为了一张照片……"

久美子把小酒壶放在自己面前，斟了一小杯酒。

久美子："我上小学的时候，在奉安殿前追蝴蝶，被老师训斥了一顿。"

有希子："……他要是人的话，就应当负起责任。"

姐妹俩一饮而尽，呛了一口。

## 61．日比谷公园

久美子行走在公园里，坐在长条椅子上的美国兵（保罗）向她招手。

保罗："I'll give you what you want。"

久美子沉默不语。

保罗："How old are you？ What's your name？ "

久美子："……我叫久美子，18岁了。"

## 62．泰晤士广场

久美子贴在 PX 的橱窗上。

保罗从店里走出来，手里拿着一个系着丝带的小纸包。

保罗把胳膊围在久美子细细的脖子上，吹着口哨拦住一辆出租汽车。

## 63．在一座洋楼前出租汽车停下，像罗和久美子走下来

保罗："My house。"

久美子抬头望着洋楼。

## 64．洋楼·起居间

收音机里正在播放多丽丝·戴的《感伤的旅行》。

久美子坐在沙发里，显得很紧张。

保罗端来一个托盘，上面摆放着啤酒、香肠和奶油。

保罗把啤酒递给久美子。

保罗："（用日语说）干杯！"

保罗碰了一下久美子的啤酒瓶子，开始喝起来。

久美子也喝起来，苦涩的味道令她皱起眉头。

保罗拍手笑起来，从座位上站起身来。

他手里拿着可口可乐走回来。

久美子："（蹩脚的英语）这是什么？"

保罗："Coca Cola。"

久美子又被一股药味噎住。

保罗："（英语）不喝可乐的人是野蛮的人。"

保罗笑着递上纸包。

保罗："Present for you。"

久美子接过来。

保罗："Please open。"

久美子小心翼翼地打开纸包。

是高筒尼龙丝袜。

久美子："（英语）谢谢。"

脸上的神情第一次舒展开来。

这如同暗示一般，保罗把嘴唇贴上来。

久美子本能的将嘴紧紧闭住。

保罗迂回嘴唇，亲吻久美子的双颊、眼角和眼睑，如同暴风雨般。

久美子身子僵硬，忍受着。

保罗抱起久美子，走进里屋。

久美子被轻轻地放在了床上。

保罗：“（毫无顾虑）How are you？”

久美子：“谢谢，我很好。”

久美子想起了英文课，不由得笑出声来。

保罗只穿了一条三角裤，刺有和平鸽文身的胸板压了下来。

保罗的手扒下久美子的毛衣，解开了衬衫的纽扣。

大概是线开了，纽扣掉落在地板上。

保罗喘着粗气，嘴巴交替含着久美子的两个乳房，不停啜着。

久美子：“！！”

保罗的手在久美子的大腿和侧腰部来回抚摸着。

久美子：“啊……”

难为情地哼哼起来。

保罗的手搭在了久美子的内裤上。

久美子：“（不由得用日语说道）轻一点！”

保罗：“（不知保罗是否明白）ok。”

说着把自己的三角裤脱下来，扔到一旁。

久美子的目光落在了保罗的性器官上。

久美子闭上双眼，双手合十，如同顶礼膜拜一般祈祷着。

保罗撬开久美子的大腿，将性器官压上。

久美子：“痛死我了！”

保罗不管不顾地往上顶。

久美子的手贴在保罗胸前的和平鸽上。

久美子：“痛死我了！别干了！”

其悲鸣声，被亲吻所覆盖。

久美子只有忍受着痛苦。

传来床铺倾轧的声音。

久美子失去了知觉。

　×　×　×　×

久美子清醒过来。

保罗的伙伴看着血染的床单。

伙伴 A："（英语）为了一双高筒丝袜就可以抛弃处女的初夜，太疯狂了。"

伙伴 B："（英语）神风特攻队和敢死队的那些人也太疯狂了。"

保罗："在菲律宾的民都洛岛上，有个奇怪的日本人。我没有注意到他躲在灌木丛中。当时我走在大草原上。所以，那家伙想开枪打我的话肯定能打中。可他没有开枪打我。我发现那家伙后慌慌张张开了一枪。"

久美子捡起自己的衣服，迅速穿上。

保罗："那个家伙已经奄奄一息，我问他为什么不开枪打我？他说'即便我开枪打死了你，结果我也都是死。如果我杀了你，你也是很可怜的，而且又多了一个可怜的母亲，所以我放弃了开枪'。"

久美子不知道他们在谈论什么，目光落在了床单上。

血染的床单宛如一面皱皱巴巴的日丸旗。

伙伴 A："这就是战争吧。"

伙伴 B："与其被杀，不如去杀人吧。"

保罗："所以我开了枪。那家伙说着'我之所以不杀人，并不是因为我善良，只是我们没这缘分'，然后死去。"

说罢摇摇头。

伙伴 A："日本人叫人不可思议。"

伙伴 B："太疯狂了。"

久美子抱着高筒尼龙丝袜和外套站起身来。

保罗："Are you leaving？ Do you need my help？"

久美子："(摇摇头。)"

久美子走出去。

衬衣的纽扣被遗忘在床下。


## 65. 新桥的黑市

久美子站在食堂的店前。

久美子："我想见见阿春。"

大叔："有客人住在这儿，你不要再来找她了。"

久美子："……给我口水喝好吗？"

大叔："还是美国崽好吧？"

把水放在了久美子的面前。

大叔："日本的男人只剩下了那些穿着皱皱巴巴军装的复员兵了，还有那些饱一顿饥一顿的瘦猴了。"

久美子一口喝尽。

久美子："真甜。谢谢你了。"

久美子正准备回去。

此时传来高跟鞋的声音，越来越近。

久美子："阿春！"

阿春沉着脸，瞥了一眼久美子。

阿春："大叔，给我来杯酒。"

阿春朝向久美子坐下。

阿春把端上来的酒一饮而尽。

阿春："从什么时候开始卖身了？"

久美子："今天第一次。"

久美子从外套的口袋里掏出一双高筒尼龙丝袜。

阿春："你是不是用你的处女身换回来一双高筒尼龙丝袜？"

久美子没有回答，但是她的眼睛说明了一切。

阿春："你这是出血大服务了？你流血了吧？你可是个处女身啊。一定很痛吧？敌人的那个家伙也很大呀。"

久美子微微皱着眉头。

阿春："早知不好就不要做。所以我最讨厌这些良家妇女。日本女人的弱点叫人一眼就能看穿。"

久美子伏下目光。

阿春："瞧你，你贱卖了自己，这给别的女人添了多少麻烦。那家伙从明天起肯定会去找更便宜的女人。"

久美子："……对不起。"

### 66. 大井町（深夜）

阿春和久美子沿着詹姆斯坡道走上来。

拐进小巷，只见一座破破烂烂的平房。

阿春："房东已经睡着了。"

阿春轻轻打开边门。

### 67. 平房·厨房

阿春把开水倒进脸盆里，兑入冷水。

## 68. 平房·阿春的房间

久美子反反复复擦拭着。

阿春按住她的手。

阿春拿起毛巾，在脸盆里拧了一把。

阿春为久美子擦拭身子。

泪水从久美子的眼里淌下来。

×　×　×　×

久美子穿着阿春的睡衣，拿出高筒尼龙丝袜，低下头来。

久美子："这个请你收下。"

阿春："我可不能要。这是你用处女身换来的。你自己穿吧，这也是为了告诫自己。"

久美子："……是的。"

阿春："日本男人打了败仗，然后向美国崇献媚，出卖灵魂。我们的身子都被那些当官的出卖了。不过，我们出卖了肉体，但绝不出卖灵魂。"

久美子："我有一个姐姐，不过就让我称呼你阿春姐吧。"

阿春："那么我就叫你久美妹妹吧。"

久美子："好的。"

## 69. 宫本家·玄关

"我回来了。"久美子回来。

有希子从里面跑出来。

有希子："你去哪儿了，才回来？报纸上总是刊登进驻军对妇女施暴的案件，什么一三文靴的大个子男人突然将女人推倒啦，什么皮肤黑黑的大个子男人用手枪顶住女人啦。真是叫人担心你……"

说着说着，突然发觉了站在久美子身后的阿春。

阿春过于认真地鞠躬。

久美子："哦，这位是阿春。从今天开始，我让她和我们一起过了。请多关照，姐姐。"

阿春："我叫春子，请多多关照。"

再一次鞠躬。

有希子："……小久美，来一下。"

说着走进厨房。

久美子："（对阿春说）请进来。"

说着跟在有希子身后进去。


## 70. 宫本家·厨房

有希子："你在想什么呢？咱家哪有多余的钱来雇用家政妇呀。"

久美子："（笑着）不是这样的，姐姐。阿春不是家政妇，是娼妇。"

有希子："你什么时候和邦邦女郎搞到一起了？"

久美子："昨天晚上。"

有希子："……是那个女人教唆的？"

久美子："阿春姐不让我干。是我自己要干的。"

有希子："真让人难以置信。你怎么会这样……"

久美子："连天皇陛下都变成人了。一个处女成为娼妇有什么不好的？"

有希子哑然。

久美子："咱家还有空房间，如果招呼客人来，还能赚些钱呢。"

有希子："你为什么非要把咱家变成卖淫窝呢？我们还有脸面对邻居们吗？"

久美子："姐姐，你真的想饿死吗？"

有希子："你可以去工作啊，擦擦鞋卖卖花，干什么都行啊。"

久美子："你以为擦擦鞋卖卖花就能还上爸爸欠的债吗？我们要是不快点还上，这个房子都会被没收的。"

有希子想说什么，但是找不到恰当的词。

久美子："姐姐的意识还是和钻防空壕时一样。你要向前看呀。"

有希子："向进驻军出卖肉体就是向前看？"

久美子："我并没有让你去出卖肉体呀。你还像以前那样，打扫打扫卫生，洗洗衣服做做饭就可以了。"

有希子："你是让我成为卖淫窝里的女用人？"

久美子："是啊。"

有希子："我不干！"

久美子："那你要怎么办？"

有希子："不知道！"

有希子跑出去。

阿春过来。

阿春："行了，不要再说了。姐姐生气了。"

久美子伸了伸舌头。


## 71. 归国者联络事务所

有希子走过来。

看着写给后藤的留言。

晴男：我等你回来。

雨下起来。

## 72. 黑市的一角

一个像是做黑市买卖的男子从包里拿出一个盒子，交给流氓。

打开盒子一看，里面满满一盒真空管。

流氓付钱。

做黑市买卖的男子迅速数了一下钱，然后拔腿就走。

一个围着白围巾、戴着墨镜的男子跟过去。

## 73. 黑市后面的废墟

戴着墨镜的男子跟做黑市买卖的男子搭话。

男子："中井中佐。是副队长吧？"

中井："（转过身来。）"

男子："还记得我吗？"

中井："？……"

男子摘下墨镜。

男子："我是十四期飞行预备生后藤。"

中井："……哦，你还好吗？"

后藤："你不是对我说过吗，'我随后就去，你先去等着我'。"

中井在推测后藤将要说些什么。

后藤："死去的伙伴们正在等着你呢。"

中井发现了后藤手里握着的枪。

中井拔腿便跑。

后藤面无表情地扣动了扳机。

中井被击毙。

后藤从中井口袋里掏出一摞钞票占为己有。

后藤撑着中井的雨伞正要离去。

脚脖子被奄奄一息的中井抓住。

后藤甩开中井的手，朝着他的脸一脚踹下去。

后藤一边叫着阵亡战友的名字一边踹着，叫一个名字踹一脚。

刚才的那个流氓领着小喽啰跑过来。

后藤跑走。

## 74．黑市

有希子行走在雨中，连雨伞也没撑。

有希子望着热气腾腾的杂炊锅。

有希子摸摸口袋。

只有一点点零钱，连十日元的杂炊都买不起。

邦邦女郎扒拉着杂炊往嘴里送。

有希子与邦邦女郎的目光相遇。

邦邦女郎骄傲地笑着。

邦邦女郎："大婶，再来一碗。"

有希子快步离去。

突然，前方的人墙被推开，后藤飞奔过来。

有希子被撞倒在轮盘赌的圈内。

后藤的墨镜也被撞飞了。

后藤转过头来看着有希子。

有希子也抬起了头。

有希子："（是后藤）？！"

后藤伸手去扶倒在地上的有希子。

一伙流氓跑过来。

后藤逃跑。

有希子："……后藤先生。"

有希子站起身来，去追赶后藤。

## 75. 宫本家·客厅（深夜）

久美子在阅读《日美会话手册》。

阿春过来。

阿春："你去什么地方了吧？"

久美子："我决定这里就叫春宅了。"

阿春："唉？"

久美子："取的是你阿春姐的名字。还有，从今以后，这座房子无论是春夏秋冬，都要卖春的。怎么样，这名字好吧？"

阿春："你姐姐没带钱包吧？"

久美子："所以她会回来的。"

久美子望着窗外。

雨变成了雪。

## 76. 废墟（深夜）

有希子跟跟跄跄走来。

有希子被雪绊倒。

泪水沿着有希子的脸颊流下来。

歌声越来越近。

"起飞了，起飞了，再见了，我们将要飞往遥远的方向，一去不返，我们特攻队将踏上征服天空的旅程。"

有希子："（凝视）……后藤先生。"

## 77.废墟（深夜）

后藤将有希子抵在弯曲的钢筋上，扒去她的内裤。

有希子："……我怕。"

后藤不管不顾地贴上有希子。

有希子："（剧痛）！"

后藤侵犯着有希子。

有希子忍住疼痛，将手围在后藤的脖子上。


×　×　×　×


用取代火炉的一斗罐点火取暖。

有希子醒来。

后藤在旁边做着噩梦。

有希子环顾着废墟上这间小屋子。

能维持最低生活的锅碗瓢盆一应俱全。

桌子上扔着一把手枪。

突然，后藤喊叫起来。

后藤："我不是胆小鬼！"

后藤一跃而起，用一只手扼住有希子的喉下，将她按倒。

有希子："（没有出声）……"

后藤发现原来是有希子。

后藤松手。

后藤："……对不起。"

背过去的肩膀微微颤抖着。

有希子将手搭在他的肩上，一动不动。

## 78. 宫本家·玄关

阿春向两个美国人招手："请进。"

阿春："（朝着里屋喊道）有顾客来了！"

久美子迎出来。

阿春："是杰克和托尼。"

久美子紧张得呆立在那里。

阿春："（小声）别发呆。"

久美子："（急忙用英语说道）欢迎光临春宅。"

美国兵穿着鞋子就要进来。

阿春："不，不能穿着鞋子进来。"

久美子："请上来。"

托尼试图连鞋带衣服一起脱掉。

阿春："不，不要脱衣服。"

久美子抓住托尼的手腕。

久美子："请上楼。"

说着朝楼上走去

阿春："走，走，请走。"

拽起杰克的手腕跟在后面。

## 79. 宫本家·楼上

阿春和杰克朝房间里走去。

久美子不安地看着阿春。

阿春："如果太粗大了，用布手巾在根部卷一圈。"

说罢关上房门。

久美子被拖拽进房间。

## 80．废墟上的小房子

有希子用手指抚摸着后藤全身上下的伤痕。

后藤："……我的肌肤不粗糙吗？"

有希子的手停下来。

后藤："三个月前，原海军少佐被击毙了。他把私吞的军用物资藏在了自家的仓库里。当大家都饿着肚子吃不上饭的时候，他一个人肥私囊。"

有希子："我在报纸上看到了。藏起来的食物和生活用品第二天便流进了黑市。"

后藤："那家伙是鹿屋的飞行长，就是他想让我去送死。我朝他开枪的时候，鸡皮疙瘩都立起来了。从那以后，鸡皮疙瘩就没有消退。"

有希子："会消退的。总有一天会消退的。我来给你消。"

后藤："不会消退的。"

有希子："为什么？"

后藤："我要不停地杀人。能够撞上敌舰的特攻机还不到两成。几乎全部是被埋伏的敌机和对空炮火击落的。在那种好像棺材桶的破飞机上装载炸弹，命令别人去死。他们自己却活了下来。我要不停地杀那些家伙，一个都不留。"

有希子屏住呼吸。

后藤："在此之前，我的战争还没有结束。"

有希子："……为什么你一个人非要背负这些呢？"

后藤："因为我活了下来。"

有希子："这些也怨不到你呀。"

后藤想认同这句话，但他却穿上了衣服。

有希子："你要去哪里？"

后藤："你不想和一个杀人犯待在一起吧？"

有希子："我一直在等着你。如果你不回来，我想我的战争也不会结束。所以……"

## 81.宫本家·久美子的房间

美国兵（吉米）从久美子的身上爬起来，点燃一支香烟。

吉米："（英语）我过去是驾驶 B-29 的。我扔了那么多的炸弹和燃烧弹，可你们怎么还是活下来了？"

肆无忌惮笑起来。

久美子也只有跟着笑。

## 82.宫本家·庭院

久美子打开防空壕的门，让吉米看。

久美子："（英语）炸弹像雨点般落下来，我们就钻进这里躲在这里面。"

吉米："（英语）我说，在这里面能不能做？我多给你点小费。"

久美子："……给多少？"

×　×　×　×

吉米每动弹一下，土便从天棚上哗啦哗啦掉落下来。

久美子："（英语）……为什么没有朝皇宫投掷炸弹？"

吉米："（英语）我想投的，可是有命令，不让我们炸。"

久美子："（英语）为什么要投下原子弹那么厉害的炸弹？"

吉米："（英语）是为了让战争早点结束。这拯救了众多人的性命，包括美国人和日本人。"

吉米完事。

久美子："（英语）你朋友中有没有一个叫萨诺布·维奇的人？"

吉米："（英语）有许多叫萨诺布·维奇先生的。"

### 83. 宫本家·久美子的房间（夜）

赤身裸体的波布做着恶梦。

久美子："波布，波布。"

波布睁开眼睛。

久美子："做梦了？"

波布："（英语）日本人追过来，让我把金牙还给他。"

久美子："（英语）金牙？"

波布："（英语）有的家伙从还活着的日本人嘴里拔下金牙。仗一打完，就从死去的日本人的背囊和口袋里寻找东西，写满文字的日丸旗啦，家族的照片啦，戴着的眼镜啦，手枪和军刀啦……不是送给了故乡的家人，就是卖给了空军和海军的那伙人了。竟然还有的人把耳朵、手和头盖骨收为纪念品。"

久美子："太残忍了……"

波布："那些吊眼梢的混蛋家伙更残忍。我曾经看到过被割得七零八落的我方尸体。把头颅割下来放在尸体的胸前，把阴茎割下来塞进尸体的口中……还在丛林中食用过我们伙伴身上的肉。我们可没做过那么野蛮的事情。"

久美子听着，脸上没有了表情。

## 84. 废墟

后藤和有希子走过来。

后藤："这里有生我养我的家。"

稀稀落落的简陋小屋，在一个角落里有片空地。

后藤："我和父亲在这里挖了一个防空壕。我的爸爸、妈妈和妹妹都被闷死在了这个防空壕里面。"

有希子看着曾经是防空壕的那片地方。

玻璃碎片在夕阳的照射下闪闪发光。

有希子拾起来。

有希子："……真漂亮。"

后藤："……我妹妹和你同岁。"

有希子大吃一惊，吐了一口气。

后藤："该回家了。"

有希子："家里都成了接待美国兵的卖淫窝。我无家可归了。"

后藤："我要外出一段时间。"

有希子："把我也带上吧。"

后藤："不行。"

有希子："如果你默默地从我面前消失的话，我就去死。"

有希子把玻璃碎片放在了手腕上。

玻璃碎片开始受力。

血渗出来。

后藤抓住她的手。

有希子："我离开你就活不下去了。"

后藤把嘴贴在渗血的手腕上吸吮。

有希子："啊，啊！"

有希子吸着后藤沾满鲜血的嘴唇。

## 85. 宫本家·客厅 (3月下旬)

大概是累了，久美子爬过来。

久美子："怎么会来这么多的顾客？"

阿春："听顾客说，RAA 的设施被关闭了。"

久美子："为什么？"

阿春："听说回国的士兵都染上了梅毒，士兵的母亲们愤怒了，去找那些大官们，要求废止卖春机构。"

久美子："那么今后来的人就更多了……我今天都接了8个啦，已经是极限了。"

阿春："RAA 那边一天接过20个呢。"

久美子："唉，那还不得死啊。"

阿春："小久美，你要连手带嘴，什么都用上，尽快早点让他完事，不然的话，你的身体会弄垮的。"

玄关传来声音："有人吗？"

## 86. 宫本家·玄关

久美子过来。

祥子站在那里。

祥子："我以前得到过宫本先生的照顾。这次我决定回故乡了，走之前我想见见宫本先生，向他告个别。"

久美子："……我爸爸被怀疑是战犯，已经被 GHQ 拘留了。"

## 87. 宫本家·客厅

久美子："……是吗？我爸爸把你送进了 RAA 的机构里……对不起。那地方一定很残酷吧？"

祥子："比回乡下不知强多少。在战争期间被称作魔鬼的那些家伙，都像自己的父亲一样，对我们很和蔼很好。所以我不愿意回故乡嘛。"

祥子解开包袱让久美子看。

是一双新皮鞋。

祥子："……我真想和他们结婚。"

久美子不由得想笑出来，但是忍住了。

祥子："……梦到底还是梦。我打开始就明白，结婚是根本办不到的。对不起，我又胡说了。其实，我想当个女用人，安置一个家。"

久美子："……我们这个家没有能力雇佣女用人。不过，你想继续以前的工作，倒是可以留下来，怎么样？"

祥子："哦，你这是什么意思呢？"

久美子："我也在这个房子里卖春呢。"

祥子："是吗？那么拜托你了。"

久美子："（点点头。）"

## 88．行驶在东海道线上的火车

后藤的声音："特攻在形式上是志愿的，实际上是指名的，也就是命令的。"

有希子和后藤挤在车厢里。

后藤："说句真心话，我不想去死。要说不害怕，那是骗人的。不过，如果大家都要为了一亿总特攻和一亿玉碎而死的话，死只不过是迟早的事了。"

## 89．彦根站・月台

有希子和后藤站在月台上。

后藤的声音："有的预备生自杀了，人们轻蔑地叫他们窝囊废。这就跟死刑犯自己上吊自杀是一样的。我认为这是一种对他人命令自己去死的反抗。或许我也讨厌别人喊我窝囊废。"

有希子和后藤走出检票口。

后藤的声音："优秀的飞行员前辈们，他们能将炸弹准确命中敌航母的飞行甲板，他们有这种本领，可却让他们驾机去撞敌舰。他们说了，如果让自己去特攻，就冲进那些家伙的指挥所同归于尽。所以最后就轮到了我们预备生和十八、十九期的预科生身上。"

## 90. 城下町

有希子和后藤走去。

后藤的声音："每当 B-29 轰炸和格鲁曼的机枪扫射时，我都想那些能飞的飞机快点给炸毁吧，这样我们或许能生存下来。但是，最终命令还是下达了。"

有希子在照相馆前站住。

后藤的声音："出击前夜，盖着毛毯躺在我旁边的早稻田大学的学生上村跟我打了招呼，他似睡非睡。他换上了新内衣，整理好了行装，剪了一缕头发和一片指甲留下来。他没有写遗书。洗完脸，吃过最后一顿饭后，他走向了指挥所。上村一边走着一边大声喊着，我要与在空袭中死去的恋人在天国见面，我不要去靖国神社！"

有希子拽着后藤的袖子，走进照相馆。

后藤的声音："副队长对我们说，不会只看着诸君去死，我们肯定会随后而去。他们用干鱿鱼和冷酒为我们饯行。我们领取了药丸。有些飞行员大小便失禁，站都站不起来了。随后还配发给我们一种叫作突击胶囊的兴奋剂。"

### 91. 照相馆

"你们是新婚旅行吧。笑得再高兴一点。"店主一边窥视着照相机的视窗，一边说道。

有希子和后藤都没有笑。

后藤的声音："我对上村说，在天国见，随后登上了飞机。就这样，不知不觉走到这一步，想去撞击敌人的航空母舰了。我不愿去白白送死。"

### 92. 琵琶湖上的渡船

后藤："我从飞机上眺望着开闻岳，想到这是最后一次看见陆地了，泪水不由得流了出来。当时，我就想到了你。我想我要为你而去死。"

有希子听着。

后藤："在飞过诹访之濑岛上空的时候，飞机漏油了，引擎出现了异常的声音。如果就这样飞向冲绳的话，在见到敌人之前，飞机就已经掉下去了。不过这时返航，想方设法还能回到基地，还可以再一次出击。遗憾的是为了能与上村一起去死，我决定返航。我在飞机上对一号机的上村发出了暗号。上村将机体左右倾斜了一下，表示知道了，让我快点返航……"

有希子听着，生怕漏掉了一句。

### 93. 旅馆的房间里

后藤："我顺利返航，可是等待我的却是胆小鬼的称呼和制裁。已经踏上特攻征途的人，为什么因引擎的一点小毛病而返回来？在引擎停止转动之前，你为什么不飞？他们就是这样指责我。我反驳说，那样不是白白去送死吗？回来后还可以再次出击，去取得战果的。这时，飞行长对我说，特攻的目的不在于战果，而在于死亡。只要众多的官兵以自己的肉体去发动特攻献出生命……万世一系以仁慈统治国家的天皇陛下就会发令停止战争。所以，在天皇下令之前，我们只有不停地发动特攻，直到最后一兵一卒。"

有希子体会到了后藤内心所受到的创伤。

后藤："我想，当下次出击的时候，我一定要好好死给你们看看。可是，再也没有接到出击的命令。因为他们要保存一批用于本土决战的优良飞机和飞行员。我就这样幸存下来了。那些口口声声说随后就去征战的指挥官们，还有那位并没有让特攻停下来的天皇，都活了下来。难道这就是一亿特攻吗？难道这就是一亿玉碎吗？"

有希子："……你能活下来，我很高兴。来吧。"

有希子解开衬衣的纽扣。

× × × ×

后藤将身子从有希子身上挪开。

后藤："……对不起。"

有希子："怎么样才行呢？你告诉我。"

后藤："……好像不见血就不行。"

点燃一支香烟。

有希子无能为力。

## 94. 宫本家·客厅

祥子走进来。

阿春："阿祥，时间是不是也太长了？是库隆伯那家伙太黏糊了？"

祥子："不，我感到自己好像是一位客人似的。"

阿春："那一定是因为你的皮肤长得太白了。听说库隆伯对皮肤白皙的女人特温和。"

祥子："是吗？"

阿春："我说，你也文身怎么样？文身师看见你的肌肤都会流口水的。连罗哈都说想文身了。"

祥子："不过，文身很痛吧？"

阿春卷起左胳膊，露出文身图案——粗线条的牡丹。

阿春："听说文好后，真的蝴蝶都会落在这朵牡丹花上的。"

久美子："文身要花多少钱？"

阿春："你不行。"

久美子："为什么？"

阿春："当然是文身后就再也回不到正经行业上来了。"

久美子为阿春没把自己当成伙伴而受到刺激。

祥子倒在沙发里，读起杂志。

是《新潮》四月号，上面刊登着坂口安吾的《堕落论》。

祥子："……特攻队的勇士已经变成了黑市上的买卖人，战争寡妇通过新的面孔挺起了胸膛。……无论是义士还是圣女都会堕落。因为是人，就会堕落；因为活着，就会堕落。"

久美子似听非听。

## 95. 宫本家·久美子的房间

海军少校盯看着久美子。

少校："（英语）我是波布的父亲乔治。"

久美子："（笑起来。）"

乔治："（英语）有什么好笑的？"

久美子："（英语）怎么你们父子俩找同一个女人？"

乔治："（英语）我不是来嫖女人的。"

久美子："（英语）那你来干什么？"

乔治："（英语）请你不要再利用我儿子了。"

久美子："（英语）这就奇怪了。我是卖的，他是来买的。如果你不想让他来这里，你这个当爸爸的跟他说不就得了？"

乔治："（英语）对于日本女人来说，美国兵是很好的冤大头。能搞到食品和烟酒，还能让他们保住自己。我对他说过，你被利用了。可他冲昏了头脑，竟然说他爱你，想与你结婚。"

说罢，扔过来一个鼓鼓囊囊的信封。

乔治："Say Sayonara to Bob。"

久美子："No，thank you。"

久美子在纸上写下几个字：KUNIO MIYAMOTO（宫本国男）。

久美子："（英语）这是我的父亲。作为战争嫌疑犯，他现在待在巢鸭监狱里。如果你能把我父亲释放了，不管波布怎么向我求婚，我都绝不会与他结婚的。"

乔治收好那张纸。

乔治："（英语）我想办法试试看。"

乔治亲了一口久美子的脸颊后，准备离去。

久美子缠住乔治。

乔治："？"

久美子："（英语）……这可不行。"

踮起脚尖，亲吻乔治。

手在乔治的裆部摩挲着。

乔治抱住久美子，将她放倒。

## 96. 宫本家·久美子的房间（夜）

年轻的美国兵彼得在久美子身上蠕动着。

彼得："（英语）舒服吗？"

久美子："什么？"

彼得："（英语）舒服吗？"

久美子："（英语）还是第一次有人这样问我呢。"

彼得："（英语）你想舒服吗？"

久美子："（英语）我从来就没有舒服过……"

彼得："（英语）你到上面来。"

久美子上位。

彼得："（英语）按照你的喜好你动动看。"

久美子蠕动着。


×　×　×　×


久美子把脸埋在彼得怀里。

久美子："（英语）我还是第一次这样呢。"

彼得："（英语）太好了。"

爽朗的笑声。

久美子："（英语）彼得，你长得很像贾利·库珀。"

彼得："（英语）第一次有人这样说我。"

久美子主动亲吻彼得。

彼得压在了久美子身上。

久美子："（英语）啊，不行。避孕套……"


×　×　×　×


苍蝇在飞。

一直在打盹的彼得爬起来。

从枪套里拔出手枪。

久美子醒过来。

彼得枪击苍蝇。

没有击中，倒是窗户玻璃被击碎了。

再次开枪。

这次墙壁上打出一个孔。

听到枪声，阿春跑过来。

阿春："（笑着）怎么了？"

久美子："在打苍蝇。"

阿春："我只听说过宫本武藏是用筷子捉苍蝇……"

彼得试图再次开枪。

久美子："你等等。（英语）我来打。"

久美子把报道东宝工会开始罢工的报纸揉成一团，将苍蝇打死。

阿春："太棒了。"

这时，精液沿着久美子的大腿流下来。

阿春一眼瞥见了，她用手纸抓住苍蝇，然后走出去。

彼得一直握着手枪。

久美子把彼得僵硬的手指掰开，拿下他的手枪。

彼得："（英语）……放在那里的敌我双方的尸体，在太阳的照射下开始膨胀。蛆涌出来，变成了苍蝇。到了早晨，在我们过夜的地方，飞来大群的苍蝇，它们吃着尸体的排泄物和已经腐烂的携带口粮，它们长肥了，竟然有的都飞不动了。这是在为祖国流血？这是在为自由和民主主义流血？血在流，可高兴的只是苍蝇。"

彼得靠着久美子在哭泣。

### 97．京都·四条大桥

后藤和有希子在河滩上。

有希子："好像这里不是日本。为什么京都没有遭到空袭？"

后藤："因为这是日本最典型的古都。他们要留给自己将来观光用吧。"

桥上，有一位男子正在演说，他的背后是一面写着"维护国体"的旗帜，他的头上缠着"必胜"的缠头巾，身上斜挂着"仓桥清弘"的布条。

### 98．仓桥家（深夜）

仓桥察觉到有动静，睁开眼睛。

黑暗中，后藤静静坐在那里。

仓桥把手伸到枕头下面。

后藤："是在找这个吗？仓桥大佐。"

后藤的手里拿着军刀和手枪。

后藤："我是鹿屋七生队的后藤。"

仓桥："……是你呀？"

后藤："'胆小鬼，你是因为害怕才回来的吧？'你说过这个话吧？"

仓桥看见了朝向自己的枪口。

后藤："特攻的目的不在于战果，而在于死亡。只要众多的官兵献出生命，天皇陛下必定会发令停止战争。"

仓桥："这是特攻之父大西中将说的。"

后藤："天皇为什么没有下令停止战争呢？"

仓桥明白了，质问不是对着自己的。

后藤："如果再早点做出圣断，特攻的，冲绳的，广岛的，长崎的，满洲的……几十万条生命就得救了。"

后藤将军刀扔到仓桥面前。

后藤："大西中将没有向天皇要求自己担任二千万特攻的总指挥，而是在8月15日夜里，留下一句'吾以死向特攻队的英灵及其遗属谢罪'，然后剖腹自杀。"

仓桥将目光落在了军刀上。

后藤："司令，请您也剖腹吧。"

仓桥："我知道你恨我。但是，不是很多人也没有担负责任吗？你打算把他们全都杀了？"

后藤："（点点头。）"

仓桥拉开睡衣，拔出军刀。

仓桥："大西中将在遗书中说道，平时尤其要坚持特攻精神，为日本民族的福祉和世界人类的和平而竭尽全力。你，不愿为新生日本一起工作吗？这样英灵们的死才不会徒劳。"

后藤："需要我在边上为你断头吗？"

仓桥突然举刀劈向后藤。

后藤闪开，开枪。

## 99．宾馆房间内

床在猛烈倾轧。

有希子："我闻到了血腥味。"

后藤："再杀一个我就停手不干了。"

有希子："啊……"

## 100．宫本家·厕所（夜）

久美子阴沉着脸走出来。

看看走廊上挂着的每日翻页的日历。

阿春走过。

阿春："你脸色不好，怎么了？"

久美子："……一直没来。"

阿春："估计……有了？"

久美子无言。

阿春："最好让大野大夫看看。怀上了还是没怀上，早点弄清楚了。"

久美子不愿接受现实，没法点头。

阿春："偏偏在这时候……"

拿出一张明信片。

久美子："（接过明信片）我爸爸来的……？"

阿春："说是下个月在横滨的乙级、丙级战犯法庭出庭。"

久美子的目光落在了明信片上。

阿春："都付给演出酬金了，不会被看作是虐待俘虏的。听说大概会获释。"

久美子："我并不是不愿爸爸回来，不过要是现在回来的话……"

阿春："自己的家变成了卖淫窝，自己送进慰安所里的女人现在和自己的女儿相处得很好，在出卖肉体。他受到这种打击会自杀的。"

久美子："该怎么办呢……"

阿春："束手无策了吧？是要现在的买卖呢，还是要父亲呢，答案不是现成的嘛。"

祥子搀着黑人士兵艾迪走回来。

## 101. 大野医院

久美子犹豫着，不知是否该进去。

一个女人走出来。

就是用竹枪刺 B-29 美国兵的那位战争寡妇。

寡妇用手指做了一个 OK 的动作，然后抱住在大门口等候的美国兵。

美国兵的吻如同雨点般落在寡妇的脸上。

久美子转身离开。

× × × ×

久美子走来。

一个小男孩头上戴着用报纸折叠的 GI（美国兵）帽，另一个小女孩系着领巾，他俩手挽着手。

年龄大一点的女孩子大声嚷嚷着。

久美子："（问年龄大一点的女孩子）在玩什么呢？"

女孩："棒棒游戏。"

久美子看着女孩子系着的那条鲜红的领巾。

## 102. 宫本家·久美子的房间

久美子望着窗外的雨。

敲门声。

久美子没有理睬。

阿春："小久美,是彼得来了。"

## 103. 宫本家·玄关

久美子跑下来,扑进彼得的怀抱。

久美子："我一直想见到你。"

彼得抱起久美子,准备上楼。

久美子："(英语)等等。不行,放下我。"

彼得："(英语)为什么不行?"

久美子："(英语)我爱你。所以我再也不要你的钱了。我想像普通男女那样相爱。"

彼得："(英语)我知道了。免费当然好啦。"

牵起久美子的手就要上楼。

久美子："(英语)不是那样的,我不愿在这里。"

彼得："(英语)那在哪儿?"

久美子："(英语)……不是金钱和场所的问题,是内心的问题。"

彼得："(英语)内心的问题?"

久美子："(英语)可能怀上了你的孩子,我不确定。"

彼得："(英语)哦,不。我的孩子在美国,我不会再要了。"

彼得连句再见都没说就走了。

久美子已经毫无力气去追他了。

## 104. 黑市边缘（夜）

久美子毫无目标地行走着。

从小巷的黑暗处传来呻吟声。

只见浑身沾满血迹和污泥的金村蹲在那里。

久美子："你怎么了？"

金村："松田组在和支那人、朝鲜人、台湾人争夺地盘。"

久美子："快上医院去看看。"

金村："黑市对面有辆车。我们走到那边去。能不能装成一对恋人？"

## 105. 黑市

金村把帽子压得低低的，挽着久美子的胳膊走去。

突然回响起怒吼声："这个支那猪！看他摆着一个臭架子！"

一伙流氓在围堵数名男子，胡乱殴打。

无论是从附近走过的警察，还是黑市的店主们，都装作没看见。

金村试图上前去帮忙。

久美子紧紧拽住金村挽住自己的胳膊。

久美子："（摇摇头。）"

## 106. 行驶中的轻型卡车内

金村："太肮脏了。对第三国人，警察不便出手，便唆使流氓，企图把我们赶出黑市……那些露天商贩也突然改变了态度，给流氓交保护费……我们摆着架子，大概日本人看不惯吧。"

差点撞上对面行驶过来的车辆，金村急忙打方向盘。

久美子："你好好开！"

## 107. 宫本家·玄关

久美子扶着金村走进来。

久美子："阿春姐！阿祥！"

阿春和阿祥走出来。

久美子："帮我一把！"

阿春："阿祥，急救箱！再烧点开水！"

## 108. 宫本家·久美子的房间

久美子把床单撕开当包扎带，缠在金村的身上。

金村："行了，我自己来吧。"

久美子："你别动。"

金村："都怨我不好。"

久美子："为什么？"

金村："离得这么近……我都受不了了。"

久美子："行啦。"

金村："什么行啦？"

久美子："你从来就没把我当日本人看吧？"

金村好似被紧紧捆住一般，动弹不了。

久美子："我也从来没把你当成日本人来看。"

金村："……是吗？"

久美子："所以，我们两个都没把对方当成日本人来看的人，一起来做吧。"

金村踌躇不决。

久美子把嘴唇贴近金村的嘴唇。

金村："我嘴里有大蒜气味。"

久美子把嘴唇贴上去。

金村压在了久美子身上。

金村："啊！"

痛苦呻吟。

久美子："我到上面来。"

久美子在上位。

### 109. 宫本家·玄关

波布一边连续呼唤着 Kumiko！一边穿着鞋子就进来。

阿春和祥子挡在了他前面，拼命阻拦。

阿春："等等！"

祥子："久美子不在。不在这里。现在不在。"

久美子走下来。

波布："（英语）久美子，爹地说他和你睡过了，是真的吗？"

久美子："是的。"

波布："（英语）为什么？是因为你不知道他是我的爹地？所以才……"

久美子："（英语）我知道是你的爹地。"

波布："（英语）你说你不知道！你给我讲清楚！我是多么爱你呀，你知道吗？"

波布抓住久美子的肩膀使劲摇晃。

久美子："（英语）波布，我仅仅是一个邦邦女郎。你也好，你爸爸也好，也只是一个顾客而已。"

波布："サノブビッチ"（混蛋）。

不由得推了一把久美子。

这时，波布的头部被椅子砸中。

是金村从后面抡下来的。

金村："美国鬼子滚出去！"

再次抡起了椅子。

波布：“（英语）你这个小日本。”

波布拔出手枪，射击。

金村被击倒。

久美子：“金村君！”

祥子尖叫着。

阿春：“来人啊，来人啊。MP！”

波布逃离。

久美子拼命扶住金村的身子。

久美子：“金村君，你要挺住！”

金村：“我不是小日本，啊。”

朝久美子一笑，死去。

久美子：“（惨叫）你不要死！”

## 110. 浜松市公所·前 (6月18日)

雨中，群众正在等候天皇巡幸。

其中，后藤和有希子撑着一把伞。

天皇乘坐的红色奔驰驶来。

后藤用手按住藏在腰间的手枪。

天皇走下车来。

群众一边高呼着“万岁”，一边拥向天皇。

天皇拿着帽子，左右点头。

有希子看着后藤。

后藤试图拔出手枪。

突然，相反方向一阵骚动。

复员兵高声呼喊着。

复员兵：“打倒天皇制！建立人民共和政府！”

“杀了他！”“非国民！”“杀了这个赤色分子！”

群众殴打复员兵，用脚踹他。

后藤呆然看着群众欺负复员兵。

在群众"万岁"的欢呼声中，天皇将要消失在市厅舍内。

有希子："后藤先生……"

后藤转过身来。

他在哭泣。

后藤："完了，大家都喜爱天皇。为了那个人，亲兄弟都死掉了，可他们还在高喊'天皇陛下万岁'。这个国家改变不了了。"

有希子："都死了三百万人，还改变不了？"

后藤："是啊，即便那个人死了，这个国家也改变不了。"

后藤拔出手枪，对准了太阳穴。

有希子："也带上我。"

后藤摇摇头，扣动扳机。

有希子："！！"

有希子伫立在雨中。

## 111．火葬场

烟融入天空。

传来犬的悲鸣声。

三个男人用绳子套住狗脖子，使劲推搡。

瘦骨嶙峋的狗将四肢撑在地上，虚弱地抵抗着。

看着它有些像上帝。

有希子站到那几个男人面前。

众男人："？"

有希子："你们要吃这狗吗？"

男子A："是啊，大姐你也要吃？"

男子 B："是烤还是煮，哪个好？"

有希子："能转让给我吗？"

男子 C："你要一个人独吞吗？"

男子 A："你还有家人吧？"

男子 B："你能付多少钱？不过，这是我们好不容易才捕捉到的，好久没吃过肉了。"

有希子："……用我的身子换不行吗？"

## 112. 废墟

几个男子轮换趴在有希子的身上。

有希子毫无表情地望着天棚。

这里似乎有些像她第一次与后藤结合时的废墟。

视界的顶端，望得见被拴在那里的那条狗。

有希子的嘴唇微微动着。

大概是微笑吧——

## 113. 宫本家·起居间

围着金村的骨灰罐，久美子、阿春和祥子在喝酒。

阿春："你爸爸就要回来了，小久美，你最好就不要再干这种营生了。"

久美子："阿春姐，你呢？"

阿春："我再去街上站着拉客。"

祥子："我该怎么办呢……"

阿春："你就向久美子的爸爸求婚看看？"

祥子："我也去站街拉客。"

"你们都没有必要离开这里。"传来一个声音。

回头一看，有希子站在那里。

有希子："就在这里继续做你们的买卖。"

久美子："……姐姐。"

有希子微微点了下头，表示自己回来了。

久美子："不过，爸爸就要回来了。"

有希子也抱着一个骨灰罐。

有希子："如果爸爸也能回顾一下自己的所作所为，对我们不会说什么的。"

久美子："我们？"

"Hello"传来美国兵的声音。

久美子、阿春、、祥子面面相觑。

再次传来"Hello"的声音。

有希子："怎么回事？如果你们谁都不去，那我去了。"

有希子放下骨灰罐。

久美子："姐姐，这是谁的？"

有希子："后藤先生的。"

久美子："后藤先生是以骨灰的形式回来的？"

有希子："（摇头）后藤先生是败给了日本后才死的。"

说着，走向玄关。


## 114. 宫本家·庭院（夜）

在上帝的狗小屋里，有希子救助的狗在睡着。


## 115. 巢鸭监狱

宫本走出来。

环视四周，不见一个人。

进驻军的吉普车驶过来。

"大叔，欢迎你回来！"祥子坐在助手席上高声喊道。

在吉普车停住的同时，祥子跳下车，扑到宫本怀里。

有希子、久美子、阿春相继下车。

宫本："？！"

## 116. 宫本家·起居间

宫本面前摆着美味佳肴，从肉和鱼到牡丹饼应有尽有。

祥子："拿出看家本领做的饭菜。快来尝尝。"

宫本点燃一支洋烟。

祥子："这个送给你。这是我离开那个机构的时候买的鞋子。"

递上锃亮的皮鞋。

宫本默默吸着洋烟。

阿春："这就不错吧？"

把黑纳西倒进酒杯里。

宫本："你们是要我接受这个现实？"

有希子："（毫不犹豫）是的。"

宫本将酒杯里的酒一饮而尽。

有希子："这白兰地，还有香烟，全是这里的客人美国兵带来的。这些美味佳肴，也全部是用久美子、阿春和祥子向美国兵出卖身子赚来的钱买的。爸爸欠下的债，也是用这些钱还上的。所以，请允许我们在这个家里工作下去。"

宫本掐灭洋烟。

阿春又斟上黑纳西。

有希子："爸爸，这个现实，不，如果你不能原谅我们的话，如果你不想和我们待在同一个屋檐下的话，那就请便吧。"

宫本再次将杯中酒一饮而尽。

### 117. 宫本家·佛间（夜）

宫本在祥子陪伴下喝着酒。

### 118. 宫本家·久美子的房间

久美子在与客人睡觉。

### 119. 宫本家·阿春的房间

阿春在与客人睡觉。

### 120. 宫本家·佛间

"打搅了。"有希子探头。

有希子："祥子，来客人了。我代你去？"

祥子："是谁？"

有希子："是艾迪。"

祥子："我这就去。大叔，那么过会儿见。"

走出去。

宫本连话也插不上。

### 121. 宫本家·宫本的房间

祥子坐在床上吸着香烟，艾迪温和地帮她脱去高筒丝袜。

### 122. 宫本家·佛间

宫本打开一直关闭的佛坛。

宫本点上蜡烛和线香。

宫本："……难道我的生存方式搞错了？遭到这种报应？"

遗像上的妻子在微笑着。

宫本："你要在的话……"

宫本把酒杯放在遗像前，斟上黑纳西。

宫本："你也是一个女人啊。"

宫本笑着碰了一下杯，然后饮酒。

感觉传来了女人们的声音。

感觉房子在摇晃。

房子真的在摇晃。

女人们的声音愈发激烈。

房子摇晃得也越发厉害。

宫本："（抬头看着天花板）……"

佛坛上的蜡烛倒下，掉落在供杯中。

黑纳西燃起蓝色的火焰。


## 123．在各自的房间里

祥子在与美国兵工作着——

久美子在与美国兵战斗着——

有希子在与美国兵打一场战争——

阿春在让美国兵投降——


## 124．狗在庭院里不停吠叫


## 125．宫本家·楼梯下

"真讨厌。"阿春说着与美国兵走下来。

阿春闻到一股烧焦的味儿。

烟从佛间里漏出来。

阿春拉开佛间的隔扇。

火焰中，宫本呆呆坐着。

阿春："着火了！着火了！"

有希子、久美子和祥子跑过来。

有希子："爸爸！"

久美子："爸爸！"

祥子："大叔！"

祥子不顾一切地冲进大火里。

祥子："大叔！大叔！"

祥子拽起宫本的手往外跑。

## 126. 宫本家·庭院

五个人跑出来，还有顾客美国兵。

火又烧到了其他房间。

阿春："水！"

跑向水井。

阿春："传水桶！"

把已经汲水的桶递给久美子。

久美子："姐姐！"

递给有希子。

有希子："祥子！"

祥子拎着水桶跑起来。

有希子："（英语）别傻愣着，快帮忙！"

美国兵们也加入到传水桶的行列里来。

宫本呆然坐着。

祥子："啊！"

祥子把桶里的水泼出去后，突然朝屋里跑去。

久美子："阿祥！"

祥子："鞋子！大叔的鞋子！"

祥子冲进大火里。

宫本："祥子！"

宫本站起来，朝大火中跑去。

## 127. 宫本家·一层

宫本在大火中寻找。

祥子从宫本的房间里出来。

祥子："大叔。"

宫本："祥子。"

祥子举着鞋子。

宫本："祥子，我们结婚吧。"

祥子："……真的吗？"

跑过来。

燃烧的柱子倒了下来。

宫本："危险！"

扑到祥子身上。

## 128. 宫本家·庭院

祥子拿着鞋子踉踉跄跄走出来。

久美子："我爸爸呢？"

祥子无力摇摇头。

久美子看着燃烧的房子。

有希子看着燃烧的房子。

祥子号啕大哭。

大火已经吞噬了整座房子，已经无法拯救。

久美子："在战争中都没有烧毁的房子这下烧没了。"

有希子："是爸爸点燃的。"

久美子："怎么回事？你说是爸爸点燃的？"

颓废姐妹望着燃烧的房子。

消防车的声音越来越近。

×　×　×　×

数日后。

身着丧服的四个人望着烧毁的房子。

祥子捧着宫本的骨灰盒。

久美子："……怎么办，以后？"

有希子："建设我们的家园。用我们的双手重建春宅。"

阿春："好！"

祥子："就叫新春宅。"

久美子："啊。"

有希子："？"

久美子："月经。月经来了。这就是前进前进的红色信号。"

有希子："（笑着）日本被美国占领了，不过从今以后，我们要占领美国人的肉体。"

久美子："对。我们还要占领他们的内心和钱包。"

不知从何方传来《东京的卖花姑娘》的歌声。

　　　×　×　×　×

穿着牛仔裤的有希子、久美子、春子和祥子指挥着美国兵重建春宅。

狗一直盯着这一光景。

片尾字幕流动。

—完—

# 这个国度的天空

根据高井有一同名小说改编

编剧：荒井晴彦

## 1.倾盆大雨

杉並区西端的碛安寺町。

字幕：昭和20年（1945）东京 杉並区

天空泛白。

碛安寺的池面溅起水花。

芦苇茂密的池畔有一片柞树林。

穿过林子有两条通往住宅区的小路。

十二栋房旁边的一座房屋便是田口里子的家。

院子里有水井和防空洞。

雨水灌进了防空洞。

## 2.里子的家·庭院

茑枝与里子察看浸水的防空洞。

防空洞口的土阶梯已经崩塌。

里子："必须重新挖了。"

茑枝："就靠咱们两个女人可干不了这活儿。"

市毛："哦，早上好！"

邻居市毛站在矮树篱笆对面。

里子："我家防空洞被水淹了……"

市毛通过栅栏门走过来。

他查看了一下坍塌的防空洞。

市毛："你们可以到我家的防空洞里去躲。我老婆孩子都疏散了，我一个人钻进那种地方瘆得慌。再说我白天基本上都不在家。如果你们使用那个防空洞的话，还能给我壮壮胆。"

"谢谢您了。"茑枝和里子低头致谢。

里子："市毛先生，玻璃门得贴上纸条，不然会被爆炸的气浪冲坏的。"

市毛："贴上纸条感觉就像坐牢一样，郁闷，令人不快。"

里子："这样很危险。这个周日我帮你贴。给你贴得漂漂亮亮总行了吧？"

### 3．市毛的家

里子在擦拭玻璃门。

贴上比自己家还要细的十字纸条。

市毛叼着烟在廊子下一边收拾着菜园子一边望着里子。

从大门口的小路上传来说话声。

### 4．绿荫小道

邻组十二栋房的组长阿曾夫妇与画家高辻在交谈。

高辻："前几天一个叫什么警防团支部长的家伙闯进我家里来，说画室天窗的玻璃很危险，让我们卸下来，用块板子封上。我告诉他，那是一种带有金属网的玻璃，很少会破碎的。不管我怎么说都不行。"

阿曾的妻子："遭遇3月10日的空袭后，人们的脸色都变了。"

高辻："显得很紧张。"

阿曾："是啊。最近不知为什么，听桐山家的鸡叫起来怪怪的。到底是怎么回事啊？"

阿曾的妻子："不会是你想要人家的鸡蛋了？"

高辻："那家那么小气，我怎么求他也不分一些给我。"

阿曾："砾安寺池对面的那片地也是他家的吧？听说为了防小偷，每天晚上他家都有人通宵守着。"

阿曾："这一代还没有房子的时候，他家就是这里的农户了，

这个国度的天空

×

235

不就是吗？"

　　高辻："大概是孩子不在的缘故吧？"

　　阿曾："孩子怎么了？"

　　高辻："小孩子总是吵吵闹闹弄出动静来。孩子集体疏散后，其实我呀，不光是鸡叫，周围的动静都听得清清楚楚的。"

　　阿曾的妻子："……也不知咱家的孩子怎么样了。"

### 5. 市毛的家

　　市毛和里子望着好像被五花大绑的玻璃门。

　　市毛："感觉很悲哀啊。"

　　里子："是啊……好像是玻璃门负伤缠上了绷带……"

### 6. 站前的商店街

　　一家人拉着板车撤走，车上载着几张榻榻米和一些包袱。

　　拆建施工队的人员目送着他们。

　　其中有前来帮忙的里子。

　　施工队长："来，开始干吧。"

　　推开一扇杂货店的玻璃门，门上写着一个白色的大字：疏。

　　有人在拆卸建筑材料，有人在揭屋顶上的瓦，还有人在锯柱子和房梁……

　　施工队长爬上二楼的房顶，在房梁上栓了三根绳子。

　　施工队长："好，可以了。按照吆喝声的要领来做！"

　　工人们发出笑声。

　　里子握着绳子。

　　房子顿时倾斜倒下，扬起一片尘土。

　　里子跌跌撞撞地摘下蒙在头上的毛巾，捂住嘴。

"真是受不了。"

里子回头一瞧，面包房的老板娘眼里噙着泪水。

面包房的老板娘："这么好的房子都要拆掉。早知这样，还不如在空袭中都烧了。这样也就死了这份心了。"

### 7. 市毛的家·庭院

里子、茑枝和市毛站在防空洞口望着爆炸声不断的天空。

里子："中岛飞行队又被击中了。"

茑枝："一次又一次的……"

天空被火焰映照得一片通明。

B-29轰炸机排成两列入侵而来，火焰的颜色染红了粗笨的机身及装有四个发动机的机翼。

这如同在水底眺望游弋的巨大鱼群一般。

（片名：这个国度的天空）

轰鸣声远去，火势引起一阵狂风。

樱花飘落。

茑枝并膝坐在与廊子相连的门槛上。

从对面的房子里传来邻居女儿的声音："爸爸，你去哪儿了？爸爸。"

里子："妈妈，进屋睡觉吧，警报已经解除了。"

茑枝："市毛先生呢？"

里子："他到那边去瞧瞧怎么样了。"

人们聚在大门口外的小路上，在说着什么。

茑枝："那么，我先睡了，你也不要睡得太晚了。"

茑枝把帆布包搭在肩上，从矮树篱笆的栅栏门走过，消失在夜幕里。

从后门回来的市毛，在井边漱完口后，用玻璃杯接了一杯水拿给里子。

市毛："喝吧。"

里子："哦，谢谢！"

里子一口喝尽。

里子："这水真甜。外面发生什么事了？"

市毛："没发生什么。"

市毛说着摘下肩上的防空头巾，扔在榻榻米上，伸着懒腰，仰面躺下。

里子："市毛先生，听说您不用去打仗了？"

市毛："……你认为我很狡猾吧？"

里子："看您说的。阿曾先生的夫人担心她先生会被征召入伍。当时听说您是丙种，都很羡慕您。我们一直以为丙种都像我父亲一样，是体弱多病的人。市毛先生，过去您也是体弱多病？"

市毛："不是。我们接受体检的那会儿，体力稍差的人全都划入了丙种。并且我还是在静冈的乡下接受的体检。在那群乡下人堆里，东京长大的人看起来不都显得弱一些嘛。"

里子："对不起。"

市毛："不用道歉。最近听说连丙种的人都被强征入伍了。不过，到了我这个年龄，不至于被拉去当兵吧。我今年已经38岁了。"

里子："……正是我父亲去世的年龄。"

市毛："你父亲得的是结核病吧？"

里子："是的。在支那事变爆发的第二年，当时我11岁。"

市毛："吃尽了苦头啊。"

里子："祖父给父亲留下了三栋出租房，在世田谷。所以靠着房租勉强能维持生计……不过，为了养活母亲，我想去读师范学校，成为一名教师。可是，母亲极力反对。她说：'你父亲希望你成为一个姿态优雅的姑娘。一旦和男人在一起工作后，你就会变成一个完全相反的人，精于世故，伶牙俐齿。我不会让你去工作的，我会一直守着你的，让你嫁一个好人家，面对父母双全的孩子不会感到自卑。'……后来，我从女子学校毕业，帮着干一些算不上家务的家务活儿。为了逃避参加挺身队，我选择了在居委会工作……一直是母女二人相依为命。"

市毛："是病死好呢？还是战死好呢？"

里子："都不好。死了可不好。"

市毛："……快点去睡吧，明天你还要忙乎呢。"

里子："是啊。大空袭过后，因为这里比城市中心地带安全，逃难的人都涌来了，申请特殊配给的人都排成了队。再加上有两个人应召入伍，现在几乎就剩下我一个人在应付了。"

里子走到换鞋处。

里子："晚安！总是得到您的关照。"

市毛只将头转向里子。

市毛："哦，晚安。"

里子走向栅栏门。

## 8.里子的家·日式客厅

里子将防空头巾和挎包摆放在枕边，随后躺下。

里子以为茑枝已经入睡，谁知茑枝开口说道。

茑枝："倒不如都烧了。虽说这样不好，但也没办法呀。我们连去的地方都没有。"

里子："就是烧掉了，如果大家都能活下来就行。"

里子背对母亲，将下颚埋在了被头里。

### 9.居委会办公室（翌日）

里子骑着自行车刚到便下起雨来。

里子擦着桌子。这时，川俣襄吉和矶贝前来上班。

川俣一边解开高腰皮鞋的鞋带，一边说道。

川俣："这下子终于有人要投靠到我这里来了。"

里子："投靠？"

川俣："新宿的弟弟家昨天在空袭中被大火烧毁了，他们夫妇来投靠我了。他们照着警防团的通知一本正经地去扑燃烧弹的火，忽然发现只有自己被大火困住了。这种没趣的事情，他们一边哈哈大笑一边没完没了地说，笑得眼泪都流出来了。我真担心，他们的脑子是不是出毛病了。"

里子："……"

川俣："现在疏散也来不及了，暂时由我照顾他们吧。这是命中注定的啊。"

川俣皱着眉头，打开文件箱。

这时，第一位客人走进来。

### 10.通往区公所的路

下坡时，里子将双脚离开脚蹬子，上坡时从座位上站起来使劲踩着脚蹬子。

澡堂门口贴着一张纸，上面写着："今日五点开始营业"。门前有一位中年妇女在晾晒地瓜干。

里子追上满载货物的马车，与马车并行，想看看马车上装载的是什么货物。

用毛巾包住头和双颊的车把式手里握着缰绳。

车把式："大姐，去哪儿呀？"

里子："去区公所。"

车把式："大姐，你这身板真不错啊，每天都是白米和猪肉的，想吃啥就吃啥吧？"

里子："哪有这种事呀！"

里子羞红了脸。

车把式："不然你那屁股怎么都长得那么好看呢？"

车把式突然跃起，跳到路面上。

他露牙痴笑。

里子拼命踩着脚蹬子。

身后传来车把式的笑声。

## 11. 区公所

里子将文件交给办事员，准备回去。这时，小幡庆子招呼她。

庆子："到这里来休息一会儿。不过，可没茶水招待你。"

庆子让里子坐到大房间墙角的沙发上。

庆子："下周末，我要去趟二本松。我最小的弟弟疏散到了那里。母亲会的访问日到了，可我妈妈不愿去，说上次去的时候，正好看见弟弟他们用松塔烧开水在烫爬满虱子的内衣，还说再也不想看到弟弟他们那种无依无靠的样子了。她还说郁闷得慌。真是一个薄情的家长。不过她的这种心情我也理解。"

里子："我妈妈也总是把'郁闷得慌'挂在嘴上。"

柱子上贴着一张纸，上面写着：疏散事业部。一位白发男子在柱子旁的桌子前喋喋不休。

　　庆子："那是站前鞋铺的老板。他对疏散建筑补偿金不满，一直不停来要求提高额度。看来还没有找到胡乱涂写的地方。目前他住在区里的临时收容所里，但那里也不是能够长久住下去的啊。"

　　里子："可怜倒是可怜。"

　　庆子："可怜的人哪儿都有啊。最近，如果有人对我大喊大叫，我也会马上回敬他。如果默默忍受的话，心情就会变得很差。即便别人说我'哪儿还像个女人啊'，我也不在乎。"

　　里子："我可不行，大喊大叫我可做不到。"

　　在里子和庆子用手捂住嘴角的时候，庆子被科长叫了过去。

　　庆子从鞋铺老板身后走过时，做了一个用手弹肩头的动作。

## 12. 里子的家·餐室

　　里子和莺枝在进晚餐。

　　莺枝："听说蟹江打算如期举办婚礼。"

　　里子："哦，还真是这样。"

　　莺枝："男方让她什么都不要准备，一个人过去就可以了。姊姊看来也总算定心了。"

　　里子："是铁工厂老板的儿子吧？可攀上了高枝。"

　　莺枝："也不知道蟹江哪点被人家看上了，容貌也并不出众啊。"

　　里子："不过，她那种人会成为好主妇的。"

　　莺枝："那倒是。"

## 13. 木南的家

　　里子将自行车支在门前。

木南晋策赤膊在井旁压着水泵，将井水汲入架在辘上的贴纸水槽中。

里子："大叔。"

木南："哦。"

木南转过身来，把眼镜推到额头上。

里子："我替您汲水吧。看您快接不上气了。"

木南："你就算了。我还从来没体验过接不上气是怎么回事呢。有什么事吗？"

里子在庭院里转悠，随后在窗外的窄走廊上坐下来。

木南一边穿着衣服一边从厨房走过来。

木南："填表格我最不在行了。太麻烦吧？"

里子："我用铅笔替您轻轻填上了，您用钢笔照着描就可以了。"

木南："哦，给你添麻烦了。"

木南拿着表格退进里屋。

庭院宛如一座小农场。三块地里分别是枝叶繁茂的马铃薯，刚栽上的红薯苗和生长中的黄瓜、南瓜。

木南："啊，让你久等了，对不住了。"

里子确认填写的内容。

里子："好，可以了。明天我带到区公所，给您领回一份转出许可证。"

木南："疏散这事和出征一样，要丢下一切去一个陌生的地方。"

里子："不过，大叔，您如果疏散了，您闺女不就放心了么？"

木南："我闺女认为这是给她添麻烦呀。她给我寄来一封很长的信，说如今乡下也是缺少粮食，我要是去她那里，必须要有充分的思想准备。"

里子："这是闺女为自家人操心啊。"

木南："是啊，她出嫁时也没带去多少嫁妆，所以总是要顾忌到周围的人。这我也不是不知道。但即便这样，对父母也不能说什么你要有充分的思想准备这种话，哪怕骗骗我也行啊。"

里子："大叔，您会这么多农活，不会输给乡下人的。"

木南："哈哈哈，你在安慰我呢？"

木南总算露出笑容，轻轻拍了一下膝盖。

木南："哎呀，发了这么多不中听的牢骚，对不起了。手续的办理就拜托你了。"

里子："好的。那么今天到这里，告辞了。"

木南："等一下，一点小意思，你拿着。"

木南说着从怀里掏出一个小纸包。

里子："这是什么？您这样可不行。"

木南："不是什么金贵的东西，不要介意，拿着吧。"

里子："那么下不为例。您既然这样说了，我就收下了。"

## 14. 木南的家·大门外（石子铺就的小路）

里子查看了纸包里的东西，原来是三粒葡萄糖块。

里子："太贵重了，还说……"

里子舔了一下碰过糖块的指尖。

## 15. 里子的家·厨房

茑枝在煮萝卜叶和山芋茎混杂在一起的稀粥，同时还在烤麦麸面包。

茑枝："里子，快起床。怎么了，又赖床了？"

× × × ×

　　茑枝和里子坐在小桌旁喝粥。

　　茑枝："正因为有着军需关系才会那么景气。如今能印制这样的请柬实属不易了吧？"

　　茑枝："阿智在婚礼上会穿什么衣服呢？"

　　里子："如今新郎都穿国民服，新娘都得穿劳动裤吧？"

　　茑枝："阿智要比你大六岁吧？已经不算年轻了。要是穿得太寒酸，就太可怜了。"

　　里子："不会的吧，毕竟是结婚啊。我吃好了。"

　　里子说着将碗筷端到水池里。

　　她站在水池前饮水。

　　这时响起空袭警报。

## 16. 市毛的家·便门（夜）

　　里子："市毛先生，您存放在我家的配给品我给您拿过来了。"

　　市毛："总给你添麻烦。不进来坐一会儿？"

## 17. 市毛的家·日式客厅

　　里子："安然无恙？"

　　市毛："是的。喝一杯？这酒度数低，你也能喝吧？"

　　市毛斟了一杯葡萄酒递给里子。

　　里子："好甜啊。"

　　市毛："这是我店里的二掌柜从乡下带来的。这可不是私酿酒。酒鬼们都是很辛苦的。"

里子："前天店里不要紧吧？"

市毛："不要紧。我原以为肯定炸毁了，没想到躲过一劫。看来横滨炸得很厉害。据说有517架 B-29，还有101架 P-5，炸得天空漆黑一片。"

里子："伯母家怎么样了……"

市毛："大森那边，铁路沿线靠海的一侧烧得没影了，不过靠山的一侧稀稀拉拉还剩一些。不知怎么了，感觉很妙。我还眺望了一会儿银行大厦呢。眼前的景色看上去就像是一副古旧的画卷。怎么说呢，就是今日存在的东西明日便消失了，这不足为奇。不知不觉间我有了这种感觉。"

里子："过不了多久，不管哪里都会烧成那样的……。大家都说，吃了红豆饭和藠头就不会挨炸弹。"

市毛："（笑）藠头这种说法，是敌机掉头向东逃窜的谐音吧？红豆饭嘛，我就不知道是怎么回事了。在烧毁的废墟中，幸存下来的是什么？你知道吗？"

里子："不，我不知道。"

市毛："白铁皮呀，就是烧过的白铁皮。烧毁前它用在了哪里？无疑是房顶了。"

里子抑制不住突如其来的打嗝，用双手捂住脸。

市毛："……你怎么了？"

里子使劲摇摇头，伏在榻榻米上。

市毛："喝醉了？"

里子起身。

里子："不好意思，我回去了。"

## 18. 绿荫小路

里子手拿传阅板走在小路上。

## 19．斋木的家

斋木在院子里开垦土地。

"给你传阅板。"

里子说着将传阅板递到斋木眼前，斋木瞥了一眼。

斋木："麻烦你把它放在那边吧。"

里子犹豫了一下，把传阅板放到了敞开的玻璃门外的走廊上。

里子："别忘了快点传，这是传阅板。"

这时，一名身披黑色斗篷的男子出来呼唤斋木。

男子："喂。"

他发现里子在场，便向里子点头示意。

斋木："哦，要回去了？"

男子："回去。"

男子返身进屋，穿上高腰红皮鞋，从玄关出来。

男子："那么，再见了。"

斋木："欢迎你随时来。"

男子："失敬了。"

男子微微举起右手，急匆匆消失在小路上。

斋木："那家伙缺了一条胳膊。"

里子："是您朋友？"

斋木："是的。以前被警察抓过一次。虽说免予起诉，但那以后总是被警察盯上。"

里子："……"

斋木："所以他从乡下出来，没人敢留他住宿。我就气不过这个，我对他说，随时都可以住在我这里。不过，那家伙会背很多粮食来，留他住宿也不亏。"

里子："……"

## 20. 神前婚礼

近二十人中，看得见身着劳动服的里子和茑枝。

新娘智江身着仙鹤图案的和服，梳着紧绷的发髻。新郎身着条纹和裙。

智江的母亲："哪怕是一个假发套也行啊。原来想给她做个头的，可如今梳妆店都歇业了。"

## 21. 涩谷的餐馆·日式房间

桌上摆着金枪鱼刺身、炸蔬菜、红炖猪肉、醋拌马珂肉等菜肴。

茑枝："生鱼片我已经有半年没吃过了。"

里子："这味怎么这么腥呢。"

媒婆："这种时候，这么多人聚到一起的机会相当难得呀。今天就不要讲究礼数了，贺词也免了。来，动筷吧。"

对如此丰盛的婚宴，喝喜酒的来宾都十分兴奋。

"在我们把这些全部一扫而空之前，希望警报不要拉响。"

不知谁说着这么一句，众人笑起来。

智江的父亲走过来，给里子的酒杯里斟酒："哪怕形式上表示一下。"

里子用嘴唇轻轻碰了一下酒杯。

智江过来，两手触地，恭恭敬敬致礼。

智江："（对着茑枝说）请您用餐。（对着里子说）多吃点。"

里子："智江姐，你都成美人了。"

智江："是吗？谢谢。不过这种装束也就是今天而已。从明天起，又得一脸黢黑地干活了。"

里子："哦，为什么？"

智江："立花家是个大家族呀。除了我公公婆婆，还有四个弟弟和妹妹呢。人们都说，要当这个家的主妇可不轻松啊。"

里子："你真不容易。"

智江："我有这个思想准备。不过让我高兴的是，似乎用不着我为物资操心。听说家里跟军方的交情很深。我还可以接济一下妈妈。"

里子："这太好了。"

茑枝："这门亲事真不错。阿智，今后你也要多操心了，不过你要努力哦。我会帮你的。"

智江："好的，谢谢您了。"

智江拿起酒盅，给茑枝的酒杯里斟得满满的。

智江："请慢用。"

说着走向邻桌。

× × × ×

在里子的对面，有四位男子拿着各自的膳桌围成一圈，端酒豪饮。

"最近，只要有钱人家的房子被烧了，就有人喝彩。"

其中一位男子抚摸着稀疏的头发，用语尾上扬的方言口音说道。

背对里子的男子不停附和："是的，是的。"

头发稀疏的男子："我的一个熟人是个暴发户，他家的房屋很豪华。不过，高射炮的哑弹是最先落在他家石子路上的，掀翻了半个房子。有人背地里骂道真痛快。他家的房子至今还没修好。"

背对里子的男子："（压低声音）听说正在研究铀弹。我还听说福岛县的山里有一个专门的研究所。"

眉头上贴着药膏的男子："不过，我看敌方这方面的研究比我们进展快，不是吗？"

背对里子的男子："照你这么说，我们只有本土决战了？"

眉头贴着药膏的男子："在这么狭窄的岛国，是打不了本土决战的。只要轻轻一推，我们不就都掉进日本海了？"

头发稀薄的男子："难道我大皇军靠不住吗？"

眉头贴着膏药的男子挥挥手，表示根本靠不住。

眉头贴着膏药的男子："在诺门坎被俄国老毛子打得一败涂地。这还是靠了美国的援助，和俄国老毛子不能比。"

身着国民服的男子敞着怀说道："你是一个非国民。"说罢笑起来。

眉头贴着膏药的男子："行，行，我是非国民。"笑着往汤碗盖里倒酒，一饮而尽。

茑枝："太闹腾了，我头都疼了。趁这个时候，我们去敬一圈酒吧。"

里子跟在茑枝身后，向壁龛附近的人们行礼致意，然后转到其他桌前。

"你家闺女也快出嫁了吧？"

一个醉醺醺满脸泛光的男子笑着问道。

智江对着年长的亲戚反复鞠躬，不停揾着眼角。

× × × ×

里子与茑枝转回到自己的座位，只见那四个男子面前的膳桌上一片狼藉，他们还在喝着酒喋喋不休。

头发稀疏的男子："集体疏散走的那些家伙每天都要烫虱子，真是棘手。"

身着国民服的男子："虱子还算好的。信州和上越那些疏散到温泉区的学校，学生们要和普通顾客，还有当地的人，在一个池子里洗澡。听说有的女学生都染上了淋病。在洗浴场可不能一屁股就坐下来呀。"

背对里子的男子："这些事情可不适合在婚宴上谈论。"

身着国民服的男子："哈哈，的确如此，失敬失敬。"

几个大男人不好意思地笑笑，闭上了嘴。

## 22. 里子的家·日式客厅

笃枝："哦，感觉不错。靠军需发了财，还自以为了不起呢。摆个臭架子胡言乱语。在那种家风不同的家里，阿智怎么能待得下去呀。"

里子："是呀……"

纸板饭盒里盛的是撒着芝麻盐的白米饭和煮蔬菜，里子和笃枝吃剩下一大半。

笃枝："真香啊，虽说是农家菜风味。不过，我已经吃饱了。"

里子："我还不那么饿。"

笃枝："那么留着明早吃吧。"

笃枝在饭盒上盖了一块布巾，放进防蝇罩里。

　　　　×　　×　　×　　×

在电灯的正下方，里子展开报纸阅读。

《铃木首相发表施政演说　本土决战于我有利　断然作战到底》

《阿南陆相指出　本土登陆作战逼近》

"您家姑娘快要出嫁了吧？"传来一个醉醺醺男子的令人讨厌的声音。

里子："真无聊。"

里子推开报纸，倒在榻榻米上。

里子："妈妈。"

里子朝着隔壁房间喊了一声，但母亲没有回应，大概是睡着了。

里子将木板套窗推开一半，然后再次躺下。

小飞蛾飞了进来，围着电灯飞来飞去。

小飞蛾的数量猛然剧增。

里子爬起来，来到廊子，穿上母亲摆在换鞋石上的木屐。

然后，她悄悄穿过栅栏门。

### 23.市毛的家

木板套窗紧闭，里子望了望这个似乎没有的房子。

### 24.走在绿荫小路上的里子

木屐踩的沙子嘎吱嘎吱作响。

里子走到漆黑的柞树林边站住了。

从远处的池子传来青蛙鸣叫的微弱声音。

阿曾妻子的声音："人们都传开了，说碌安寺池里的青蛙可以吃。听说人们特意大老远地拥到了那里。为了争夺青蛙，到处都有人吵架。里子，我看你挺感兴趣的，你不去看一看？"

里子朝树林里走去。

里子下坡来到碌安寺池。

### 25. 碌安寺池（数月前）

大概是错过了捕获的机会，数名手拿铁桶和网子的男女在那里转来转去。

阿曾的妻子："哎呀，好像都被捕光了。"

突然一名男子拨开芦苇出现了。

男子的下半身只穿着一块兜裆布，黑黢黢的裤子下摆已经湿透了。

男子望着里子她们大声说道："这样杀生可不行。"

男子手提的铁桶里，有几只剥了皮的血淋淋的青蛙。

男子："不过，这也是局势造成的，情有可原。"

男子高声笑着，消失在树荫里。

### 26. 倾听青蛙啼叫声的里子

里子微笑着。

里子："还活着呢，它在拼命啼叫。"

里子摸摸被夜里的冷空气弄湿的手腕。

### 27. 绿荫小路

里子下班回来。

姨妈瑞枝侧身坐在廊子上。

### 28. 里子的家·庭院

里子停好自行车后转到院子里。

里子："姨妈，还好吧？"

瑞枝："房屋被烧毁了，全都烧掉了！"

里子："人平安就好啊。"

瑞枝游离的目光，她露出一丝微笑。

瑞枝："横滨烧成了一片废墟。"

## 29．里子的家·厨房

里子："姨妈的样子好奇怪呀。"

茑枝："是啊。"

茑枝说着停下那只拿着筷子伸进锅里的手，皱起眉头。

茑枝："她就拎着一个布口袋，嘴里反反复复叨咕着什么都烧光了。然后就一直坐在那里不动。"

话没说完就闭上了嘴。

## 30．里子的家·餐室

膳食是三串沙丁鱼、白菜炖萝卜。

瑞枝来回看着饭菜。

瑞枝："好丰盛啊……米饭可以吃几碗啊？"

茑枝："不要客气，几碗都可以。今天特意多煮了些米饭。"

三人动筷吃起来。

　　　×　×　×　×

餐后，茑枝开启了一瓶菠萝罐头。

瑞枝拿起小勺默默吃完。

茑枝："姐姐，你安静下来跟我说。我知道你家被烧了，可是姐夫和岭雄怎么样了？"

瑞枝："都死了呀。"

粗暴地抛出这句话。

瑞枝："轰炸是从九点半开始的，他俩都随着办公室和工厂一起烧死了。虽然我没有亲眼见到，但一定是这样的，没错。"

茑枝："那么姐姐你当时在哪儿呢？"

瑞枝："一大早我就出家门去浦和的一个熟人家里了，求他分一点面粉给我。当我准备回家的时候，电车停运了。第二天早晨，我搭上一辆开往东京的卡车，总算回到了横滨，可……"

茑枝："房子烧毁了吧……"

瑞枝："连影都没了。孩子他爸的办公地和岭雄干活儿的那家工厂也都烧得没影了。"

茑枝："那么说，姐姐你并没有看到姐夫和岭雄的遗体了？"

瑞枝："我找了，没找到。"

茑枝："那说不定他们在哪儿还活着呢。"

瑞枝："肯定死了！我等了他们整整十天。我躲在废墟的防空洞里，我裹着好心人送给我的毛毯。就是这样，他们也没有回来。一定是被炸弹直接炸到了，变成了粉末……都死掉了，真是荒唐。"

瑞枝想把盘子里剩的罐头汁全部吸掉，却被呛了一口。

里子为她摩挲后背。

茑枝站起来，拿着毛巾走回来，将毛巾递给瑞枝。

瑞枝擦拭眼泪。

茑枝："姐姐，往后你打算怎么办呢？"

瑞枝不停地扭着毛巾

瑞枝："我有口饭吃就行。"

茑枝："姐姐，不是这样的。"

里子："我说姨妈，您累了吧，最好快点休息。"

茑枝转过头来，用锐利的目光看着里子。

里子："我去给您铺被褥。"

里子说着站起身来。

### 31. 里子的家·客厅

睡在客厅里的里子被院子里的动静吵醒。

里子打开窗户，看到身穿棉袍的瑞枝在晾晒洗好的衣物。

里子急忙换好衣服。

### 32. 里子的家·日式房间

里子走来，在叠好的被褥旁，还有一床被褥铺在那里没有叠，茑枝坐在上面。

茑枝透过门上的玻璃一直望着瑞枝的身影。

茑枝："天没亮她就起来洗衣服了。一定很冷。我跟她说，你等等，我给你烧点热水，她也不理我。"

晾衣竿上挂着一套防空服和厚厚的内衣，还有布袜。这就是瑞枝仅存的东西。

里子："……"

### 33. 空袭警报响彻全镇 (六月十一日)

里子站着蹬自行车。

### 34. 里子的家

瑞枝疲倦地坐在廊子上。

里子跑进来。

里子："干什么呢！好像到这边了。"

茑枝："她一动不动。警报一响起来她就呕吐。"

里子："姨妈，进防空洞吧，那样就安全了。"

瑞枝猛然推开里子，双肩颤抖着。

瑞枝："我不！防空洞就顶用了？我不愿意在那种脏兮兮的洞里闷着。我不进去。"

轰炸声越发逼近。

里子："姨妈！"

茑枝："姐姐！"

茑枝和里子试图将瑞枝架走。

瑞珠抓住廊子上的柱子，嘴唇抖动着。


## 35．市毛的家

茑枝和离子从防空洞里钻出来。


## 36．里子的家·餐室

茑枝："姐姐，你打算一直待在这里？"

瑞枝："茑枝，求求你了，收留我吧。我们是亲眷呀，我们是姐妹啊。"

茑枝："姐姐你也知道，迁入东京是不被认可的，配给也领不到的。你怎么糊口呀？"

瑞枝："那……"

瑞枝朝着里子的方向望去。

瑞枝："里子总会想出办法的。人们都说，公务所总会有空子可钻的。"

茑枝："你不要胡说，你不要把里子也卷进来。姐姐，我们母女两人可是尽了最大努力。对不起，虽然你可怜，但我们做不到。"

瑞枝："那么，你把那间四铺席半的小储藏室借给我，房租我会付给你的。我每天都会外出倒卖粮食的。每天都会，不管是下雨还是响起警报，我都会出去的。这样的话，就是没有配给也没关系，说不定我还可以卖一些给你们呢。怎么样？"

瑞枝背对笃枝解开劳动服的纽扣，掏出钱兜子，将里面的两本存折、人寿保险的证书、印章和装有现金的袋子摆在了桌子上。

瑞枝："看看这个。看了这个你就明白我为什么会说不会给你们添麻烦了。"

瑞枝将桌上的东西一一推到笃枝的面前。

笃枝："我只借给你房子。我不收你房租。姐姐你可不要骗我，你说了你每天都会出去倒腾粮食的。"

瑞枝："我不骗你。我也不会跟你们一道吃饭的。我在井台那里用陶炉煮自己一个人的饭。"

笃枝："那就这样说定了。姐姐，在倒腾粮食的路上被舰载机打死了也是自作自受哦。"

瑞枝："我知道啊。"

瑞枝将摆在桌上的东西收进钱兜子，然后将钱兜子紧紧缠在了腰上。

### 37. 里子的家·日式房间·居委会例会 (数日后)

除了市毛与木南，有十个人在开会。

瑞枝坐在房间边上，"各位，给你们添麻烦了，请多多关照。"

鞠躬致意后返回自己的房间。

里子："大家都能谅解吧？"

高辻的妻子："如果配给品重复领取的话，就难办了。不过，与此相反的话，就没必要担心了。"

阿曾："各位听我说一下，从23日开始，大米和代用粮食就要搭配分发了。代用粮食以往都是地瓜和南瓜。听说这次是玉米和高粱。成了代用品的代用品。那么，今天的会议到此结束吧。"

阿曾说完站起身来。

宫地："最近好像有的人家把空房子借给了那些不知哪儿来的人住，这可不行。那种不知根不知底的人在我们这片儿转来转去怎么行呢？"

"你在说我吧？"抱膝倚在柱子上的斋木开口说道。

斋木："难道不能留朋友住宿吗？还是因为像我这样年轻的人没有当兵就是一个卖国贼，所以干什么都不可以呢？"

宫地："朋友偶尔来住一下，我还不至于发牢骚。不过，你那里可不是偶尔住一下。一年到头进进出出的。人们都在说，如今趁着战局混乱，赤色分子四处活动。疏散后无人的空房子，好像有些成了他们的老巢。你也最好注意一点，不要被警察怀疑上。"

斋木："是吗？你家的房子在这一带是唯一一栋二层小楼，所以人家进进出出你都看得一清二楚啊。告密材料都收集齐全了？"

宫地："我这是忠告你。如果家人都疏散到了乡下，房子空了下来，那你可以对那些征用的员工开放，怎么样？工厂的宿舍都住满了人，有许多人还没地方住呢。"

斋木："你就给我免了吧。那些家伙才是不知根不知底的人呢。"

宫地："不要开玩笑。他们是产业战士！他们与你不同，你在出版社工作，高兴了就去去，不高兴了就不去。可他们却在认真干活儿，只能用豆子充饥。"

里子不知所措，四下望望。

与高辻的妻子目光相遇后，点头示意高辻的妻子说一句。

高辻的妻子："行了，都别说了。战争结束后，你们就会发现，像今天这样吵吵毫无意义。"

大家都不再说了。

斋木气得脸鼓鼓的，用握着的拳头擦了一下额头。

高辻的妻子："那么，到此为止吧，趁警报没拉响，赶紧回去吧。"

众人起身。

斋木走到里子跟前。

斋木："有空来玩吧。我随时有空。"

里子："……"

里子开始整理坐垫。

茑枝过来清扫榻榻米。

里子："最近在办公室里听说，有一个居委会规定，凡是家人因赤色分子嫌疑被拘捕的家庭，不给看传阅板，不给分发特配的物资。大家都很害怕赤色分子罪会株连九族。事情闹复杂了可就麻烦了。"

茑枝："是啊……你去跟市毛先生说一声。"

里子："跟市毛先生说？……好像他一直住在银行里。"

## 38. 市毛的家

里子拿着配给的物品从栅栏门进来。

里子："好久不见了。"

市毛盘腿坐在廊子上吃着盒饭。

市毛的声音："多谢了，总是麻烦你。"

市毛接过配给物品，放在一旁。

市毛又拿起盒饭，用筷子尖儿敲了敲铝制饭盒的边缘。

市毛："是银行勤杂工做的，我装在饭盒里带回家来了。这关系都颠倒了。"

里子："这铝没有捐献出去？"

市毛："过去我吃的一直都是日之丸便当，被梅干腐蚀了。"

市毛指了指饭盒盖上被酸性物质腐蚀出的一个小洞。

市毛："这么难看也不好意思捐献啊。"

里子和市毛笑起来。

市毛："失礼了，我把饭吃完。"

市毛把饭盒里的饭菜拨进嘴里，然后走进厨房。

廊子上积满了灰尘，市毛坐过的地方留下了一块印迹。

里子吹了一下，灰尘飘起来。

市毛："不到这里坐坐吗？待在那种地方会被蚊子叮咬的。"

市毛说着拿来驱蚊香。

里子："那么打扰您了。"

里子进到日式房间里，与市毛面对面坐下。

里子："住的地方很艰苦吧？"

市毛："是地下的值班室。勤杂工的家被烧毁了，他住到了值班室里，我并排摆了一张床，就睡在那里的。这个勤杂工是经过战场锻炼的伍长，做饭啦，收拾东西啦，去黑市倒腾粮食啦，都能很快搞定。看到那家伙后，我感到在当今这个世道上，经过军队锻炼的人反倒容易活下去。"

　　　　×　×　×　×

　　市毛点亮一盏蒙着黑罩的电灯。

　　市毛："即便你很介意，可也不会发生的。把自己不喜欢的人污蔑成赤色分子，如今这种做法太陈旧了。赤色阵营早就垮掉了，这是一目了然的。你就是吓唬人家也吓唬不到呀。你不要管它了。"

　　里子："是啊……"

　　市毛："我更感兴趣的是高辻先生的夫人说的那句话。她说战争快要结束了？"

　　里子："她没有说快要结束了，说的是如果结束了。"

　　市毛："高辻先生认为会以何种形式结束呢？"

　　里子："何种形式？"

　　市毛："也就是说……战败的方式问题。"

　　里子："战败的方式？"

　　市毛："是的。德国的情况是，柏林攻陷，希特勒自杀，是以这种方式结束的吧？日本会怎么样呢？东京被占领后，如果最了不起的人不自绝，那么战争也不会结束吧？"

　　里子："我不明白这些。"

　　市毛："你看到过空袭后废墟上的尸体吗？"

　　里子："没有，我可不看。"

　　市毛："我特意去看了。三月份那场大空袭后的第二天，有许多人都去看了。"

里子："太残酷了，令人难以置信。"

市毛："躺在路旁的尸体黢黑黢黑的，都分不清是男是女。还没有变成圆木头，军用卡车就从上面碾过去。不过，浸在河里的那些家伙呀，那是很漂亮的。尤其是面部，用一句贴切的话来形容，就像是在睡觉一样。"

里子："我也听说了，许多都叠在了一起，冲到了岸边。令人毛骨悚然。"

市毛："不，我倒是放心了。人都会死的，如果我死的话就要死得像那个样子。"

里子："市毛先生，今天发生什么事情了吗？"

市毛："没有。不过一旦在本土决战，自己怎么都会死，不是被舰炮炸得粉身碎骨，就是被战车碾得稀烂。让我像样去死的可能性很小。美军使用火焰放射器的事情，你听说过吗？"

里子："没有。"

市毛："火焰一边卷起旋涡一边朝前并进，瞬间人就被烧成了一把骨头。听说在冲绳，美军用火焰喷射器把逃进洞里的非战斗人员全部杀死了。就是朝洞的深处喷射火焰，人还没有来得及叫唤便从这个世界上消失了。"

小飞蛾在电灯下飞来飞去。

市毛没有驱赶飞蛾，而是呆望着它。

里子："把门关上吧。"

里子站起来，关上玻璃门。

尴尬的沉默。

蚊香吐出温柔的烟雾。

里子："您这里有这么多驱蚊的盘香啊。"

市毛："这许多都是去年我妻子不知从哪里买回来的。如今都成贵重物品了。"

里子："您夫人还好吗？"

里子说罢突然感到不该问。

市毛："她到哪儿都是那么充满干劲。好像在乡下当上了什么妇女会的负责人。听说当上了负责人就容易搞到食物了。"

警戒警报声响起。

市毛："又来了。"

市毛走向隔壁房间，打开收音机。

广播声："敌一目标，由九十九里滨入侵，正朝西飞越本土上空。"

市毛："没关系，看来不会飞到这里来。"

里子："用不了二十天了吧？"

市毛："哦，是吧。"

里子："说是东京已经没有值得烧的东西了，所以不会有空袭了，这是真的吗？"

市毛："怎么说呢？即便工厂什么的都炸没了，可还有像你我这样的人住在这里。人难道不是值得充分烧毁的东西吗？"

里子："把东京的人都杀了还要用几天？三天？还是一天就够了？"

市毛："今天是越聊越不对劲。"

收音机里传来蜂鸣器的声音。

广播声："敌机编队正在接近新潟市上空……"

里子："我该回去了。"

里子用脚探寻放在换鞋处的木屐。

市毛："今晚，我们聊了很长时间啊。"

里子："是啊。我聊着聊着都忘了时间……您休息吧。"

市毛："有时间再来聊吧。"

里子穿过栅栏门。

## 39. 里子的家·庭院

院子内的一片菜地里种着地瓜、南瓜、胡萝卜和西红柿。

里子赤脚在边上一片地里挖沟播种。

她从埋在院子角落的缸里捞出底肥，撒在沟里。

里子在收拾第二片菜地。

高辻："干劲十足啊。种什么呢？"

里子："小松菜和二十日萝卜。"

高辻："今天我来是跟你妈妈打个招呼。"

里子："哎呀，那么您快进屋。"

高辻："我那带画室的特殊房子很难找到买家，我一直为这事着急。可没想到，还卖出了好价。我必须在两周内腾空交房。里子，不好意思，还请多多关照了。"

里子："好的，只要我能办到我就尽力帮您。"

高辻："我托乡下的哥哥，让我在镇上的信用社当个文书，都办妥了。所以，我认为自己有资格领取转出许可证了。不过，听说托运行李和购买火车票都很麻烦，你能照顾我一下吗？"

里子："没关系，我一定会想办法的。"

高辻："是吗？那太好了。文书也就是名义。我不会去做的。有人看穿了我的意图，安慰我说，你找个安静的地方好好画画吧。不过，如果在动荡的局势中不能生存下来，也就画不了画了。我就想当个平民百姓。"

高辻说着拿起里子脚下的铁锹。

高辻："哦，真家伙，好重。手上没有磨出水泡吧？"

高辻举起铁锹向垄沟拍去。

反复数次。

高辻："哎呀，这太累了，我干不了了。我乡下的家里又卖酒又种地。我既不喜欢做买卖也不喜欢种地，小学一毕业就离开了家。所以如今要遭殃了。"

高辻双手叉腰笑起来。

茑枝从廊子走下来。

茑枝："您怎么了？"

高辻："决定离开这儿以后，怎么都不开心啊。那么，里子，拜托了。"

高辻说着转身离去。

里子："陆中海岸那边，遭到军舰炮击反倒不安全呀。"

茑枝用木屐尖儿将高辻掘起的土整平。

茑枝："听说高辻先生连房子带地卖了六万日元。经营自行车工厂的人准备做工人宿舍用。那么多的工人要住进那么洋气的房子。"

里子："您快进屋吧。我要洗脚了。"

茑枝："我要是把房子卖了该多好啊。要是烧毁了，我就一无所得了。这还能卖个一万五千日元或两万日元呢。用这笔钱在什么地方的乡下买块地，也放心呀……"

里子："现在有需要的人如果买下来那还不错。不然搬迁时就不好谈了。不但谈不下来，加上本土决战后，哪儿都不会安全了。"

里子拿着铁锹走向后面的小仓库。

茑枝一直站着不动，突然像发现了什么，走到南瓜旁边。

## 40．里子的家·厨房

里子和茑枝把三个南瓜摆在了案板上，商量如何吃。

瑞枝捧着一个中碗走进来。

瑞枝装着没有看见南瓜，从水池下自己用的茶叶箱里量了一碗米，然后走向井台。

里子跑过去，夺下瑞枝手里的碗。

米撒了一地。

里子一小把一小把拾起来。

里子："姨妈，从今晚开始大家一起吃吧。妈妈，这行吧？"

## 41．里子的家·餐室

里子、茑枝和瑞枝在进晚餐。

菜肴是配给的油炸鲨鱼块。

瑞枝："这比猪肉还香。"

## 42．绿荫小路

上班路上的市毛与里子不期而遇。

市毛："哦，我有事求你。方便的话，今晚能到我家来一趟吗？"

里子："好的。"

## 43．里子穿过栅栏门（夜）

踏脚石间雨水开始积蓄起来。

## 44．市毛的家·日式房间

市毛面前摆着一摞报纸，上面可见标注的红色记号。

里子："晚上好。……您这是要剪贴报纸吗？"

市毛："不。每十天我就把报纸归拢一次，给我家那口子寄去。乡下的报纸上看不到东京的消息，所以她会心不安的。"

里子："那么做标记干什么？"

市毛："是我读过感到有趣的报道。看了这个，大概能猜出我对什么感兴趣了吧。这个就当是写信了。"

里子："您这个办法很有趣啊，……您的夫人一定很高兴吧？"

市毛："我并非仅仅为了夫人才这么做的。我也一样会内心不安的。老婆啊，放着不管的话，还不知道她会离你多远呢。孩子也是这样。我会给孩子另外写信。据说别人嘲笑他女里女气的，我很不安。总之我在拼命维持着联系，不让它断了。"

里子："拼命……"

市毛拿着报纸站起身来。

雨声。

市毛走回来。

市毛："这个，你知道吗？"

市毛放下一本和辻哲郎著的《古寺巡礼》。

里子："不知道。"

市毛："作者走遍了奈良的古寺后写下了这本书，讲的是佛像是多么美多么有魅力。"

里子把书拿在手里翻开。

市毛："三年前，我姐姐的儿子按照这本书上写的，策划了一次奈良的徒步旅行，他希望我跟他一起去。于是，我请了假陪他去了。……我这个外甥已经死了。"

里子："去世了？"

市毛："在硫磺岛。前些日子姐姐发电报告诉我的。"

里子："如果是在硫磺岛的话，那就是玉碎了？……"

市毛："他只有二十五岁。听说岛上连水都没有，说不定他是在发起最后突击前渴死的。他曾住在我家里，每天去专科学校上学。我们的关系就像是年龄相差很大的兄弟一样。一想到他无影无踪了，我就不寒而栗，非常寂寞。所以，昨天夜里，为了抚平情绪，我找出了这本书，翻开来这读读那读读。"

市毛从里子的膝盖上拿起这本书，抚摸着书脊。

市毛："我哭了。"

里子："是啊……再也不能一起去旅行了。"

市毛："听说东海道的列车有一侧遭到机枪扫射，彻底毁掉了。不过，这都一样。能去还是不能去，奈良肯定都会被烧毁的。寺庙和佛像也会被当成柴禾烧了。"

摆钟敲响了报时声。

里子："已经八点了。你说有事求我，什么事啊？"

市毛："哦，我把这事都忘了。"

市毛从口袋里掏出钥匙。

市毛："由于支行裁员，我值夜班的次数就多起来了。往后，天越来越热，我不在家的时候，屋内就像蒸笼一样。你有空的时候，能帮我打开门窗透透风吗？"

里子点点头接过钥匙。

### 45. 高辻的家

里子骑自行车过来。

阿曾的妻子和脚穿布袜头戴草帽的木南在那里。

阿曾的妻子："关键时候又不行了，太差劲了。"

木南："哎呀，天气不错。"

木南伸着懒腰，仰望天空。

高辻和妻子走出来。高辻上身穿着一件白色的亚麻西服，下身扎着绑腿，背着背囊，手提一个箱子；高辻的妻子一身劳动服，左右肩各斜挎着一个包，后面还背着背囊。

高辻："对不住了。您特意赶来……"

高辻的妻子锁上大门，将钥匙递给阿曾的妻子。

高辻的妻子："给您添麻烦了，请多关照。"

阿曾："我会为您保管好的。"

高辻："那么各位，在此告辞了。长久以来得到了你们的关照。看来形势越发严峻，请各位多多保重。"

高辻深深鞠了一躬离去。

## 46. 绿荫小道两侧的篱笆旁盛开的向日葵花

木南："瞧，这不正是一条花道吗？"

里子跟阿曾的妻子，还有木南沿着小道走去。

高辻来到十字路口放下手里的箱子。

高辻："到这儿就行了，不然没完没了。那么，我跟各位告别了。"

里子："您要画画呀。画好了寄过来。"

高辻："画画？画什么呢？"

里子："乡村素描。我想知道您在什么样的地方生活。"

高辻："那好啊，这或许会激励我的。"

高辻的妻子："各位请多保重。"

高辻："再见。"

高辻夫妇离去。

× × × ×

里子和木南并排走着。

木南站住。

木南："那个，松本之行中止了。让你好不容易才做好的文件作废了。对不住了。"

木南低头致歉。

里子："……哦，为什么呢？"

木南："昨天寄来了一些麦芽糖。你顺道到我家尝尝。"

## 47．木南的家·日式房间

木南："我这里也有好茶。"

木南端来一个托盘，上面放着点心和茶壶。

木南："虽然包装很差，但味道很好哦。"

里子："我就不客气了。"

里子抓了一块麦芽糖放进嘴里，喝了一口茶。

里子："真好吃。"

木南："是吗？这太好了。"

木南也拿了一块麦芽糖放进嘴里，嚼了两口停下来，一边扇着蒲扇一边眺望着庭院。

植物的叶子下，西红柿的果实发出艳丽的色泽。

木南："高辻先生这会儿还没到上野呢。"

里子："还没有挤上电车吧。"

木南："是呀，不容易啊。在上野还要等上半天。不过有处可回的人是幸福的。像我被自己亲生闺女抛弃了，寸步难移啊……成何体统。"

里子舔舔指尖，将掉落在膝盖上的糖渣也捡起来放进嘴里。

木南："还是你家好。这种世道，各家多多少少都有些怪异，这是当然的。你家是三个女人，显得很和谐。"

里子："您看到的只是表面。家里还是一盘散沙，也有相互烦的时候。"

## 48. 里子的家 （数日前）

里子回到家里，正要脱去帆布鞋，突然站在那里不动了。

茑枝的声音："无法忍受！我再也忍受不了了！怎么回事，怎么回事呀，搞成这样了！"

里子将餐室的拉门打开了一条缝。

桌子正中间放着一个饭锅。

瑞枝低着头。

茑枝："我不认为你悲惨，看到你那副脸我就讨厌。滚！滚！马上给我滚出去！"

里子："妈妈。"

里子拉开隔扇，茑枝和瑞枝转过身来。

里子："怎么了？！"

茑枝用一只手端起饭锅，杵到里子面前。

茑枝："今早用三合的米和各一合的豆渣和大豆烧的饭呀。"

锅底里还剩三分之一的米饭，但已见不到大豆。

茑枝："你姨妈把自己的筷子伸进锅里挑豆吃，倒来倒去，声音难听死了。"

瑞枝："算了。今天我就不吃米饭了。这样你没意见了吧？你们也可以比平时多吃点。夜里要是饿了的话，我就喝些水。要是吃了你院子里的西红柿，你还不得大发雷霆呀？"

茑枝："你想讽刺我？适可而止闭上你的嘴。里子，这事你也有责任。"

里子："什么呀，你说什么呀。"

茑枝："因为你大发慈悲，所以这个人才会放肆起来。如她所愿，我们将她当房客对待就行了。"

瑞枝："我去睡了，尽量不让肚子饿了。"

瑞枝反手拉上隔扇，走了出去。

茑枝："吃饭吧。"

茑枝将锅里的饭盛出来，可她吃了一点便扔下了筷子。

× × × ×

茑枝将胳膊肘支撑在桌子上，揉着太阳穴。

里子洗完碗筷返回来。

茑枝："里子，吃水蜜桃吧。"

里子："行吗？"

茑枝："当然行啦，去拿来。"

里子："吃的话冰镇一下就好了。"

里子拿来水蜜桃，茑枝用手仔细剥去桃皮，用水果刀切成块。

两人一言不发吃着桃子。

里子："甜吧？"

茑枝："甜。"

里子："金鸢两箱和水蜜桃四个，总感觉很划算呀。"

莺枝一边用水果刀尖戳着桃皮，一边说道。

莺枝："刚才的事情是我不对。原本打算尽全力好好待她的，可她竟然做出这样的事来，我一下子就火了。太不像样了。明天我去给她赔不是。"

里子："不要吵架。姨妈是无家可归的人。"

里子从母亲不停戳桃皮的手里抽出盘子，拿到厨房里。

## 49．木南的家·日式房间

木南不住点头。

木南："我明白。不过，亲情还是要珍惜的。人到最后恐怕还是独自一人吧，不过尽量不要走到那一步，这再好没有了。即便在空袭中被炸飞了，两人牵着手总比一人强，三人牵着手总比两人强，这样不会后悔的吧？"

里子："两人牵着手总比一人强。是啊。"

木南："是的，三人牵着手总比两人强。"

## 50．乡公所

头上蒙着一块湿手巾的川俣，把棋谱摆在了棋盘上。

矶贝雪子倚在墙上，阅读着妇女杂志。

里子也无聊地待在那里。

## 51．高辻的家（黄昏）

洋房的改建已经开始施工。

下班回来的里子不由得跳下自行车。

里子："……"

## 52. 市毛的家

里子用钥匙打开便门。

她走进屋里，打开廊子的玻璃门，拉开木板套窗。

紫色的天空上有一颗星星。

里子："看见了第一颗星星。"

里子嘴里哼着歌，坐到了房间的正中央。

每当外面的路上传来脚步声，里子便以为是市毛，身子便会躲闪一下。

太阳彻底落了下去。

里子站起来，又关上了木板套窗和玻璃门。

她走到玄关，确认大门是否关好。

里子看到了玄关旁边的市毛卧室的门。

里子："……"

里子将门推开一条缝。屋里一片漆黑。她又将门彻底推开。

房间正中铺着被褥，枕边是一摞报纸，靠墙摆放着一个小书架和一张桌子。

里子：(第一次看见男人的卧室。)

里子点亮台灯。

里子将推在一旁的夏季薄被朝着被头叠起来，将皱皱巴巴的床单铺平。

书架的上面三格摆放着金融和经济方面的书籍，下面两层摆放着整套的《世界文学全集》和缺了几册的《世界大思想全集》。

里子发现了《古寺巡礼》，从书架上处出来，然后坐在被子上翻阅起来。

里子将书放回原处。

她走出房间，再一次在市毛的家里巡视了一圈。

里子："无异常。"

里子朝便门走去，走了一半便停下脚步。

里子折回市毛的三铺席房间，推开房门。

她望着市毛的床铺。

里子双膝跪到席子上，伸手拿起枕头。

她将鼻子靠近枕头，试图闻一下，但停了下来。

里子拆下被发油弄脏的枕套。

她在井台洗枕套，然后晾在了铁丝上。

## 53. 里子的家·日式房间

里子躺在被窝里，闻了闻留在指尖上的肥皂味。

## 54. 雨水打湿了井台旁的枕套

## 55. 市毛的家（翌日）

里子把枕套拿到浴室里晾起来。

她清扫着三铺席的房间。

## 56. 里子的家·餐室

里子、莺枝和瑞枝正在喝着用一小半白面和一大半玉米面混杂在一起制作的面疙瘩汤。

莺枝："还有18天就立秋了。你要火儿吗？"

瑞枝："很快连这种东西都要吃不上了。还纯棉的呢，做梦吧。"

莺枝："会越来越难了，要有思想准备。不过，不管怎么盘算也不会开始的，所以明天开始做纯棉的吧。"

瑞枝："哦，里子不在家的时候市毛先生来过了。他让我转告一声，谢谢帮他打扫卫生。作为答谢，他放下三个鸡蛋转身就回去了。"

里子："……哦。"

## 57．市毛的家

里子推开三铺席房间的门。

被褥已经整理好。

里子："……"

里子望着什么也没摆放的榻榻米。

## 58．里子的家·日式房间

茑枝把和服及腰带放进背囊里。

茑枝手里拿着一块凸出大朵菊花图案的蓝色大岛绸，犹豫了片刻。

茑枝："还是留着吧。"

说罢将大岛绸放回柜子里。

茑枝："再也没有什么可以留给你的了。"

里子："我不才不在乎呢。我适合穿西式服装。"

瑞枝："乡下人贪得无厌，你可不要被他们骗了。"

茑枝用力扎紧了背囊的系扣。

## 59．桑田间的小路

阿曾、里子和茑枝扛着背囊走来。

阿曾："我要是走得过快，你们就吱一声。走着走着行军的毛病就出来了。"

河水流淌。

茑枝:"瞧，那么多孩子。"

只系着一条兜裆布的孩子们吵吵嚷嚷，围住一个手里拿着鱼叉、戴着潜水镜窥视水下世界的孩子。

阿曾:"瞧那儿！"

所指的方向有一座突兀的绿色山峰。

阿曾:"那就是秩父。这里离山怀很近了。敌机飞不到这里，很安全的。"

茑枝:"要是这一带的话，我们也可以来住啊。"

阿曾:"没问题，能生活下去的。"

三人走过小桥。

孩子们各自游着。

## 60.农家

阿曾用布手巾擦着汗，对着黑暗的土间喊道。

阿曾:"有人吗？"

身着劳务服、剃着光头的农家主人走出来。

主人:"请进。"

## 61.农家·中间用炉子隔开的铺着地板的房间

阿曾:"说好的东西，我们带来了。"

阿曾从背囊中取出崭新的军用手套和军用布袜各五双。

阿曾:"他大婶。"

茑枝急忙从背囊中掏出和服和腰带，但是她没有放在落着煤渣的地板上，而是放在了膝盖上。

"我要这个。"主人说着伸手从茑枝膝盖上拿起和服与腰带，消失在里间。

茑枝和里子吓得愣住了。

阿曾："不用担心。交换的物品都准备好了。别看他那样，但他是一个可信赖的人。我们一起在满洲待过。"

身后传来猪的尖利叫声。

主人拿着一瓶一升酒走回来。

主人："来一杯？"

阿曾："哦，好吧。这是自家酿制的浊酒。口感很不错的，女人也能喝一点的。"

茑枝："我们就吃自己带来的便当了。我们就不待在这里了，外面也是很舒服的。"

阿曾："他大婶。"

茑枝没有理睬阿曾拿起便当包。

茑枝："我们走吧。"

对着里子大声说道。

阿曾："那么就随你们的便了。"


## 62. 茑枝和里子走向河滩

两人找了一个背阴的地方坐下来。

里子："感觉太差了。我们不换了，回去吧。"

茑枝："算了。"

茑枝打开便当盒，里面是饭团、沙丁鱼干和梅干。

茑枝："今天的便当很好吃哦。我不愿意在乡下人面前打开这么寒碜的便当，所以少放了一些大麦。"

里子见到塞得满满一盒的黏性米饭，绽开了笑容。

里子："真香。"

茑枝："这里真是不错。如果把你姨妈带来该多好。我们三个人可以高高兴兴郊游了。"

里子："姨妈她讨厌出远门。就连倒腾东西，只去了两次不远的地方就再也不出门了。邻居约她一起去，她也找借口拒绝了。"

茑枝："原来她是很喜欢出门的。她早点回到过去那样该多好。"

里子："口渴了。"

里子脱鞋走进浅水。

她喝完河水，洗了一把脸。

里子："妈妈，给我毛巾！"

茑枝装作没有听见，在脸前摆了摆手，卷起劳动裤的裤腿，走到河里来。

茑枝："这水真温乎。"

里子："给我毛巾。"

茑枝抽出腰里别着的毛巾，沾了沾水，擦了擦脸和脖子。

茑枝："看你浑身都是汗。把这个脱了。"

茑枝说着伸手帮里子解衬衫胸前的扣子。

里子："不。"

里子的衣服还是被茑枝扒了下来。

里子："你干什么呀。"

茑枝："洗洗，马上就会干的。"

茑枝在水里搓了一把衬衫。里子抬起胳膊护住胸前，望了望四周。

茑枝甩了甩衣服，递给里子。

鸢枝："来，把它晾干。"

里子把衬衫摊开在河边晒烫的石头上。

鸢枝脱下防空服的上衣，扔进河里。

鸢枝将贴身内衣从双肩拉下到腰部。

鸢枝用毛巾擦拭胸前和背后。

鸢枝："真舒服啊。"

鸢枝贴身披着防空服走回来。

里子："你快穿好行不行？"

里子拿起衬衫搭在肩上。

鸢枝："为什么撅嘴啊？"

鸢枝回到树荫下。

里子稍微隔开一段距离坐着。

里子："来人了。快点穿好，求求你了。"

鸢枝："你就那么介意？"

鸢枝笑着把胳膊伸进贴身内衣的袖筒里穿好上衣，然后盯着里子看。

里子合上衬衫前襟。

鸢枝："你长得很像我啊，身子比脸蛋更像我。"

里子："什么呀，无聊。"

鸢枝："是你姨妈说的，里子开始散发出一种女人味了。"

里子："真讨厌。"

鸢枝："我也是这么认为的呀。你长成大人了。"

里子拔出石头缝里的芦苇。

鸢枝："大家都有这种感觉。感觉最清晰的是市毛先生。没错吧？"

里子："（嘟哝）才不是呢。"

茑枝："市毛先生都看在眼里喽，你的言谈举止。他一个人待着的时候总是回味这些。连你也会时不时想起市毛先生吧？"

　　里子："……"

　　茑枝："你不仅会想起他，还会想象着什么。你想象的内容我也猜得出来，就是男人。"

　　里子："……"

　　茑枝："你对市毛先生放松警惕可不行哦。"

　　里子："嗯。"

　　对空点点头。

　　茑枝："说真的，你一个人在那个和老婆分居的男人家里进进出出，我会骂你岂有此理。就是平时我也绝对不会允许的。我会竭尽全力阻止的。"

　　里子："妈妈。"

　　茑枝："不过，如今这年头，你身边只有市毛先生一个人。我很高兴有他在你身边。我真想低头求他好好关照我的女儿。"

　　里子："看你说的。"

　　茑枝："真的，我内心真的是这么想的。不过，与此似乎很矛盾，我会让你对那个人不要放松警惕。如果放松了警惕，受损害的肯定是女人。"

　　里子："你说的放松警惕就是这个意思？"

　　茑枝："你对市毛先生说过喜欢他？"

　　里子："我没说。说不是也很容易吗？"

　　茑枝："无论发生什么也要咬紧牙关不能说。如果说了，你就垮了，拔不出来了。你当然不明白啦，女人是很容易沉溺进去的。"

　　里子："妈妈，你有过这样的体验？"

莴枝："有啊。除了你爸爸，我只有过一次。"

里子："（慌了手脚）等等，我还是不知道的好。"

莴枝："这对你过于刺激了吧？我还清晰记得。"

里子："很久以前的事情吧？"

莴枝："是的，很久前的事情。"

里子："……"

莴枝："（唱）征召而去的父亲在空中飞翔，征召而去的阿哥在空中飞翔，战机展翅排成一行飞向远方。"

里子："怎么了，妈妈？你不是讨厌这首歌吗？"

莴枝："我是讨厌这歌。不过不知为什么勾起了我……所以我讨厌这首歌。"

里子唱起来。

里子："（唱）展翅飞翔，隆隆的轰鸣声和坚强的斗志，至今仍在呼唤着我们，在空中腾起，闪耀光芒。"

莴枝随着一起唱起来。

莴枝与里子："（唱）击灭敌人后露出的笑容，至今清晰地浮现在眼前。"

莴枝望着里子，抑制住内心的悲痛，露出笑容。

里子："妈妈……"

仰望天空，没有一朵云彩。

里子捡起一块石头，使劲敲打自己坐着的石头。

莴枝："里子，你干什么呢？我们该回去了。"

里子将手伸向已经站起来的莴枝。

莴枝将里子拽起，里子故意打了一个趔趄，抱住母亲的双肩。

## 63．农家

阿曾和农家主人都是红黑色的脸，两人盘腿坐在炉前。铺着地板的房间里，地上散落着吃掉下来的玉米粒，浊酒所剩无几。

阿曾："他大婶，不错吧？"

主人："土特产放在那里了。"

土间里并排摆放着三个背囊。

茑枝打开自己的背囊，里面装满了马铃薯。

主人："哦，下面是大米，有五升。姑娘的袋子里装了些猪肉。这是特供的。让别人发现就麻烦了，你们拿回去要注意一点。"

茑枝："谢谢您了，帮了我们的大忙。今后还请多多关照。"

茑枝低头致谢。

农家主人抱着胳膊点点头。

## 64．返回的路上

茑枝："那位是你的战友吧？"

阿曾："战友，是的啊。确实是战友。到了战场，无论与谁都能成为战友。因为不这样子你就活不下去。"

里子："哎呀，是谁忘在这里了？"

河滩的岩石上有一条黑色的童裤。

阿曾："其实我后天就要去部队了。这是我第二次当兵。反正不久后就要本土决战了，也不分前线和后方了。幸好有了这些东西，到了军队里我就不用担心吃的问题了。"

阿曾说完掂了掂背囊，口里吹起《战友》的口哨。

## 65.里子的家·日式房间（八月一日）

警报声响起。

脑门敷着一条湿毛巾的里子躺在蚊帐中。

里子：“哦，是空袭吧？”

一只手轻轻拍了拍里子的肩。

里子：“现在几点？”

瑞枝：“远着呢。”

里子：“哦，姨妈，您在这里？”

瑞枝：“是的，来了一会儿了，你睡觉的样子和小时候一样，没变。”

里子：“看您说的。我妈呢？”

瑞枝：“在外面呢。这个月她担任防空群长。一旦有危险，我会背着你跑的。”

里子：“不要紧的，我还没到走不动的地步呢。”

瑞枝：“用不着客气，我们都是亲戚，到我动不了的那天，你也会这样待我吧？”

里子：“那是肯定的。”

挂在墙壁上的时钟敲响了十二点。

回响起爆炸声。

收音机里一阵蜂鸣声后便是播音员的喊叫声。

收音机里的声音：“敌人在八王子、立川及周边地区开始投放燃烧弹，发起攻击。”

厨房的门发出声响。

茑枝：“里子，怎么样了？”

里子：“妈妈。”

茑枝：“烧退了？”

里子："基本好了。"

茑枝："那么把衣服换了。听说八王子和立川都挨炸了，今晚就轮到这里了。姐姐，你别无所事事的，快帮里子换衣服。"

茑枝小跑离去。

里子艰难爬起，换上衣服。

瑞枝："这种事情还要为你操心啊。"

"做好撤退准备！"随着喊叫声，钉着铁掌的皮鞋在绿荫小道上跑过去。

里子蒙上防空头巾，肩上挎着一个包。

瑞枝："里子，我常常在想，燃烧弹会不会落到这个家的头上？如果落到了倒好了。这样你们和我就一样了。得到了你们的照顾，可还是一个不知报恩的人面兽心的家伙。对于一个失去家园失去亲人的人来说，只能做一个人面兽心的家伙了。"

悲鸣般地仅笑了一声。

## 66. 绿荫小道

里子一个人走出来。

树林对面的天空一片通红，比晚霞还要艳丽。

巨大的云朵如同火柱般矗立着。

## 67. 居委会

川俣："哦，全好了？"

里子："是的，托您的福。"

川俣："今天矶贝休息。她去八王子看看亲戚是否还好。那片怪云出现就不好，关东大地震那会儿也出现过。八王子啊，一定死了许多的人。"

## 68.里子的家（黄昏）

里子在井台边上洗着贴身内衣。

市毛从篱笆对面探出头来。

市毛："里子，后天星期日你休息吗？"

里子："休息。"

里子点点头，把浸泡着贴身内衣的脸盆藏到身后。

市毛："有个人很关照我，把许多大米送到了我工作的支行。要取的话必须得到大森去，怎么样啊？"

里子："哎呀，太好了。我去。"

市毛："一斗250日元，还不算贵。"

里子："知道了，我去说一声。"

里子走进屋里。

茑枝随里子一道走出来。

茑枝："谢谢您了。我做了便当给您送去，有您的那份。尽可能美味可口。"

## 69.××银行·大森支行

楼上会议室风格的房间。

有十几个人围着两个女人。

"湿了，湿了。"相互取笑。

轮到了里子，她张开了背囊的袋口。

市毛随口说了一声。

市毛："这是我外甥女。"

有的人从袋子里抓出一把米闻了闻，有的人笑着说："用这东西做枕头，睡起觉来一定会做一个美梦的吧？"

……

里子背着大米走出房间。

## 70. 里子和市毛穿过热浪腾腾的废墟

南瓜的藤蔓爬上了地窖子的白铁皮房顶，藤蔓上开着花。

市毛摘下战斗帽，擦拭汗水。

市毛："我认为人是很顽强的，即便是在这样的废墟上，很快便能恢复生活。"

在一座地窖子的门前插着一面日丸旗。

里子："天黑了就不好走了。"

市毛："不过，到了夜里，随处都是地窖子透出的灯火。如今谁还管它什么灯火管制呀。"

市毛和里子走上车站正对面的神社台阶。

## 71. 神社·大殿

秋蝉的鸣叫声此起彼伏。

里子坐在神社大殿的台阶上。

她把便当放在膝盖上，眺望着眼下的一片废墟及前方平静的大海。

市毛拿着从神社事务所讨要的水走回来。

市毛："忍一下，当茶喝吧。"

市毛说着并排坐下。

市毛："啊，真想快点放进嘴里。"

里子打开便当的木纸盒，里面是掺着大豆的饭团和腌黄瓜。

市毛："啊，太好吃了。你母亲一定是个烹饪高手。"

里子："怎么样？"

市毛："你也是高手吧？"

里子："我根本就不行。"

市毛嘎吱嘎吱嚼着黄瓜。

里子："（这是三个女人的生活中所没有的声音。）"

市毛："嗯，好吃。"

市毛拿着第二个饭团的手停了下来，他半认真地看着里子。

里子："您怎么了？"

里子一开口说话，豆子从嘴角漏了出来。

市毛："你可真年轻。看你吃东西，感到你真是年轻啊。"

里子："讨厌。都没法吃了。"

里子急忙将嘴里的食物嚼碎咽下去。

市毛："女人都有一个无论做什么看上去都很美的时期。你如今恰好处于这个时期。不过，我有这种感觉，说明我不再年轻了。"

里子是第一次在正午的光线中看着市毛。

脸上的汗水泛着光芒。摘掉战斗帽后，额头的上边不是白色。梳着一个三七开的分头。胡子剃得干干净净。

市毛："你吃吧，我不再看了。"

里子："嗯，我吃了。"

里子慢慢吃着剩下的饭团。

她喝了一口水，将木纸板的便当盒塞进包里。

市毛："谢谢你总为我打扫房间。连寝床都让你看到了，我真有点困窘。"

里子："对不起。我最终还是放心不下。"

市毛："从那以后，我都把被褥叠得整整齐齐的。是你让我养成了一个好习惯。"

里子：“（松了一口气。）”

蝉鸣声如同碎石般落下来，包围了四周。

里子拿起玻璃杯，里面是空的。

里子：“我去接点水来。”

里子拿着两个杯子，朝神社事务所跑去。

## 72. 神社·事务所·便门

身着白色炊事服的中年女子在洗东西。里子：“麻烦您，帮我接点水。”

中年女子把水倒进里子递过来的杯子里。

## 73. 神社·院内

市毛手扶树干，背对着里子站在那里。

里子：“来，给您。”

里子递上杯子。

市毛一口气喝光，把杯子放在了石雕的狮子狗的台座上。

里子喝剩下一点，然后将杯子并排放在了一起。

蝉鸣声令人烦躁。

市毛：“里子。”

里子回过头来，只见市毛半认真的脸离自己非常近。

里子：“……”

里子后退。

汗珠涌出来，沿着脖颈往下淌。

市毛的手伸过来，试图碰触里子的肩膀。

里子退了一步，又退一步。

里子的后背撞上了大树。

里子心想这样不行，与此同时，蝉鸣声从里子周围消失了。

里子的身子反弹回来，她一下子抓住了市毛。

如同用自己的肌肤擦去市毛衬衫上的汗水一般，里子将脸使劲贴上去。

里子："（市毛先生，市毛先生，市毛先生。）"

市毛展开双臂揽住里子的后背。

手腕加上了力。

市毛："……你真年轻。"

市毛用嘴轻轻衔住里子的头发。

里子："（幸亏昨晚洗了头发。）"

市毛："真漂亮。"

滚烫的气息扑在了里子的耳朵上。

里子抬起头。

里子："我可没认为自己漂亮。"

市毛："不过在我眼里就是漂亮。我可不愿意说违心的话。"

宠爱般地来回抚摸里子的后背。

里子注视着市毛。

里子："我想一直待在您的身边得到您的关爱。但是，我并不想被您宠着，我也不想跟您撒娇。您要明白这点。"

市毛："哦，你话儿都说到这份儿上了，那么今后我要忘掉年龄的差距。"

市毛和里子并排倚靠在树干上。

传来蝉鸣声。

女人的声音："喂，你们俩。"

身着炊事服的女人和身着便装的女人站在那里。

身着炊事服的女人："在那里干什么呢？"

市毛："没干什么呀。"

身着炊事服的女人："快把杯子还回来！你以为这是什么地方呀，这里可是神社！连天皇陛下都要鞠躬的神圣场所哦。你们以为是什么呢。"

市毛："对不起了。"

市毛把杯子递过去。

市毛："没招了，快走吧。"

市毛说着拿起背囊。

两人走下台阶，背后传来女人的骂声。

女人的声音："不要再来了！真恶心！"


## 74. 大森站

等候购买长途车票的人排成了一列，他们的视线都落在了两人的背囊上。

市毛购票。

里子接过车票。

里子："这就回去？"

市毛："嗯。"

说着快步走过检票口。


## 75. 里子的家·餐室

瑞枝将鼻子凑近饭碗。

瑞枝："纯米闻起来气味就是不一样啊。"

笃枝："过去可不就是用的这种米嘛。"

瑞枝："要是再有点生鱼片，这就和过去没什么两样了。"

笃枝："姐姐，你是喜欢吃生鱼片的，你说过天天吃都不厌。"

瑞枝："是啊。比起金枪鱼，我更喜欢加吉鱼。"

里子对她俩愉快的交谈漠然视之，一个劲儿用筷子往嘴里扒拉饭。菜肴是鲱鱼炖土豆。

× × × ×

里子一个人听着广播。

莺枝在缝补衣服。

莺枝："快点睡吧。"。

里子："您先睡。"

十点前广播结束了。

里子关上收音机。

难以忍受寂静，里子又打开收音机。

她侧耳倾听收音机里流沙般的杂音。

莺枝躺在日式房间的蚊帐里。

莺枝："干什么呢？"

里子："行啦，您睡吧。"

里子拉上隔扇。

莺枝："今晚你可真怪。"

里子仰面躺倒，闭上双目。

收音机里的杂音逐渐变成了蝉鸣声。

她回忆着市毛抚摸自己后背的手，还有自己的脸颊顶在市毛坚实的胸前时的感触。

莺枝的声音："女人很容易沉溺进去的。"

里子的声音："那时，蝉鸣声突然听不见了。您指的就是那一瞬间吗？"

里子关闭收音机。

酷暑。

里子脱去汗渍渍的贴身内衣。

她脱去裤子，只剩下一件无袖衬衫。

还是感觉热。

里子走到廊子上，趴在了地板上。

里子："累死了……"

一只豹脚蚊停在里子的手腕上。

在蚊子吸足了血后，里子一巴掌把它拍死。

黏在皮肤上的蚊子血渐渐变干。

里子用手指将蚊子的尸体弹掉，轻轻舔掉蚊子的血迹，咬住肿胀起来的部分。

此时，篱笆外传来喊声。

男子的声音："喂，漏光了！"

里子："哦，对不起。"

里子急忙爬起来，关掉餐室里的灯。

里子："这下行了吧？"

没人应答。

黑暗中只有蚊香的火发出一点点红色。

里子走下廊子。

换鞋石上没有在院子里穿的鞋。

里子赤脚走到院子里。

西红柿的叶子有些湿漉漉的。

里子轻轻摘下成熟的果实。

她在井台清洗三个西红柿。

她还洗了洗弄脏了的脚，还擦了擦脖子和腋下。

随后，她穿上井台上摆放的木屐返回来。

里子走进餐室，穿上贴身内衣和裤子，捧着西红柿又来到了院子里。

她用胳膊肘推开栅栏门，走了两三步后又回头望望。

## 76. 市毛的家

里子将西红柿摆在了便门前的三合土上。

朝外开的门几乎就要拉开了，里子又把西红柿重新摆放在了稍远的地方。

里子："……"

里子拾起西红柿。

里子用中指背敲了敲市毛房间的窗户。

市毛的声音："谁？"

里子："是我，开门！"

灯亮了，玻璃门打开了。

市毛："是你？"

市毛用一只手掩住披在身上的睡衣前襟。

里子："给你。"

里子把西红柿摆在了窗框上。

里子："我家地里摘的。吃吧。"

市毛："哦。"

市毛来回盯着西红柿和里子的脸。

里子："吃吧。"

市毛："我会吃的。把它浸在井水里浸一个晚上。我明早吃冰镇的。"

里子："不行，现在吃。"

里子的手不经意碰到了一个最大的西红柿，这个西红柿滚落到了地上。

市毛："现在？"

里子："对，现在。"

市毛："好，我吃。"

市毛抓起一个西红柿大口吃起来。

西红柿汁四溅。

市毛："有一股太阳的味道。"

西红柿越来越小。

市毛："怎么样？满意了？"

里子："是的。我把你叫醒了，对不起。"

市毛："算了，拿你没办法。"

市毛笑笑，马上又附在里子耳朵旁小声说道。

市毛："我去把便门打开。"

还没等里子答应，市毛便走下了廊子。

里子："……"

里子看见了房间内的被褥。

（开门声音。）

里子："（我必须回去了。）"

木屐的声音越来越近。

市毛从后面抱住了里子的肩膀。

市毛："去那边。"

里子轻轻点了几下头，半靠着市毛走去。

## 77. 市毛的家·日式房间

市毛："闷热得很，打开吧。"

市毛打开廊子上的木板套窗。

门碰撞的声音在附近回荡，里子捂住耳朵。

里子："灯光会泄露出去的。"

市毛将里子拽过来，双手揽住她的腰。

市毛的嘴唇在里子的脖颈上游动。

里子将身子后仰着，睁大了眼睛。

市毛将里子仰面放倒。

市毛："真可爱。"

里子："我既不可爱也不漂亮。"

市毛："别那么抵触。"

市毛用指尖抚摸里子的下颚。

市毛："总之我喜欢你，这不行吗？"

里子默默咬住市毛的手指。

里子："今天的大米，你吃了？"

市毛："吃了。"

里子："什么也没掺吗？"

市毛："嗯，没有掺。做出的米饭很好吃。"

里子："神社的那个女人发火了。"

市毛："是啊。做出我们那样动作的人也许不在少数吧。"

里子："你是说非国民很多了？"

市毛："是啊，都是些敬畏神灵之辈。"

在市毛指尖的爱抚下，里子的身体瘫软下来。

市毛："有蚊子。"

市毛说着站起来，走出房间。

市毛没有返回来。

里子不安地起身。

里子："市毛先生。"

市毛的声音："来啦。"

市毛拿着驱蚊香出现了。

市毛："怎么了？"

里子蹭着靠近市毛，用手揽住市毛的腰。

里子："我以为你到别的地方去不回来了。"

市毛："小笨蛋。我去找火柴，就耽搁了一会儿。"

市毛将驱蚊香放在榻榻米上，拥住里子。

里子："（我离不开这个男人了。）"

市毛放开里子，与里子面对面坐着。

市毛："我也想让你知道。"

里子露出笑容。

里子："什么事？"

市毛："战争很快就要结束了，在秋天之前，最迟也是年内。"

里子："战争？要结束了？您怎么知道的？"

市毛："我有一位朋友是新闻记者，他告诉我的。通过瑞典和瑞士，和平试探早已开始了。派遣近卫前往苏联进行和平谈判的事情好像正在进行。"

里子："不会进行本土决战了？"

市毛："秋季之前和平谈判如果谈成就不会了，如果再拖延的话，敌人肯定会打来的。"

市毛用双手仅仅抱住膝盖。

里子："会打到九十九里？"

市毛："如果那样的话，我不是在海边被舰炮打死就是被战车碾死。"

里子："市毛先生！你用不着去打仗的吧？原来也没去呀。不是吗？"

市毛："我的一个熟人是丙种，被征召去了。他三十四岁，与我的年龄也差不了多少。最近我很害怕。在绿荫小路拐角处转弯的时候，不由得停住脚步，猜想入伍通知书今天就会送达，一定会送达。真的是两腿发软啊。"

里子："市毛先生。"

里子抓住市毛的膝盖使劲摇晃。

市毛："在九十九里就是躲在捕章鱼的陶罐里迎击敌人。在海边，挖几锹海水就渗出来了，挖的洞躺在里面勉强能将后背藏起来。趴在不断渗水的洞里，像青蛙一样等待着被杀。"

市毛根本就没看着里子。

市毛："如果战车驶过来，只能拎着装满炸药的蜜桔箱用身体去抵挡。蜜桔箱有多重呢？大概20或30公斤吧。背着这些东西东倒西歪地跑，很快就会被战车击中撞飞了。对于这些厚着脸皮活下来的丙种人来说，这种悲惨的死法是很适合的。"

里子："你不是说战争就要结束了吗？你不能死。你说，你不去打仗，你不会死！"

里子握着拳头击打市毛的大腿。

每击一下，市毛的上身都会毫无依靠地摇晃一次。

里子瘫在了市毛的膝盖上。

市毛："我不去打仗，我一直待在这里。"

里子："做得到吗？"

市毛："我想能做到。你也不要离开我。"

里子："我做得到。"

市毛："那几个西红柿很好吃。你还会给我吗？"

里子："会给你的。下次给你带一些冰镇过一晚上的。"

市毛抱起里子，用自己的嘴唇堵住了里子的嘴。

里子的嘴唇紧闭着，市毛的嘴唇强有力地向前挺进。不一会儿，里子的嘴张开了。

市毛："可以吗？"

里子摇摇头。

市毛："没关系的。"

市毛解开里子的衬衫纽扣。

里子："别人会看到的，把灯关了。"

市毛将灯熄灭。

市毛的身子雪崩似的倒在了里子的身上。

里子痛苦地喊起来。

里子的脑袋里闪耀着光芒，如同在盛夏的阳光下。


× × × ×


向日葵的花朵开放着。

赤身裸体的小孩子穿着红色的木屐跑过去。

声音从后面追过来。

"不行，穿成这样不能跑到远处去。"

花朵的数量增加了。向日葵的花朵如同绽开笑容般开放了。

"不能那样！不能那样！"

光追逐过来。

一片阴凉。

×　×　×　×

里子被抛进了黑暗的谷底。

虽然没有感伤，但泪水涌了出来。

市毛将嘴唇贴到一行眼泪上。

市毛："对不起……不过我很高兴。"

里子："……"

市毛："擦擦汗吧。我去给你拿条挤好的毛巾来。"

市毛站起来走去。

厨房的灯亮起来，传来泵水的声音。

市毛："喂，给你。"

市毛把毛巾搭在了里子的额头上。

里子用毛巾擦了一把脸，然后坐起来。

里子："我要洗个澡。"

离子看见自己身旁散落着脱下来的贴身内衣，于是惊慌失措地将衣服拢到一块。

市毛："哦，你等一下。"

市毛从旁边房间的衣橱里拿出一件浴衣走回来。

市毛："你可以穿这件。"

里子披着浴衣朝厨房走去。

## 78. 市毛的家·厨房

里子褪去浴衣，压着水泵，给脸盆里汲满水。

她蹲在三合土上，将水从肩膀浇下来。

里子用手掌捧着水喝，然后走进厨房。

她拾起浴衣，注意到了晾晒在那里的女人衣物。

里子："……"

里子闭上双眼，穿上浴衣，扎紧腰带。

### 79．市毛的家·日式房间

市毛躺在灯下读着经济类的报纸。

里子："这是您夫人的浴衣吧？"

市毛："她放在那里也不穿。"

里子："您夫人怎么样了？有信来吗？"

市毛："有，每个月肯定会来两封信。"

里子："信里写的什么？昨天晚上吃了什么？小孩子怎么淘气了？就是报告这些吧？还写着我们很好请放心？"

市毛："你想看的话，我可以拿给你看。"

里子："不用了，我不想看。……如果战争结束了，夫人会带着孩子一起回来吧？"

市毛："会的。不过不知道什么时候会回来。"

里子："您不是说今年年内战争就会结束的么？"

市毛："我认为这个消息比较可靠。"

里子："如果年内就结束的话，那还不到五个月了，如果在秋季的话，满打满算还有两个月他们就要回来了。"

市毛："我会战死在九十九里呢？还是我老婆和孩子回来后开始过以往的那种普通生活呢？真不知道会怎么样。不过呢——"

市毛从正面盯着里子。

里子也盯着市毛。

市毛："如今，我无法想象以往的生活是否还会回来。我能考虑的，只是我是否会死。于是……"

里子等待市毛说下去。

市毛："……我想得到你。就像在地震中脚底摇晃时，想拼命抓住身旁的东西一样。我想得到你的身子。你顺应了我的这种心情。我并不是靠着蛮力强迫你的。"

里子："是的。什么蛮力，看你说的。是我想主动靠近您的。我喜欢您。"

市毛："谢谢你。"

市毛抱住里子。

市毛："刚才你敲窗户的时候，我马上想到是你来了。从傍晚到睡下前，我一直在想着你。我喜欢上你以后，心里再也容不下老婆和孩子了。真的，你相信吗？真的。请你相信我。"

里子："我相信（我不能不信）。"

市毛的舌头在里子的嘴里跳跃着。

市毛将舌头收回。

里子："我该回去了。"

市毛："哦，你要睡了？"


## 80. 市毛的家·隔壁房间

里子更衣。

市毛的声音："后天我得去甲府一趟。"

里子："公务？"

市毛的声音："我上司的夫人死了，她是被疏散到那里的。我大后天就回来。"

里子将浴衣叠整齐，摆在衣橱前。

## 81. 市毛的家·日式房间

市毛看着走出来的里子。

市毛："真漂亮。"

市毛把里子拽过来，吸吮她的嘴唇。

## 82. 居委会

午休时刻。

雪子读着报纸。

雪子："连苏联都打到满洲了……怎么回事啊？"

川俣："苏联和美国在竞争，看谁先登陆日本吧。"

里子岔开双腿，往正中间坐下来，突然愣住了。

川俣："这不是好像在过苦夏吗？对你来说，很稀奇吧？"

里子注意到了自己的这副样子，顿时满脸通红。

里子："感到有点不舒服……"

雪子："川俣先生，您从三天前就穿上了长袖衬衣，连脖领上的扣子都扣好了，这是在对付新型炸弹？"

川俣："就一颗炸弹，广岛就消失了。人们都说穿白的衣服可以防止烧伤。军部发了通知，要让居民们都彻底了解到这点。我们必须率先垂范。"

×　×　×　×

里子在整理各户配给物资账目。

她不停叹息。

手掌因汗沾满了墨水。

市毛给她造成的疼痛记忆在作怪。

里子撂下笔，运动上身。

川俣："要是身体不舒服的话，你可以早点下班。"

里子："对不起，这合适吗？"

### 83. 里子的家

里子把头巾和包扔到廊子上，走向栅栏门。

### 84. 市毛的家

木板套窗和便门都紧闭着。

### 85. 里子的家

里子装着去洗手间，从后门溜出去，张望着栅栏门的对面。

×　×　×　×

午前，警报声再次响起。

阿曾妻子的喊叫声："空袭！空袭！"

收音机里的声音："霞浦、印旛沼、千叶、宇都宫、馆山……"不停播报地名。

瑞枝："有几架战斗机在分批攻击这里。"

×　×　×　×

临近五时。

收音机里的蜂鸣声。

收音机里的声音："一架 B–29由骏河湾侵入。"

瑞枝："来了！"

茑枝在厨房里蒸馒头，连沾着面粉的手都没来得及洗。

茑枝："里子，快一点。"

茑枝催促着里子。

茑枝把收音机拿到廊子上，将音量调到最大。

里子和瑞枝抱着行李和包袱。

## 86. 市毛的家·防空洞

里子望着紧闭大门的房子。

瑞枝："你心情不好呀。"

瑞枝窥视里子的脸。

里子："没什么。"

里子说着走进防空洞。

三个人将展开的床单搭在肩上，耳朵贴在收音机上仔细听着。

　　　×　×　×　×

收音机播报入侵东京上空的 B–29投下传单后飞走。

三个人从防空洞里钻出来。

瑞枝："又是蛊惑宣传。"

茑枝："不能掉以轻心呀，广岛就是在解除警报后挨炸的。"

## 87. 里子的家·餐室

雨水悄无声响地落在院子里。

茑枝、瑞枝和里子吃着馒头和腌萝卜。

茑枝："真湿润。"

瑞枝："不是新型炸弹，是传单。看这闹的。"

里子："上面写着什么？"

玄关传来开门声。

市毛的声音："有人吗？"

## 88．里子的家·玄关

里子跑出去迎接。

市毛缠着绑腿站在那里。

里子："我一直在为你担心，是不是火车被击中了。不过你平安无事真的是太好了。"

市毛点点头，表情僵硬。

市毛："你妈妈在家吗？"

里子："在家，您有话跟她说？那么，您进来吧。"

市毛："那么失礼了。"

市毛进屋。

## 89．里子的家·日式房间

茑枝："里子总是给您……"

市毛摆摆手打断茑枝的话。

市毛："夫人，战争就要结束了，日本就要全面投降了。"

茑枝："啊！"

茑枝呆呆看着市毛。

茑枝："怎么回事？"

市毛："日本战败了。"

里子：“是您那位新闻记者朋友说的？”

市毛：“是的。”

市毛将目光投向里子那边。

市毛：“昨晚我住在他那里，他把情况详详细细跟我说了。上个月末，美英中发表了三国共同宣言。”

茑枝、瑞枝和里子露出似懂非懂的神情。

市毛：“你们瞧。”

市毛从上衣的内兜里掏出一张纸，上面剪贴着随处标注着红杠的报纸。

市毛：“现今苏联加入进来就成四国了。这份宣言详细规定了日本的投降条件。看来不得不全盘接受了。”

市毛反反复复调整坐姿。

里子：“市毛先生，绑腿要松开吗？您显得很不舒服呀。”

市毛：“哦，是吗？那么我就松开了。”

里子将市毛松开的绑腿带子迅速拿在手里卷好。

市毛：“我给你们读读吧。”

市毛将《波茨坦宣言》一项一项读出来。

里子的声音：“这个人不用去打仗了，他也不会阵亡了。”

里子：“我出去一下。”

里子走向厨房。


## 90. 里子的家·厨房

里子将水龙头扭开到最大，清洗着堆在池子里的餐具。

里子取出馒头，放在烤年糕的网子上热了热。

茑枝的声音：“已经定下投降了？”

市毛的声音："不，还没有。好像围绕投降条件存在不同意见。陆军的主张是，如果国体得不到维护的话将在本土决战，一亿玉碎。不过敌人有新型炸弹，谈判也不会拖得很久。大概用不了一周了。报社好像正在关注着。据说今天傍晚一架 B-29 撒下的传单上写着日本无条件投降了⋯⋯也许是真的。"

里子在红茶里放了一点盐，代替红糖，然后将馒头放在了托盘上。

## 91. 里子的家・日式房间

里子："一点剩饭也不好吃，您就吃一点吧。"

市毛："哦，有这个！谢谢，我吃了。"

瑞枝："要是投降了，会怎么样呢？"

市毛手里拿着馒头。

市毛："共同宣言说了，尊重基本人权。总之就是要被敌人的军队占领了。就像别人说的那样，也许男人都会被阉割了，女人都会被强奸了。即便如此，这也总比被新型炸弹烧死要强啊。"

茑枝："说不定很快就会恢复往常的生活了。"

市毛："根本无法预测。"

市毛吃着馒头喝着红茶。

里子用指尖拾起市毛掉落在桌上的面包屑。

里子的声音："战争结束后，白米饭、明亮的电灯、皮鞋、在小路上玩耍的孩子、没有警报声的夜晚⋯⋯还有他的夫人和孩子都会回来的。"

里子咬紧牙关。

市毛："快休息吧。今天说的这些不要跟左邻右舍去说了。要是还发生了什么事情，我会告诉你们的。"

笃枝："谢谢您特意来告诉我们。"

笃枝低头致谢。

笃枝："我们家里没有男人，觉得没有一个依靠。市毛先生，今后请您多多帮助我们。"

市毛："只要我能办得到的。今晚就到这儿吧。"

市毛站起身来。

市毛："（对着里子说）谢谢款待。很好吃。"

里子："……"

笃枝："里子，你去送送。"


## 92. 里子的家·门厅

雨小了一些。

里子从伞架里抽出一把伞展开。

市毛接过伞，为里子撑伞。

两人走出大门。


## 93. 绿荫小路

里子："市毛先生，高兴吗？"

市毛："当然高兴啦。……万万没想到会这么快来。"

从市毛家门前走过。

里子："还剩一周的时间。即便这周入伍通知书来了也不要紧。即便到了军营里，还没等上战场，一切就都结束了。"

市毛："是啊。我已经把入伍通知书撕得粉碎了！"

市毛笑出声来，将伞高高举起。

伞尖碰到了树枝，雨滴落了下来。

市毛："呀，阵势不小。"

市毛嚷嚷着。

两人来到了大街拐角处。

里子："好冷啊。"

市毛："就像梅雨季一样。"

市毛拽着里子的胳膊，返回小路。


## 94．市毛的家·便门

市毛："不进来吗？"

里子摇摇头。

里子："不，今天我要回去。"

市毛："哦。"

市毛将里子揽入怀中。

雨伞张开着落到了地面上。

市毛的嘴唇堵住了里子的嘴唇。

两人的嘴唇长久没有分开。

市毛将嘴唇挪开，低声说道。

市毛："你真美。"

里子："市毛先生。"

里子用力说道，注视着市毛的脸。

里子："战争结束后，您夫人就会回来的。即便不知道她是
在第二天就回来还是半年后回来，总之她会回来的吧？"

市毛的眉间动了一动，嘴半张开。

里子：“不说这个了。”

里子将胳膊缠绕在市毛的脖子上，主动将嘴唇伸向这个男人。

里子的声音：“这就够了，仅仅这个就够了。”

市毛的头发被雨淋湿了，里子的后背也被雨淋湿了。

里子撑起雨伞。

里子：“我回去了。”

市毛：“从明天起我就不在外过夜了。所以……”

里子点点头，走向栅栏门。

里子正要打开栅栏门，看见餐室的玻璃门上映出了母亲的身影。

里子回头望望。

市毛淋着雨目送着她。

里子心想，我的“战争”就要开始了。


伴随朗读声出现以下诗歌：


    我最漂亮的时候

    街头空空荡荡

    从一个出乎意料的地方

    望见了蓝天


    我最漂亮的时候

    周围的人们死去了许多

    在工厂　在海上　在无名岛上

我失去了打扮的机会

我最漂亮的时候
没有人送我温馨的礼物
男人们只知道行举手礼
留下美好的眼神全部出发了

我最漂亮的时候
我的头脑空空
我的心十分坚硬
只有手脚闪着栗色的光

我最漂亮的时候
我的祖国战败了
岂有此理
卷起衬衣的袖子
行走在低三下四的街上

我最漂亮的时候
收音机充斥着爵士乐
就像禁烟解禁时那样晃来晃去
我贪婪吸吮着异国美好的音乐

我漂亮的时候
我非常不幸福

×

313

我就是一个傻蛋
我特别寂寞

所以我决定
尽可能多活几年
上了年纪后描绘出一幅凄美的图画
如同法国的鲁奥大叔一样
是吧

—完—

# 再见歌舞伎町

编剧：荒井晴彦　中野太

## 1．"某某大饭店"·前台

前台前，岸本修司（56岁）、岸本志保（49岁）夫妇大声斥责前台经理谷口巧（47岁）。

修司："那条项链你知道值多少钱吗？一百六十万日元呀。"

谷口："所以请您再看看包里——"

志保："我不是告诉你了吗？看过好几遍了。"

修司："是我买给她的生日礼物，都是这么大的黑色乳白色的珠子。你不会不知道吧？"

身着饭店制服的高桥彻（23岁）带着客房清扫员李海娜（24岁）走过来。

彻："我把整理847客房床铺的服务员带来了。"

志保："是你打扫的吗？"

海娜："是的。"

志保看看海娜的胸牌，上面有一个"李"字。

志保："你是韩国人？"

海娜："（点点头。）"

修司："这家宾馆雇佣了韩国人？"

志保："我一直以为这是家一流的宾馆呢。"

谷口："她是打工的。"

志保："是你偷的吧？"

海娜："我什么也没偷。"

志保："韩国人说的话能相信吗？"

修司："就是，说竹岛是他们的，还说从军慰安妇是被强制抓去的。一派胡言。"

志保："你的包在哪儿？让我们检查一下。"

谷口："二位客人——"

修司："怎么，你有意见吗？你不让我们检查这不符合道理呀。"

## 2. 大饭店·员工休息室

海娜将包里的东西掏出来，放在桌上。

彻："（检查后说）没有。"

志保："柜子里呢？"

海娜打开柜子。

志保摸了摸海娜的便服衣兜，什么也没摸到。

修司："不脱光了是查不出来了的。女人有地方藏东西。"

海娜瞪了一眼修司。

彻："……要不让我们再到房间里找找看？"

谷口："好，去吧。"

彻带着海娜走出去。

## 3. 大饭店·员工用电梯

在上升的电梯内，只有彻与海娜两人。

海娜流着眼泪，啜着鼻涕。

彻瞥了一眼。

## 4. 大饭店·847号房间

彻撤下床单，抬起床垫子。海娜往里查看。

彻："有吗？"

海娜有气无力地摇摇头。

彻放下床垫子。

彻："（喘不过气来。）"

海娜：“……我会被解雇吗？”

彻：“你又没偷东西。”

海娜脱制服的上衣。

彻：“等等，你要干什么？”

海娜：“请你检查一下。”

戴着胸罩的海娜已将手放在了裙子的摁扣上。

彻：“住手！”

彻抓住海娜的手。

海娜：“我一旦被解雇了，就糟糕了。所以，我要让您检查一下我哪儿都没藏……”

彻：“算了，我知道了。”

彻与海娜推搡着。

海娜的裙子滑落下来。

彻试图将裙子提起来。

海娜与彻倒在了地板上。

彻的眼前就是海娜的脸。

两人对视着。

海娜的眼里充满泪水。

彻吻着海娜。

这时，房门开了。

谷口：“？！……高桥，你干什么呢！”

彻：“不，不是你看的那样！”

海娜放声大哭。

谷口：“……高桥，你！”

彻：“您误解了……她让我查她的里面藏没藏东西。”

彻哭丧着脸——

## 5. 片名：再见歌舞町

## 6. 彻居住的公寓·房间内 (新宿区·大京町)

饭岛沙耶（22岁）一边弹着吉他，一边确认下田逸郎的《情人旅馆》歌词。

> （唱）*露着赤裸的脊背*
>
> *把身体交给我*
>
> *在旋转床上*
>
> *只有微弱的光亮*
>
> *在镜子中摇曳*
>
> *仅仅是相拥*
>
> *……*

睡着的彻睁开眼睛。

彻："现在酒店里哪还有旋转床啊。"

沙耶："你怎么知道？"

彻："没什么……"

彻从床上下来。

沙耶："和谁去过了吗？"

彻："没去过。"

沙耶："难怪我们没有性生活啊。"

沙耶说着胡乱拨动吉他。

彻："吵死了，干吗一大早这么烦躁啊？"

彻敞着整体浴室的门在小便。

沙耶："关门不会啊！"

彻一边刷牙一边走出来。

彻："今天要打工吗？"

沙耶："不打。今天是关键的演出啊。"

彻："负责出道的人要来看？"

沙耶："可能只有我能出道了。"

彻："为什么？你们不是三人乐队吗？"

沙耶："他们说只想要我。"

彻："和其他人说了吗？"

沙耶："还没……怎么办呢？"

彻："你想出道吧？"

沙耶："就像是我背叛了她俩，我都想打退堂鼓了。"

彻："这世界就这样。"

沙耶："是啊，还是干吧。"

沙耶拿下彻嘴里叼着的牙刷。

彻："肚子饿了。去吃点东西吧。"

沙耶："……"


## 7．新宿・职安大道（超级韩国广场）

海娜与推着购物车的安正石（26岁）正在购物。

正石："（韩国语）真的要去入境管理局吗？"

海娜："（韩国语）后天去。正石，你也一起回去吧。"

正石没有接话。

海娜："（韩国语）我可受不了远距离恋爱啊。"

正石："（韩国语）……在日本再待一段时间吧。"

海娜："（韩国语）钱也存了一些，我要在新沙洞林荫道和妈妈开一家时装店。"

正石："（韩国语）我还没有足够的开店资金，不能回去。"

海娜："（韩国语）是吗？"

海娜说罢走出超市。

正石："喂，等等！"

正石走向收银台。

店内的挂钟指向09：42。

## 8. 里美与康夫居住的公寓·房间内

铃木里美（45岁）与池泽康夫（38岁）两人吃着一条竹荚鱼。

康夫："真想一人吃一条。"

里美："不行啊，这里的房东会检查厨余垃圾，要是发现有两条鱼会怀疑的。再忍忍吧。"

康夫："我吃好了。"

康夫说着双手合十，将餐具端到水池那里。

里美："放着就行了。"

康夫："哦。"

康夫一边应着一边开始清洗餐具。

里美也吃完了，把餐具端过来。

里美："说了不用你洗。"

康夫："（一边洗碗筷一边说道）今天是你工作的最后一天了吧？一直以来辛苦你了，以后我会为了你工作的。"

里美："……是后天吧，我想和你做一件事情。"

康夫："什么事情？"

里美："牵着手走在街上。"

这时，门铃响起来。

两人吓了一跳，显得很紧张。

康夫躲进壁橱。

快递员的声音："我是快递员，有您的快递。"

里美："来了来了，请稍等。"

里美拿着印章打开房门。

快递员："给您。是货到付款，一共1280日元。"

× × × ×

康夫从壁橱里出来。

里美："网上买的书到了。"

康夫："（点点头）一直都没发生什么，已经没事了吧？"

里美："不行，不能掉以轻心，还有两天。"

里美看看手表。

时针指向10：55。

里美："还有37小时，忍耐一下。"

康夫点着头将里美揽过来接吻。

里美叹息。

## 9. 海娜与正石居住的公寓（大久保二丁目）

海娜与正石在吃泡菜纳豆、韩国海苔和砂锅豆腐。

正石边吃边看日语讲座课本。

正石："（韩国语）陪酒能赚这么多钱吗？"

海娜："（韩国语）还行吧，客人也会给小费。"

海娜拿下正石手上的书。

海娜："（韩国语）吃饭就好好吃。"

正石："（韩国语）还给我。"

正石试图夺回来，将海娜推倒。

正石正要吻海娜，海娜却把脸转向一旁。

正石："（韩国语）随便你。"

正石将豆腐倒在米饭上，用汤匙搅拌了一下。

海娜也起身将砂锅豆腐倒在米饭上。

## 10. 通往车站的路

彻蹬着自行车，沙耶拿着吉他盒子站在后座上。

沙耶："喂，在你们饭店举办婚礼的话，会给我们打折吧？"

彻："怎么突然问这个？反正你出道后会把我甩了吧？"

沙耶："才不会呢，我都投资了140万啊。"

彻："因震灾我交不起学费，你跟父母借钱，我才得以毕业……"

沙耶的手机响起来。

显示是"竹中先生"。

沙耶："停一下。"

沙耶跳下自行车。

沙耶："你好。"

彻："我先走了。"

沙耶："（点点头摆摆手）你好。我这就去租的棚里练习，尽快去转播房……是结束后吗？好的。"

彻骑车的身影远去。

## 11. 道路

彻骑着自行车。

## 12. 新宿歌舞伎町·情人旅馆街

彻骑着自行车过来。

彻走进伊丽莎白旅馆。

## 13. 伊丽莎白旅馆·停车场

彻将自行车停放在停车场的一角。

## 14. 伊丽莎白旅馆·员工出入口

彻走进来，进入休息室。

## 15. 伊丽莎白旅馆·休息室

彻打开柜子，开始换衣服。

## 16. 伊丽莎白旅馆·前台

佐藤和男（63岁）坐在前台。

彻："早上好。"

彻走进来。

佐藤："早上好。"

彻打卡。

出勤记时器的液晶画面上显示出11：58。

彻查看前台旁的铭牌。

铭牌上排列着三十六间客房的号码，号码下方各有两盏小灯。大部分是空房间的红色小灯亮着，有十几间客房没有亮灯，表示已有客人入住，有四间客房亮着绿灯，表示正在清扫房间。

确认铭牌后，彻翻开交接班日记阅读起来。

彻："'有人提意见，常常在门外立着，好像不欢迎人进去一样。'是的是的。其他还有吗？"

佐藤："13：00五楼的房间包场拍 AV。"

彻："那五楼可以不用打扫了？"

佐藤："是的，到20：00。对了店长，100元硬币快没有了。"

彻："真没办法。佐藤，拜托你朝伊丽莎白2店借一些。"

佐藤故意咳了一声。

佐藤："我感冒了，你看我也没有健康保险证，看不了医生。"

彻："……那我去。"

佐藤："不好意思哦。"

彻瞥了一眼佐藤看了一半的赛马报，走出前台。

## 17. 海娜与正石居住的公寓·房间内

海娜躺在床上休息。

正石为海娜盖好毛毯。

正石："（望着海娜睡梦中的脸庞。）"

正石翻了一下海娜的包。

发现一张写有"伊莉雅"字样的名片。

正石："……？"

## 18. 伊丽莎白旅馆·大门外

彻走过来，与丰田海狮商务车擦肩而过。

丰田海狮商务车驶入伊丽莎白旅馆的停车场。

## 19. 伊丽莎白旅馆·停车场

AV摄制组的副导演中西荣太（22岁）、摄影师下村勉（54岁）、导演若井义人（48岁）在卸器材。

AV女优高桥美优（21岁）、化妆师岩田静美（29岁）和男演员矢崎翔（32岁）从后面的座位上下来。

中西："那请你们先进去准备一下。"

静美："好的。"

中西："阿梓小姐，请多关照。"

美优："请多关照。"

若井朝中西的屁股踢了一脚。

若井："一起去呀，他们都不知道是哪间客房。"

中西："对不起！"

下村："先和旅馆的人打好招呼啊。"

中西："好的！"

美优、中西、岩田、矢崎从员工出入口进去。

## 20. 歌舞伎町情人旅馆街

彻走来，发现里美站在区用广告板前。

里美目不转睛盯着通缉犯的招贴画。

里美确认招贴画上的通缉犯就是康夫，大吃一惊。

彻："早上好！你在看什么？"

里美："我想看看看哪里有跳蚤市场。"

彻："你喜欢跳蚤市场吗？"

里美："因为衣服什么的比较便宜。"

里美微微低头致意，然后朝伊丽莎白旅馆走去。

广告板上只有通缉犯的招贴画。

彻："……？"

## 21. 海娜与正石居住的公寓·房间内

海娜醒过来。

海娜："正石。"

正石不在。

海娜打开手机。

时间显示15：06。

海娜点燃香烟，叼着烟卷开始换衣服。

## 22. 大久保大街

游行队伍高喊着口号："朝鲜人去死吧！"

海娜一副惊恐的神情看着。

人行道上也能见到许多人在高喊着："歧视主义者是羞耻的！"

海娜的脸上现出些许笑意。

海娜走去。

## 23. 伊丽莎白旅馆·105号房间

打短工的韩国人金（22岁）正在扒下床单。

床上的电子钟指向17：45。

浴室内，里美用客人使用过的毛巾擦拭浴室内的水珠，然后将淋浴蓬头、椅子、洗澡桶、沐浴露、香波、护发素、海绵块放到固定的位置上。

洗漱间内，彻用水轻轻涮着咖啡杯和漱口杯，然后用客人使用过的枕头套擦去杯子上的水痕，套上写有"消毒完毕"的塑料袋，放到固定位置上。

彻瞥了一眼浴室内的里美。

里美赤着脚，脚跟皲裂得很厉害。

彻一直盯着里美的脚跟。

里美："（察觉到）怎么了？"

彻："没什么。"

里美："（摸摸脚跟）哦，这个？也是，为了杀菌，这里的水加了氯，所以才会这样子。"

彻："对不起。"

里美："店长不用道歉啊。"

彻："还是对不起了。"

彻说着朝床那边走去。

金在整理床铺。

彻："不行啊，金君，要拉得很紧才行。"

彻重新铺床单。

金正要将客人用过的避孕套扔进垃圾袋里。

彻："瞧，这儿你也没弄。"

说着将床旁的手纸折成三角。

彻："糖果呢？"

金："糖果？"

彻："你不是拿着吗？安全套就叫糖果。"

彻摆放避孕套。

彻："好了。那么把换下的床单拿走吧。"

金拿着脏床单走出客房。

彻："铃木小姐，清扫完了？"

里美："已经清扫完了。"

彻查验了一下冰箱内。

彻："好。"

说着站起身来。

## 24．伊丽莎白旅馆·前台

彻走进来。

彻的桌子上摆着两盒 L 尺寸的披萨和装着饮料的纸袋。

彻："这是什么？"

坐在前台读着《朝日新闻》的佐藤回答说。

佐藤："哦，是拍 AV 的那些人点的披萨。"

彻："干嘛不给他们送过去，会冷掉的。"

佐藤："前台不能没有人吧。"

彻咋着舌头，拿起披萨准备送过去。

彻："是哪间客房？"

佐藤："501。"

## 25．伊丽莎白旅馆·501号房间门前

彻拿着披萨敲门。

彻："您的披萨来了。"

静美的声音："进来。"

彻："打扰了。"

彻走进房间。

静美正在为身着大褂坐在床上的美优梳理头发。

因为隐在静美的身后，所以看不见美优的脸。

静美："副导演会跟你结账的，请等一下。马上就好了。"

彻："好的。"

说着把披萨放在了桌上。

静美的身子向旁边挪了一下，美优的脸露了出来。

彻："？！……美优？"

美优："？！"

彻："你在这里干嘛？"

彻抓住美优的胳膊往外拽。

静美："等等，你干什么？！松手！你是谁？"

彻："我是她哥。"

静美："？！"

美优："疼死我了，放开我！"

彻："真混，过来！"

彻把美优拽出房间。

## 26．公寓·房间内

四名风俗店出台的小姐在等客。

墙壁上的挂钟指向18：02。

海娜用手机打着电话。

海娜："（韩国语）嗯，后天我去入境管理局办出国手续……别担心，就算逾期滞留也不会被关押起来的。我没用假护照入境，所以面谈也不怕啦。我会在这周买机票的，最快三四天就能回去了。"

店长久保田正志（42岁）的手机响起来。

久保田："谢谢您每次的关照。这里是'多汁的水果'。"

海娜："（韩国语）嗯，我也很想快点见到妈妈呀……那么，我挂电话了。出发时我还会给您打电话……嗯，再见。"

海娜挂断电话。

久保田挂断电话。

久保田："伊莉雅，拜托你了。"

海娜拿起包站起来。

## 27. 行驶中的车内

驾驶汽车的井户圭一（26岁）。

海娜坐在后座上。

井户："伊莉雅，听说今天是你最后一天工作了？"

海娜："是的。多谢你的关照啦。"

井户："不过真可惜啊。你很有人气，绝对还能挣很多的。"

海娜微笑着望着窗外。

新宿的霓虹街在窗外闪过。

## 28. 伊丽莎白旅馆·空房间

彻与美优面对面坐在沙发上。

彻："为什么要拍 AV？专科学校怎么办呢？"

美优："我在上啊。确定考上后，我信心满满想着今后要加油的时候，发生了地震灾害。家里的水产工厂也被冲毁了，爸爸也倒下了，不能再工作了，不是吗？"

彻："可是你说你的学费是分期缴纳，没问题。你还说靠自己打工缴纳学费。"

美优："我缴了。下课后我马上去便利店打工，然后再去居酒屋待到早晨。累坏了，在课堂上一直打瞌睡。我想做保育员的，可是完全学不进去。我想，我到底在做什么呀？我也考虑过夜间的那种工作，但在老家熟人多，一旦暴露就糟糕了。"

彻："所以就去拍 AV 吗？"

美优："在招聘网站上有拍 AV 的工作。虽然是比较累的工作，但是能提供交通费和住宿，我就报名了。那边马上就回信了，说那家公司的导演在仙台，想见一面。那个导演很有名，擅长引导新人。不露脸也能拿到30万日元。之后每个月用周末来东京两三次，学费就一下解决了。"

彻："……"

美优："我刚到这儿的时候也很吃惊。离大地震结束还不到半年，但大家都像没事似的，该干什么干什么。电视上虽然还是不停说着息息相关息息相关，不过大家还不都是事不关己高高挂起。"

彻："……爸的抑郁怎么样了？"

美优："吃着药呢。"

彻："哦……"

美优："爸去了福岛，清除放射污染。妈在重建的鱼糕工厂里工作。"

彻："老爸老妈都开始工作了，你为什么还要继续做这个？"

美优："哥，你也太天真了。除污染的工作一天也就赚1万日元，要是刮风下雨一休息，一个月都工作不到20天。鱼糕厂的时薪也不过750日元。"

彻："……"

美优："我啊，以前买件几千日元的衣服都要犹豫好久买不买，现在买一两万的说买就买，根本就不用考虑钱。再说，和摄制组的人员，还有其他女演员共事我也很开心。待在老家可遇不到这些人。他们给我化妆，穿上漂亮衣服，感觉自己都不认识自己了，烦恼也全都忘记了。AV可是很正经的工作哦，所以我没有罪恶感。"

彻："那你能告诉老爸老妈你是 AV 女优吗？"

美优："……不能。"

彻："对父母说不出口的工作就不要做了。"

美优："那哥哥你呢？为什么会在这儿？你不是在大饭店工

作吗？"

彻："……我被炒了。"

美优："为什么会被炒？"

彻："我怎样都无所谓啦。"

美优："这里可是新宿的情人旅馆。你能开口告诉老爹老妈吗？"

彻："（强词夺理）……能，能呀。"

中西进来。

中西："阿梓小姐，这边准备好了，你能过来了吗？"

美优起身，跟着中西离去。

彻："美优。"

彻站起来。

美优："我的事你可千万别告诉老爹老妈啊，他们会伤心的。"

彻："我也很伤心啊。"

## 29．伊丽莎白旅馆·一层走廊

彻从电梯里出来。

这时，海娜从前台前面走过来。

海娜："喂。"

彻："？"

海娜："你是高桥先生吧？以前在 ×× 大饭店干过？"

彻："（点头。）"

海娜："我是李海娜，是和你一起被解雇的。"

彻："哦，变得漂亮了……我都认不出你了。"

海娜："这是工作化妆。"

鲜红的口红，外套下面是一件突出了胸部的衣服。

海娜："现在在这里工作？"

彻："（点头）你常来这里？"

海娜："（点头）我怎么一直没见到你呢？"

彻："在××大饭店的时候，私下里没有跟客人见面吧？"

海娜："都因为我，对不起了。"

彻："（摇头）我现在是店长了。"

海娜："……"

彻："客人在等你呢。"

海娜点点头，走向电梯。

彻对着她的背影说道："听说那条项链找到了，在那个老太婆的化妆包里，笑死我了。"

海娜："……哭死我了。"

彻："（点头。）"

海娜走进电梯。

## 30. 韩国料理屋·店内

店内张贴着K-POP偶像与韩国演员的招贴画。

墙上的挂钟指向18：29。

尽是女性顾客。

帅气的韩国店员端来饭菜。

帅哥店员："让你们久等了。"

女顾客1："能麻烦跟我们拍张照吗？"

帅哥店员："可以，当然可以。"

女顾客1将手机交给女同伴，挽起帅哥店员，做了一个"V"手势。

女同伴："我拍了……泡菜！"

正石在厨房里汗流浃背，用平底锅摊着煎饼。

## 31. 伊丽莎白旅馆·502号房间

美优的西装夹克被矢崎撕开。

美优："不要！把手放开！"

美优在房间内无处可逃，被矢崎抓住后扔到了床上。

## 32. 伊丽莎白旅馆·502号房间门前

彻在门前竖着耳朵听。

若井的声音："电动按摩器呢？"

中西的声音："不好意思，我去拿。"

中西出来，走进隔壁房间。

中西拿着电动按摩器出来。

彻被电动按摩器吓着了，转身离去。

## 33. 伊丽莎白旅馆·大门外

彻走出来，做着深呼吸。

只见身着华丽洋服的富田叶子（43岁）站在那里。

抹着艳丽口红的叶子朝彻微笑着。

彻："不要在这儿站街，到那边去！"

叶子："小屁孩装什么大人。"

一位上门服务的小姐走进旅馆。

叶子："她那样就行？"

彻："上门服务可以啊，又不像你脏兮兮的。"

叶子："我不久之前可还是招牌女郎的呦。"

彻："招牌女郎可是一个老词。这下可暴露年龄了呦。"

叶子："……去死吧。"

叶子啐了一口，然后离去。

彻正要回去，这时一名叫作坪内和也（47岁）的男子跑了过来。

同性恋男子乔治（34岁）喊着："等等，你这个混蛋！"追了过来，抓住坪内。

乔治："我让你跑！"

坪内："还要给男的付钱吗？！"

乔治："少废话，该付的快拿出来！"

坪内："我还以为是个女的呢。你以为我醉了，就来骗我，你这不是敲诈吗？！"

乔治："什么女的，我一句都没说，骗你什么了？！"

没等彻劝架，乔治已经一脚踢倒坪内，一阵捶打。

乔治从坪内的内兜里掏出钱包，抽出一张万元日币。

乔治："（对着彻说）吵到你了。"

说罢离去。

彻抱起坪内。

## 34.伊丽莎白旅馆·员工休息室

十二张铺席大小的房间内仅有一台空调。

略脏的榻榻米上，许多地方都用胶条修补过。

打短工的韩国人金、李（24岁）、朴（25岁）在用韩国语闲聊。

彻在吃辣味拉面。

大概是安装得不好，门自动开了。

彻："小金，关上门。"

金装作没听见。

彻："小金！"

金总算站起身来，关上房门。

彻："那门不好关，你那个关法它自己还会再开的。"

金使劲关好。

彻："啊——，为什么我要在这么肮脏的地方吃泡面啊。小金，我可不是该待在这儿的人。"

金："那该是哪儿的人？"

彻："你知道××大饭店吗？超一流的酒店。不知道吗？我在那儿工作过。因为种种原因才沦落到现在这个地步。我还会回到一流酒店的。现在待在这儿只是过渡而已。过渡，懂吗？"

金："哦。"

铭牌的绿灯闪亮起来。

彻："客人出来了，你去打扫一下吧。"

小金他们显得不耐烦地站起来。

彻："20分钟搞定。弄不好社长可是冲我发火。铃木呢？"

金："刚才去应急楼梯那边了。"

彻："妈的，干什么呀。"

彻走出房间。


## 35. 伊丽莎白旅馆·应急楼梯

里美在用手机通话。

里美："不行。"

彻从应急楼梯爬上来。

里美："留着没事的，千万不要还回去。

千万不要出去，明白吗？"

彻："……你在这儿干什么呢？"

里美慌忙挂断电话。

彻："铃木，麻烦你去打扫房间。"

里美："好的。"

说着从应急楼梯走下去。

彻："？"

## 36.伊丽莎白旅馆·302号房间

在床上，海娜一边为客人雨宫彰久（38岁）舔着乳头，一边摩擦着私密处。

雨宫："啊，伊莉雅，好爽。"

海娜："我会让你更爽的。"

海娜为客人口交。

雨宫："今天不能来真刀实枪的吗？"

海娜："我也想啊，可是真来店里会把我辞退的，那样就见不到你了。"

雨宫："那可不行……"

海娜将润滑油抹在自己的手上和雨宫的私密处，开始股间性交。

"啊。"海娜发出性感的声音。

使气氛高涨起来。

雨宫："啊，我要射了。"

海娜："射吧，我也快了。啊！"

雨宫"喔"地一声射精。

海娜用手纸擦拭雨宫的大腿间。

海娜躺到一旁。

雨宫："伊莉雅。"

海娜："嗯？"

雨宫下床，用浴巾将下半身围住，从包里拿出一个包装好的礼品盒子。

雨宫："这是香水。希望你能喜欢。"

海娜疑惑地收下。

雨宫："我到现在和不少女人做过，但是从没有人像你这么认真服务的。从女人的服务方式能看出她的性格……如果你愿意的话，能和我交往吗？"

海娜："……对不起。"

雨宫："也是啊，我真混，我都说了些什么呀。"

海娜："我要回韩国的。"

雨宫："嗯？"

海娜："这个还给你。"

说着将香水递给雨宫。

雨宫："不用还给我，这是特意买给你的，你收下吧。我是第一次送女孩子礼物，我想该送什么好呢，还问了半天店员。只是这样我就很开心了。我满心雀跃，就买了这个。就当这是我最后的请求。"

海娜："雨宫先生，谢谢你。"

雨宫："作为交换，我也想要一样东西……"

雨宫说着拿起海娜的内裤。

海娜："好呀。"

雨宫："太好了！"

雨宫把内裤蒙在头上。

海娜："不要这样啦，不要这样。"

两人玩耍着。

雨宫："洗澡吧。"

海娜："好！"

两人朝浴室走去。

### 37. 伊丽莎白旅馆·前台

坐在前台的彻询问正要用橡皮筋往头上套的佐藤。

彻："你知道铃木来这工作之前是做什么的吗？"

佐藤："在这种地方工作的人，身上都有不少故事，打听太多可不好。"

彻："我也不是打听。只是作为店长了解一下……你用橡皮筋干什么呢？"

佐藤："听说在东京的拘留所里，有个嫌犯用十一个橡皮圈转两圈套到脖子上就自杀了，我试试看这可行吗……啊，套上了。"

彻："……？！"

这时，中西走过来。

中西："我们这边的拍摄结束了，谢谢你们。"

彻拿起话筒。

彻："哦，小金？五楼拍摄结束了，你带几个手里没活儿的人去清理一下。"

彻走出前台。

### 38. 伊丽莎白旅馆·停车场

彻从员工出入口出来。

中西、若井、下村、矢崎正在往丰田海狮商务车上装器材。

美优与静美坐在后排座位上。

彻望了望车内，朝美优招招手。

美优从车上下来。

美优："干吗？"

彻："AV 不会是你的第一次吧？"

美优："什么第一次？"

彻："初夜。"

美优："怎么可能，不是的。"

彻："是和喜欢的人？"

美优："嗯。"

彻："那就好。"

美优："不过他在海边淹死了。"

中西喊道："要走了哦，阿梓！"

美优："拜拜。哥，我可能还会来的。"

彻："你不要再来了。"

丰田海狮商务车驶去。


### 39. 里美居住的公寓·房间内

玄关的门铃响起来。

康夫戴着耳机在看 DVD。

康夫将 DVD 暂停，摘下耳机站起来。

"咚咚咚"的敲门声。

男子的声音："我是送报的，来收款了。"

康夫看了一下 DVD 播放机上的时间显示20：24。

康夫一动不动僵在那里。

男子离去的脚步声。

康夫走进卫生间。

## 40．里美居住的公寓·卫生间

康夫小便后没有冲水就走了出去。

## 41．伊丽莎白旅馆·前台

在一排客房照片的图示前，福本雏子（16岁）与早濑正也（24岁）在挑选房间。

正也提着麦当劳的纸袋。

雏子："住一晚也可以吧？"

正也："嗯。哪间都行。"

雏子："还是最便宜的这间吧。"

雏子高兴地按下了住宿的按钮。

在前台，正也准备付款。

佐藤的声音："这个时间的话，要加收钟点费，可以吗？"

正也："哎？什么意思？"

正也看了一眼手机上的时间，21：53。

佐藤的声音："我们这儿，03：30半前入住的话，需要付房费和钟点费。"

正也："这不是敲竹杠吗？"

佐藤的声音："规定就是这样的……"

雏子："……我们换个地方吧？"

正也："哪儿都是满的。就在这儿算了。"

佐藤的声音："请先付住宿费11000日元。"

正也："剩下的呢？"

佐藤的声音："退房的时候。"

正也付款，接过钥匙。

## 42．伊丽莎白旅馆·303号房间

雏子在床上滚来滚去。

正也："你干什么呢？"

雏子："好久没见过被子了，软软的好舒服。"

正也爬到雏子身上，正要亲吻雏子的脖子，却突然躲开。

正也："好臭！"

雏子："我都一个星期没洗澡了。"

正也："啊？你过得是什么生活啊？"

雏子："有钱的时候就住在漫画咖啡馆里。"

正也："那要是没钱呢？"

雏子指着正也。

正也："哼，要先给你钱吗？"

雏子："不用，我们不是说好了你只付饭钱和住宿费吗？"

正也："不做才是那样吧？"

雏子："……你不会是个好人吧？一般大家都认为发生关系是理所当然的。前些日子还有个人只请我吃了个牛肉盖饭就要做了，不觉得很过分吗？"

正也："那都是些渣男。"

雏子："是啊，都是渣男。"

正也："行了，你先去洗个澡吧。"

雏子："好的。"

雏子走向浴室。

"好棒哦！还带水流按摩浴缸！"传来雏子的嚷嚷声。

传来淋浴的声音。

正也的手机响起来。

正也没有接听，看着手机。

手机挂断后又响起来。

正也无奈接听。

违法的上门性服务业者老板的声音："怎么样？"

正也："是一个离家出走的 JK（女子高中生），挂上了，现在在情人旅馆。"

老板的声音："未成年能卖个高价，让她对你死心塌地啊。"

正也："交给我吧。"

老板的声音："拜托你了。"

正也："是，我会加油的。"

正也叹了一口气，仰面躺倒在床上。

### 43. 唐吉歌德百円店·门口

海娜走进去。

新宿站西口的西铁城广告牌上的大钟指向22：43。

### 44. 唐吉歌德百円店·店内

海娜在内衣卖场挑选内裤。

### 45. 伊丽莎白旅馆·401号房间

房门打开。

海娜站在门口。

海娜："可以进来吗？……"

加藤理（46岁）抓住海娜的手，将她拽进来，锁上房门。

海娜看了一眼桌上的注射器。

加藤将海娜推倒在床上，玩弄海娜的胸脯。

海娜："这位客人，等等，等一下。"

加藤硬要吻海娜。

海娜："让我先打个电话，不打的话，店里的人会担心的。"

加藤咋舌，将身子挪开。

加藤："快点啊。"

海娜："好的。"

说着拨打手机。

海娜："我是伊莉雅，麻烦准备一下零钱。"

海娜挂断手机。

加藤："不是两万日元吗？为什么要零钱？"

海娜："对啊。"

加藤："你有点奇怪啊。"

说着将手伸向海娜裆部。

海娜闪开。

海娜："先洗个澡吧。"

加藤："不用。先来一口。"

加藤说着打开一个装着毒品的小塑料袋，用小指头沾了一点粉末。

加藤："涂在那里再干，会来几次高潮，以往那些都是小菜一碟了。"

加藤说着舔舔小指头。

海娜往后退。

### 46. 伊丽莎白旅馆·前台

井户跑进来。

井户："客人有问题，麻烦帮我开门。"彻拿着钥匙出来，与井户一起跑去。

### 47. 伊丽莎白旅馆·401号房间前

彻用万能钥匙打开房门。

井户冲进去。

### 48. 伊丽莎白旅馆·401号房间

加藤转过身来。

加藤："你干什么？！"

井户闪过扑打过来的加藤，将他背起来摔倒，骑在他的身上。

井户："你看上去也不像是个黑道上的人，是干什么的？"

加藤："发传单的。"

井户："抽你丫的。"

加藤："我一直都在推销公寓，升到股长了。他们希望我辞职，可我没同意，就把我调到了推销大型公寓的项目部门，在那里的工作就是发传单。"

井户："就因为这个吸食毒品？"

加藤："比我年轻的上司让我一天散发2000张传单，当我完成后，第二天开始又让我散发3000张。3000张用自行车都搬不动。他明明知道完不成，可还是命令我去做。业绩上不去就会扣工资。公司这是想逼我辞职啊。我也不想干了。可是到了这

神赐给的孩子——荒井晴彦电影剧作选集

个岁数，再找工作也很难了。我孩子还在上高中，我得让他上大学啊。"

井户："那也不至于要吸大麻吧？"

加藤："也有人因此自杀了，我很害怕。"

井户："你可以不用嗑药啊。"

井户看着海娜。

井户："怎么办？"

加藤："（点头。）"

井户将注射器和毒品放进兜里。

站在门旁的彻走出房间。

## 49. 伊丽莎白旅馆·303号房间

雏子洗好内衣晾在电视机上。

雏子和正也在床上吃着麦当劳。

正也抓了一块雏子的鸡块。

雏子："不行！"

正也："有什么关系嘛，就一个。"

雏子："我一直梦想着可以一人独食麦乐鸡。"

正也："麦乐鸡？"

雏子："因为我一直只能吃妹妹吃剩的。"

正也："这是怎么回事啊？"

雏子："我妈是二婚，我是她带去的拖油瓶。她总是顾虑后爸的感受。自从她跟后爸有了孩子，我就悲惨了。完全把我忽略了。他们不给我饭吃，晚上饿了我就爬起来扒电饭煲里的剩饭吃。我都觉得自己快成妖怪了。"

再见歌舞伎町

×

347

正也："……真的假的？"

雏子："真的真的。一家子去旅行的话就会留我一人看家。你不信也无所谓。"

正也："所以你就从家里逃出来了？"

雏子："……是我不要那个家了。"

正也："嗯。"

雏子："无家可归，就跟朋友到处玩。虽说是朋友，也只不过是酒肉之交。我半夜回家，我妈就跟我说'拜托你了，你可以去死吗？'啊，真是受不了了。忍耐也是有限度的。我再也忍不了了，马上收拾行李离开了家。"

正也："……"

雏子："我啊，叫我去死我偏不去死。我什么都肯做，我一定要活下来。"

正也紧紧抱住雏子。

雏子："……你不做吗？"

正也："不做。"

雏子："但我感觉被什么东西顶着。"

正也："嗯？"

雏子："大腿上有什么……"

正也："内心与身体是不一样的。"

雏子："我啊，从没跟喜欢的人做过。第一次还是跟秃头的大叔。"

正也："是吗……"

雏子："抱我……"

正也脱去衣服。

雏子脱掉宾馆的睡衣。

## 50. 伊丽莎白旅馆·大门外

彻站在那里，一副等人的神情。

海娜与加藤出来。

海娜："请您打起精神来。"

加藤："谢谢。我们还会再见吗？"

海娜默默地递上名片。

加藤挥手离去。

海娜转向彻那边。

彻："你没事吧？"

海娜："（点头。）"

彻："你真善良。"

海娜："因为他很可怜啊。"

海娜挥手离去。

彻欲言又止。

## 51. 韩国料理屋·店内

店内乱哄哄的，都是女顾客。

正石被女顾客拽着胳膊，被迫拍着合影。

苦笑的正石。

这时，海娜走进来。

海娜瞥了一眼被女顾客搀着胳膊的正石，然后在桌前就座。

正石来到海娜跟前。

正石："（韩国语）工作怎么样了？"

海娜："（韩国语）你还挺享受的嘛。"

正石："（韩国语）傻瓜，这是工作啊。"

海娜："（韩国语）原来跟女生打情骂俏也是工作之一啊。

咧着嘴笑，让人看了不舒服。"

海娜做出呕吐状。

正石："（韩国语）哎，你吃醋了？"

海娜："（韩国语）才没有呢。"

正石："（韩国语）吃饭吧。"

正石正要进入厨房。

海娜："（韩国语）都不问我要点什么菜吗？"

正石："（韩国语）你想吃什么都行。"

正石走进厨房。

海娜朝着正石的背影说道。

海娜："（韩国语）那随你吧。"

## 52. 伊丽莎白旅馆·502号房间

彻与小金、小李、小朴在清扫房间。

金："（看着窗外）（韩国语）快看呀。"

李与朴也朝窗外望去。

彻："干什么呢？"

彻也朝窗外望去。

只见叶子在隔壁旅馆敞着窗户，手扶在窗框上，以后入式
的体位在做爱。

彻："这不是吟猿抱树吗？"

彻与叶子四目相对。

叶子伸出舌头做鬼脸。

彻："傻瓜。"

彻与叶子相互微微一笑。

## 53．韩国料理屋·店内

海娜吃着泡菜肉饼和米饭。

正石："（韩国语）我想起了咱们刚认识时的事情。那时候你也是默默地吃着我做的泡菜肉饼。"

海娜："（韩国语）是吗？"

正石："（韩国语）吃完你不是还对我说'有妈妈的味道'嘛。"

海娜："（韩国语）能做出这么好吃的东西，要是自己开店的话一定生意兴隆。加油哦。"

正石："（韩国语）不过不是韩式料理。"

海娜："（韩国语）什么？"

正石："（韩国语）我想开的是做日本荞麦面和日本酒的餐厅。"

海娜："（韩国语）就这么定了！你会做荞麦面？"

正石："（摇头。）"

海娜："（韩国语）感觉得花上一段时间。"

正石："（韩国语）……海娜，我们就这样结束了吗？"

海娜："（韩国语）不要再说了。"

说罢默默进餐。

正石看着海娜。


## 54．伊丽莎白旅馆·前台

彻坐在前台。

一对情侣来到前台。

从彻这边看不见情侣的脸。

彻："请问是住宿还是钟点房？"

×

男子的声音："住宿。"

彻："住宿的费用是14000日元，另加钟点费5800日元。"

男子的声音："是这样啊？"

彻："这是规定。"

男子的声音："真贵啊。"

说着递上2万日元。

从前台可以看见沙耶抱着吉他箱子的背影。

彻："？！"

男子的声音："快把钥匙给我。"

彻递出钥匙。

沙耶与竹中一树（38岁）朝电梯走去。

彻冲出前台。

一瞬间看见了沙耶进入电梯的侧脸。

彻："沙耶……"

### 55. 伊丽莎白旅馆·303号房间·浴室

正也在用手机打电话。

正也："今天的这个女人不能用啊。一点都不性感。那里也完全不行。"

老板的声音："什么？"

正也："我是说真的。跟她聊起天来，她爸好像是干警察的……"

老板的声音："你不会同情起离家出走的少女吧？你现在在哪儿打电话呢？"

正也："浴室啊。"

老板的声音："笨蛋，那女人肯定早偷了你的东西逃走了。"

正也："哎？……"

正也急忙回到房间里。

雏子睡着。

雏子睡梦中的脸上残留着幼稚。

正也一边吸着烟一边看着雏子。

## 56. 伊丽莎白旅馆·202号房间门前

彻将耳朵贴在门上，窥探屋内动静。

传来沙耶的笑声。

彻猛然踹了一脚房门。

感觉到门的里面有人走过来。彻突然害怕起来，躲到一个从房门处看不到的死角里。

竹中与沙耶探出头来。

沙耶："没人啊。"

竹中："嗯。"

彻气冲冲地出现在两人面前。

沙耶："？！"

竹中："原来是服务生。"

竹中说着关上房门。

彻瞪着房门。

这时，手机响起来。

"你为什么会在这里？"

沙耶发来的短信。

彻："……"

彻正要摔手机，这时旁边房间的门开了，里美拿着床单走出来。

一直举着胳膊的彻，与里美四目相对。

里美："……不扔吗？"

彻："（放下胳膊）这是刚才新换的。"

里美："哼。"

里美离去。

## 57.公寓·房间内

墙上的挂钟指向01：12。

久保田将咖啡递给海娜。

久保田："今天你可以先下班了。"

海娜："不，我要工作到最后。"

久保田："真努力啊。"

海娜："因为今天是最后一天了。"

久保田："回到韩国后，你有什么打算？"

海娜："我想跟我妈一起开家小店。"

久保田："跟你母亲？"

海娜："对，我妈吃了很多苦。在我两岁时，我爸就因交通事故去世了，那之后我妈就独自把我拉扯大，在东大门市场卖服装一直到清晨……是很辛苦的。我希望能回国好好孝敬她。"

久保田："你妈妈多大年纪了？"

海娜："57岁。"

久保田："那么算来，要我妈还活着，她们是同岁了。"

海娜："你母亲去世了？"

久保田："两年前去世的，乳腺癌。"

海娜："……"

久保田："我曾经也是个不良少年，给我妈添了不少麻烦。也经常闹得出入警察局。每次我妈都替我向别人低头道歉。现在回想起来觉得自己很不孝。虽然我也没有什么资格说，你好好孝敬母亲吧。"

海娜："是。"

久保田："（点头。）"

海娜："久保田先生，'多汁的水果'这个名字是你起的吗？"

久保田："在我还是初中生的时候，有个叫'多汁的水果（JUICY FRUITS)'的乐队，我喜欢那个叫伊莉雅的主唱。"

海娜："原来如此，那么我的名字也是由此而来？"

久保田点点头，微笑着。

这时，久保田的手机响起来。

久保田："你好，多谢关照。这里是'多汁的水果'。"

### 58. 伊丽莎白旅馆·前台

彻垂头坐在那里。

里美递上茶。

里美："或许是跟你妹妹？"

彻："我妹妹是……不，是我女朋友！"

这时，前台的电话响起来。

彻没有接听，里美只好拿起话筒。

里美："你好，这里是前台……浴缸不出热水？不好意思，我们立刻过去检查……唉，是，我们立刻拿上去。实在抱歉。"

里美放下话筒。

里美："202房间的浴缸不出热水。"

彻："202？！"

里美："你快去吧。"

彻："还是你去吧。"

里美："处理投诉是正式职员的工作吧？"

彻："你太冷漠了。"

里美："是男人的话，就给我堂堂正正地去解决。"

彻慢腾腾站起来。

里美："哦，对了对了，客人说这个也没有了。"

里美说着把安全套塞进彻的手里。

彻："？！"


## 59. 伊丽莎白旅馆·202号房间

彻敲门。

沙耶打开房门，她还穿着衣服。

从浴室传来淋浴的声音。

彻："出热水了吗？"

沙耶看到彻手里握着的安全套。

沙耶："你傻啊。"

扇了彻一耳光。

彻："好痛，你干什么啊？"

沙耶夺下彻手里的安全套扔掉。

沙耶："你为什么不生气啊！可以吗？我真的做了哦。真的可以吗？！"

彻："我说可不可以又没用，你不就是为了做这个才来这里的吗？"

彻抓住沙耶的手，将她拽到走廊里。

彻："那人谁呀？"

沙耶:"××唱片公司的竹中先生。"

彻:"?!……潜规则啊?"

沙耶给了彻一记耳光。

沙耶:"你为什么会在这种地方上班啊?不是在××大酒店吗?!"

彻:"我被解雇了。"

沙耶:"什么时候?"

彻:"八个月前吧。"

沙耶:"怎么回事呀,不是刚在这里干。犯什么事了?"

彻:"……"

沙耶:"一直骗着我啊。"

彻:"也不是说要骗你的……"

沙耶:"把140万还给我。"

彻:"不是说过反正是两人的钱一起用,不用还吗?"

沙耶:"……我得好好想想。"

彻:"那我也得好好想想,要不要跟你这种靠潜规则的女人。"

沙耶:"……(瞪着眼睛)"

沙耶捡起安全套,走进房间,关上房门。

## 60. 伊丽莎白旅馆·303号房间

雏子的手机在接收短信。

雏子醒来。

正也不在旁边。

雏子到浴室和卫生间看了一下,正也不在。

雏子突然无力地坐在了沙发上,发现手机闪亮,便拿了起来。

短信内容："对不起，原本我想骗你做上门女郎的。不过，见到你后，我决定洗手不干了。我一定会回来的，等着我！"

雏子眼里噙满泪水。

这时传来敲门声。

雏子跑过去开门。

佐藤站在门外。

佐藤："不好意思，可以先请你把房费付了吗？"

雏子："为什么？"

佐藤："你的男伴已经先一步离开了。"

雏子："他会回来的！"

佐藤："但是……"

雏子："他一定会回来的！"

佐藤："那么可以请你联系一下对方吗？"

雏子："嗯？"

佐藤："用手机联系一下。"

雏子低下头。

佐藤："你没有他号码吗？"

雏子："……我知道邮件地址，我发短信给他。"

雏子开始打字。

佐藤："他不会回来的。能请你下去到前台吗？"

## 61. 伊丽莎白旅馆·202号房间

竹中赤身裸体躺在床上。

沙耶始终穿着衣服。

竹中："怎么样？"

沙耶："……"

竹中："都到这一步了。好，我知道了。你不愿意的话也没关系。"

竹中说着从床上下来，开始穿衣服。

沙耶："你要回去了吗？"

竹中："我对女人也不会强求的。"

沙耶开始脱衣服。


## 62. 歌舞伎町的停车场

正也承受着拳打脚踢的暴行。


## 63. 伊丽莎白旅馆·前台

一对中年情侣坐在等候室里。

他们是藤田理香子（33岁）和新城龙平（40岁）。

理香子在用手机写短信，新城吸着香烟。

短信内容："孩子他爸，因工作住在外面了，明天替我送美希去幼儿园。"

新城："都这样了。"

新城抓住理香子的右手，让她摸自己的裆部。

理香子发送短信，然后将手机放在旁边的椅子上，拉开新城的裤子拉链，将手伸进去。

新城将手伸进理香子的裙子里。

理香子："啊……"

这时小朴过来，对着他俩说："让你们久等了。请。"

两人朝电梯走去。

理香子的手机忘在了那里。

里美来更换烟灰缸。

里美发现了手机，将它拿在了手里。

手机的背景画面是孩子坐在中间，年轻的夫妇露出幸福的笑容。

里美朝电梯间跑去。

## 64. 伊丽莎白旅馆·电梯间

理香子与新城在等候电梯。

里美："请留步。"

两人转过身来。

里美一直盯着新城。

新城："有事吗？"

里美："……"

里美递上手机。

理香子："哦，谢谢！"

理香子接过手机，看着里美，目光越发严厉。

里美鞠躬，好像为了逃避理香子的视线，快步离去。

## 65. 伊丽莎白旅馆·301号房间

新城将外套挂在衣架上。

理香子一直站在门口。

新城："怎么了？"

理香子："刚才的大妈感觉在哪儿见过。"

新城："不会是住你附近的邻居吧？没事吧？"

理香子："要是邻居就糟糕了……到底谁呀？真讨厌。"

新城从后面抱住理香子。

理香子："要是暴露了怎么办？"

新城胡乱搓揉着理香子的胸脯。

理香子："啊，暴露了也无所谓。"

理香子将手伸向新城的裆部。

## 66.伊丽莎白旅馆·前台

雏子坐在椅子上。

佐藤与彻站着交谈。

佐藤："她说身无分文，很难办的。"

彻："要叫警察吗？"

佐藤："她说身份证也没带。就当漏收了她的房费。"

彻："漏收的房费还要从我的工资里扣。"

里美："叫警察来怎么样？"

彻："让她父母来付钱。"

里美："还是别叫警察了吧。这孩子挺可怜的。"

彻："那么你来替她付吗？你认为她能说出自家地址吗？她是离家出走的。"

雏子突然站起来，跑到入口。

佐藤："喂，给我回来！"

雏子被佐藤和彻按住。

彻："他不可能回来了吧？也没给你回短信，你被人骗了！"

雏子："他给我的短信说洗手不干了！"

彻："他对谁都这么说，他骗了你呀。"

雏子停止反抗。

雏子："……"

一下子安静下来。

门被撞开，正也现身。

正也肿着脸，衣服也撕破了。

正也："你在这里做什么？"

雏子注视着正也。

正也："喂，咱们走。"

彻：'喂，钱。"

正也："（问彻）多少钱？"

彻："4800元。"

正也把钱递给彻。

正也："走吧。"

正也正要拽雏子，却差点倒在了雏子身上。

雏子："不要叫警察，叫救护车！"

正也："没事的。"

正也扶着雏子的肩膀走出去。

呜咽的雏子，后背颤抖着。

里美："为了那孩子他豁出命了……没关系吗？现在这个点，可能已经做到第二回了吧？"

彻："……"

彻跑去。


## 67. 伊丽莎白旅馆·301号房间

浴缸里充满了泡沫，理香子与新城拥抱在一起接吻。

新城抬起理香子，让她坐在浴缸边，分开她的双腿。

新城开始舔起理香子的大腿间。

理香子的喘息声越发高涨。

理香子将手指扣在新城的左手上。

新城的无名指上戴着戒指。

新城："你老公也会这样对你吗？"

理香子："他才不会呢，手都不会碰一下。"

新城："现在藤田巡查长正抱着孩子在睡觉吧？"

理香子："别说了。"

新城："带孩子的事都推给老公，你可真不是个好太太。"

理香子："告诉你别说了。喂，再往里插……"

### 68．伊丽莎白旅馆·202号房间·门前

彻站在房门前，竖着耳朵在听。

### 69．伊丽莎白旅馆·202号房间

沙耶趴在床上，采用后体位做爱。

沙耶："再用点力。"

竹中："你自己用力动呀。"

沙耶："我坐你身上行吗？"

竹中："好。"

沙耶骑在竹中身上，猛烈晃动腰部。

沙耶："啊！"

### 70．伊丽莎白旅馆·301号房间

在床上，新城拿出玩具手铐，将理香子反手铐起来。

新城将理香子的头按在床上，从后面进入理香子体内。

理香子大声喘息着。

新城发出野兽般的声音，扑在了理香子的身上。

新城解开手铐，两人喘着粗气，在床上并排躺下。

新城："在一起吧。"

理香子："唉？"

新城目不转睛看着理香子。

理香子："骗人。"

理香子笑着将目光移开。

新城："如果我是说真的呢？"

理香子："我又不像你是一个精英，我一直就想做一个刑警。"

新城："然后呢？"

新城玩弄起理香子的结婚戒指。

理香子："好不容易当了刑警，开始走上正轨……现在满脑子里全是工作的事情。"

新城："真的吗？"

新城将自己的手指与理香子的手指扣在一起。

理香子："……我已经搞不清楚了。"

新城起身吻理香子的脖子与胸脯。

理香子突然睁开眼睛。

理香子："我想起来了。"

新城："什么？"

理香子翻身爬起来。

理香子："我知道了！刚刚打扫卫生的阿姨，是哪个案子来着？"

理香子开始用手机查阅。

理香子："就是这个。（读手机上的文字内容）1998年，意大利餐厅的主厨柏木重彦 被同店店员池泽康夫嫌疑人（当时23岁）用平底锅殴打，主厨负伤，营业所得也被抢走。池泽嫌疑人现在逃亡中，行踪不明。与此同时，柏木的妻子桐子嫌疑人（当时30岁）也随之消失——"

新城："受害者死了吗？"

理香子："没，但是受害者被殴打导致右半身不遂，现在靠着轮椅生活。"

新城："是抢劫致伤罪和窝藏犯人罪吗？"

理香子："那个人如果是柏木桐子的话，池泽康夫肯定也在这儿！"

新城："这可是立大功劳啦。"

理香子："太好了，居然想起来了！我之前做了即将失效案件的整理。"

新城："失效？"

理香子："这个案子是明天失效？不，到今天就要失效了！得尽快与署里联系。"

理香子说着准备拨打手机。

新城："等一下！"

理香子："干什么？"

新城："咱俩现在这个状况，怎么和署里的同事们解释啊？"

赤身裸体的两个人停了下来。

新城："咱们的关系一旦暴露，你就不能当刑警了。警界是一个墨守成规的世界。"

理香子："……是我一个人的问题吗？打算飞黄腾达的你呢？……"

新城："这……我也会有麻烦的。"

理香子："你夫人可是警察厅审议官的女儿。"

新城："你不也会陷入离婚风波中吗？！"

理香子：“既然这样，你先回去吧。你回去以后，我再和署里联系。”

## 71. 伊丽莎白旅馆·406号房间

里美与小李在清扫房间。

小李：“哇！”

床单上黏黏糊糊沾满了血。

小李：“这里有人死了！”

里美：“（笑着）你说什么呢。只是大姨妈来了还做这种事情而已吧。”

说着将床单扒下来。

血渗到了床垫上。

传来巡逻车的警笛声。

里美：“？！”

## 72. 伊丽莎白旅馆·大门口

巡逻车响着警笛停下来。

刑警与鉴定人员急忙下车，走进旁边的情人旅馆“爱”。

## 73. 伊丽莎白旅馆·员工休息室

里美与小李回来。

佐藤走进来。

佐藤：“听说发生了杀人案件！”

里美：“在哪？”

佐藤：“旁边那家叫‘爱’的旅馆。来了好几辆警车。闹大了，还拉起了警戒线，连我们家的客人都出不去了。"

彻："铃木，不好意思，帮我看一下前台。"

里美："……好的。"

彻走出去。

### 74．伊丽莎白旅馆·大门外

彻走过来。

担架抬出一具盖着毯子的遗体。

急救人员正要上车，却打了一个趔趄。

毛毯掉落，裸体的叶子暴露出来。

好像叶子睁着眼睛在看彻。

彻一直盯着叶子涂抹着艳丽口红的嘴唇。

### 75．伊丽莎白旅馆·前台

里美坐在那里。

彻从外面回来。

里美："谁被杀了？"

彻："经常在外面站街的那个人，好像是因价钱问题和客人发生了争执，被杀了。"

### 76．韩国料理屋·店内

店内只有数名顾客。

帅哥店员打着哈欠。

正石在厨房里吸着香烟，眼睛盯着"伊莉雅"的名片。

这时传来帅哥店员的声音："欢迎光临！"

正石抬起头来。

身着和服的青田惠（36岁）看着正石，露出微笑。

正石将名片揣进兜里。

## 77.韩国料理屋·门外

正石与惠站着交谈。

惠："今天真是累死了。来了个讨厌的客人。哦，对不起，你也不想听我抱怨吧？你的工作已经做完了吧？去我家吧。"

正石："……今天不行。"

惠："哎呦，怎么了？哦，知道了。对不起，对不起。"

惠掏出钱包，拿出2万元递给正石。

惠："最近我没有给你零花钱。"

正石没接。

惠："怎么了？快拿着。"

惠要将2万元塞进正石手里，可正石拒绝了。

正石："今天饶了我吧。"

惠："你不喜欢我了吗？"

正石："对不起！"

正石说完转身回到店里。

## 78.韩国料理屋·店内

正石将手机拿在手里。

手机上显示的时间是04:37。

正石一边看名片一边打手机。

久保田："一直以来谢谢您了。这里是'多汁的水果'。"

正石："……我可以找一下伊莉雅吗？"

## 79. 伊丽莎白旅馆·301号房间

理香子对坐在沙发里饮着咖啡的新城说道："你怎么还不回去？"

新城："我肚子饿了，点个寿司吃吧。"

理香子："请便。"

新城拿起话筒。

新城："这里是301号房间，送一份寿司到房间里来。"

## 80. 伊丽莎白旅馆·前台

彻坐在前台。

自动门开了，海娜走进来。

海娜："204房间。"

彻侧过脸，从前台里确认。

彻："进去吧。"

海娜："今天是最后一天了。"

彻："（露出脸来）最后一天？"

海娜："我要回韩国了。这个，不嫌弃的话请收下。"

海娜说着将一个纸袋递进前台。

彻："慢着。"

彻拿着纸袋从前台出来。

彻："我能打开吗？"

海娜："（点头。）"

彻打开纸袋。

是一个领结。

海娜："一流酒店的前台都是戴领结的吧？"

彻："不过我也有可能做宴会。"

海娜："猜错了？"

彻："谢谢你。"

海娜："加油！"

海娜正要离去。

彻："海娜。"

海娜转过身来。

彻："我们……还要继续做下去吗？"

海娜："……这是我的最后一位客人。"

彻："我会去韩国，在韩国的酒店里工作。"

海娜："（摇头）我打算忘记在日本的一切。"

彻："……（点头）"

海娜："再见。"

彻："（韩国语）再见。"

海娜微微一笑，迈步离去。

## 81. 伊丽莎白旅馆·204号房间

海娜敲门。

"门开着呢。"一个男子的声音，像是感冒引起的鼻塞声。

海娜推开房门，屋内没有点灯，窗帘也是拉上的。

海娜摸索着床头灯的按钮。

男子的声音："不要开灯。"

海娜："可是……"

男子的声音："不要开。"

海娜："好吧，那我先打个电话。"

海娜说着打开手机。

手机的微弱亮光衬托出男子坐在床上的身影。

海娜："时间是60分钟和120分钟，您要哪种？"

男子捏着鼻子说道："随便。"

海娜："那我定120分钟可以吗？"

男子的声音："嗯。"

海娜："（用手机通话）我进来了，定了120分钟。"

海娜关上手机，"啊"了一声。

男子在旁边马上站了起来。

男子捏着鼻子，用一只手递过来一个眼罩。

男子的声音："你能用这个蒙上眼睛吗？ 我不喜欢被别人
看着。"

海娜："？！……（轻轻点了点头）"

海娜戴上了眼罩，男子牵着她的手，朝浴室走去。

男子点亮洗脸池的灯。

镜子里映出的男子竟然是正石。

正石脱去海娜的衣服。

镜子里映出海娜赤裸的身影。

正石与海娜走进浴室。


## 82. 伊丽莎白旅馆·浴室

海娜："我看不见，帮我拿下沐浴露。也不知道洗不洗得
干净。"

正石："我帮你洗。"

正石让海娜坐下。

正石打开淋浴，将沐浴露抹在浴巾上，从背后开始清洗海娜的身子。

正石的手沿着海娜的脖颈、肩膀、乳房温柔地抚摸下去。

海娜："（韩国语）……是正石吧？"

正石："……"

海娜："（韩国语）你都知道了？"

正石："（韩国语）嗯。"

正石的手疯狂地清洗着海娜的胯间。

泪水从海娜的眼罩下顺着脸颊流下来。

正石为她摘去眼罩。

泪水从紧闭的双眼涌出来。

海娜："（韩国语）洗吧，好好洗吧，把我的身体洗干净。虽然不可能洗干净了。"

正石："（韩国语）嗯。"

正石用浴巾使劲擦洗。

海娜："（韩国语）对不起。"

正石："（韩国语）我们扯平了。我也和日本女人睡过，为了拿点零花钱。"

海娜与正石一直相互盯看着。

海娜给了正石一记耳光。

海娜："（韩国语）你也打我呀。"

正石轻轻打了一下。

## 83. 伊丽莎白旅馆·301号房间

理香子打开房门。

里美提着寿司桶站在那里。

里美："您订的寿司送到了。"

理香子接过寿司桶。

理香子："多少钱？"

里美："您离开的时候会一起结算。"

里美鞠躬，拉上房门。

理香子："果然是柏木桐子。"

理香子从新城的包里取出玩具手铐，走出房间。

新城："住手！"

## 84．伊丽莎白旅馆·电梯前

里美在等候电梯。

理香子："柏木桐子。"

里美转过身来，理香子拿着玩具手铐跑过来。

理香子："现在以包庇罪逮捕你！"

说着给里美戴上手铐。

里美："你要做什么？！"

理香子出示警察证。

里美："？！"

新城过来。

新城："干什么呢！（对里美说）对不起，就是开个小玩笑，那是一个玩具手铐。"

里美："你真的是警察吗？"

新城也出示了警察证。

里美："？！"

新城："我们能谈谈吗？"

## 85. 里美与康夫居住的公寓·房间内

康夫戴着耳机睡着了。

电视画面是 DVD 播放机生产厂家的标示在游动。

## 86. 伊丽莎白旅馆·301号房间

理香子讯问坐在沙发里的里美。

理香子："池泽康夫在哪儿？"

里美："我不知道。"

理香子："别撒谎了。"

里美："我没撒谎。我们10年对前就分手了。"

理香子："光凭你一句话我怎么能相信你们到底分没分？"

里美："都过去15年了。和那种人还在一起才奇怪呢。这种事情，你也应该明白吧？"

理香子："你什么意思？"

里美："你手机的待机画面，不是这位警官吧？"

理香子："？！"

里美："你们这种人也会乱搞啊？"

新城的神情像是咬碎了一个苦虫子。

理香子："你跟池泽当时不也是关系不轨么？"

里美："我们没有。"

理香子："那为什么跟他一起跑了呢？"

里美："我们两情相悦彼此也心知肚明。不过对于学徒的他来说，我只是主厨的妻子。我们没有肉体关系。这是真的……我丈夫醉酒后经常失态，总会打我。那家店也是用我爸爸以前经营的牛肉饼店改造的。我是店主，开店的时候也是我爸出的钱。所以我丈夫他可能太自卑了吧，总会在醉酒后打我……他同情我，总是会说些温柔的话安慰我……那天我丈夫喝醉打了我，他……他就帮了我一把。"

理香子："营业收入是他偷走的吧？"

里美："拿上那笔钱后，是我跟他说逃吧！"

理香子："那么你也是共犯啊。"

里美："……是的，我和他同罪。"

## 87.伊丽莎白旅馆·204号房间

床上，海娜在正石的身下摇晃着。

两人相互寻找着对方的嘴唇接吻。

海娜："啊！"

## 88.伊丽莎白旅馆·301号房间

里美："能给我一支烟吗？"

新城将香烟塞进里美嘴里，然后点燃。

新城看看手表。

手表的针指向07：28。

新城："（对理香子说）不行了。还有16小时30分钟就到时效了，可她现在还保持沉默。"

理香子："我还是把她带到警署吧。站起来！"

里美不站起来。

理香子："就算你不愿意去我也要把你带去。"

里美："……我知道了。"

说着从沙发里站起来。

理香子抓出里美的胳膊。

里美："等一下，我去趟厕所。"

理香子卸去里美的手铐。

里美走进厕所。

### 89. 里美与康夫居住的公寓·房间内

康夫的手机振动起来。

### 90. 伊丽莎白旅馆·厕所内

里美："快接啊。"

### 91. 里美与康夫居住的公寓·房间内

在桌上振动的手机掉到了正在酣睡的康夫的胯间。

### 92. 伊丽莎白旅馆·厕所内

里美对着手机说。

里美："康夫，你快跑。我被光顾旅馆的警察客人抓住了……"

### 93. 伊丽莎白旅馆·301号房间

新城："不好意思，就当我没来过这儿吧。"

理香子："你要逃吗？"

新城："这样一来家庭毁了，你喜欢的这份工作也会保不住的。"

理香子："……"

新城："他们都悄无声息15年了，其实跟蹲监狱没什么两样吧？他们已经在赎罪了，就放了他们吧。"

理香子："但犯罪就是犯罪。"

新城："……我们至今的所作所为对于家人来说，不也是犯罪吗？"

理香子："这是民事。警察不介入民事。"

新城："我不陪你玩了，再见。"

说着朝外走去。

理香子："……我可是刑警啊！"

理香子摘下戒指，扔进垃圾桶里。

### 94．伊丽莎白旅馆·厕所

里美在用手机通话。

里美："不要担心我，包庇罪没两年就能出去的，所以你要等我。过了两年你就到监狱的后门来接我。"

### 95．伊丽莎白旅馆·301号房间

从厕所里传出里美说话的微弱声。

理香子转动厕所的门把手，但是里面上了锁打不开。

理香子："（敲门）快开门！开门！"

从厕所里传来往坐便器上敲击某种东西的吭吭声。

理香子："你干什么呢？！快开门！"

厕所的门开了，里美走出来。

理香子朝坐便器里望了一眼。

已被砸碎的手机掉在了坐便器中。

理香子："？！"

### 96．伊丽莎白旅馆·前台

佐藤迷迷糊糊地坐在沙发里。

坐在前台里的彻打着哈欠。

彻："铃木呢？"

佐藤："去送寿司之后就没回来。"

彻："去了挺久的吧？"

佐藤与彻相互看了一眼。

彻："301是吧？"

佐藤："嗯。"

彻："我去看看。"

前台的电话响起来，201号房间的灯闪亮着。

彻拿起话筒。

彻："这里是前台。"

男子的声音："你能过来看看吗？"

彻："发生什么事了吗？"

男子的声音："嗯，别问了，快过来吧。"

## 97. 伊丽莎白旅馆·二层走廊

彻沿着楼梯走上来。

赤身裸体的青柳美智留（24岁）戴着脖套，趴在地上，被大下洋一（53岁）牵着。

彻："你这样会影响到别的客人。"

大下："小哥，其实你也好这口的吧？"

说着拉了一下锁链。

美智留趴着走到彻的身旁。

大下："快好好看看我们。"

美智留出神地抬头望着彻。

当看见美智留涂着艳丽口红的嘴唇后，彻想到了叶子站街拉客时的红嘴唇，还有海娜的嘴唇，美优的嘴唇和沙耶的嘴唇。

彻："……王八蛋！"

美智留与大下："？"

彻："王八蛋！你们都只会胡搞吗？！"

彻按下走廊上的警铃。

### 98.伊丽莎白旅馆·204号房间

回荡着警铃声。

海娜与正石飞快地从床上爬起来。

### 99.伊丽莎白旅馆·202号房间

回荡着警铃声。

躺在床上睡觉的沙耶与竹中也飞快地爬起来。

### 100.伊丽莎白旅馆·301号房间

正要给里美戴上手铐的理香子朝着警铃声的方向望去。

里美撞了一下理香子，冲出房间。

### 101.伊丽莎白旅馆·三层走廊

里美奔跑着。

理香子从房间出来追赶里美。

### 102.里美沿着应急楼梯跑下去

### 103.佐藤沿着楼梯跑上来

## 104. 伊丽莎白旅馆·二层走廊

佐藤过来。

彻拿着锁链，牵着美智留来回转着。

美智留："疼死我了，住手！"

大下："住手！你这是玩耍！"

佐藤："店长，你干什么呢？！"

彻："少啰嗦！无所谓了，这种地方我不干了！"

海娜与正石从房间里出来。

彻与海娜四目相对。

披着大褂的沙耶也从房间里走出来。

彻与沙耶四目相对。

彻："我一定会到一个正经酒店工作的。然后把钱都还给你！找到一个更好的女人让你瞧瞧！"

彻跑走。

## 105. 伊丽莎白旅馆·大门外

从应急楼梯跑下来的理香子四处寻找里美。

但是，哪里都不见里美的身影。

放弃追赶的理香子，筋疲力尽地坐下来。

## 106. 彻骑着自行车过来

里美在前面奔跑。

彻："怎么了？"

里美："我在逃啊。"

彻："要自行车吗？"

里美："（气喘吁吁地点点头。）"

彻跳下自行车，将自行车交给里美。

里美："谢谢你啊。"

里美骑上自行车离去。

彻摆了摆手。

## 107. 伊丽莎白旅馆·大门口

瘫坐在那里的理香子突然站起身来，沿着应急楼梯跑上去。

## 108. 伊丽莎白旅馆·301号房间

飞奔进来的理香子把手伸进纸篓里。

理香子摸出结婚戒指，戴在无名指上。

## 109. 花园神社

彻坐在神社大殿前饮着灌装啤酒。

## 110. 麦当劳·店内

雏子与正也坐在桌旁吃着一大桶炸鸡块。

两人相互看着，露出微笑。

## 111. 花园神社

拎着吉他盒的沙耶走进来。

彻："……？！"

沙耶与彻隔着一段距离坐下来。

沙耶："我不是想做才去做的。不就是潜规则吗？有什么大不了的，还能帮我出道。你在意这种事情？心眼真小。"

彻将灌装啤酒喝尽，然后把铝罐捏扁。

沙耶："回去吧。"

再见歌舞伎町

×

381

说着迈步走去。

彻站起身来，朝着与沙耶相反的方向走去。

沙耶："你要去哪儿啊？"

彻："盐釜。"

沙耶："我可以等你吗？"

彻："……"

沙耶："我会等你的。"

彻头也不回地走去。

## 112. 大久保大街

海娜与正石手牵手走在大街上。

正石停下脚步。

"？"海娜转过身来。

正石："（韩国语）我们结婚吧。"

海娜："？！"

正石："（韩国语）开个荞麦面店还需要一段时间，不过结婚马上就能办到。"

海娜："（韩国语）那……"

正石："（韩国语）一起回去。"

面露微笑的海娜抱住正石吻起来。

## 113. 里美与康夫居住的公寓·前

康夫摇身一变，将棒球帽压得低低的，戴上了大口罩。他拿着包从房间里出来。

康夫站住，望着新宿方向的道路。

康夫："……"

康夫背过身走去。

这时传来自行车的"嘀铃嘀铃"声，康夫转过身去。

康夫："？！"

里美骑着自行车过来。

里美："坐上来！"

康夫："坐不了啊。"

自行车没有后座。

里美："把脚搭在那里，抓住我的肩膀。"

康夫将手放在里美的肩上，站在自行车上。

自行车摇摇晃晃朝前行驶。

## 114．新宿站西口的高速巴士站

彻坐上了驶往仙台的高速巴士。

## 115．新宿站西口的高速巴士站·车内

美优在后面的座位上睡着。

彻没有发觉，在指定的座位上坐下。

巴士启动。

## 116．彻居住的公寓·房间内

沙耶弹着吉他。

是《情人旅馆》的开唱部分

沙耶唱着《情人旅馆》哭起来。

## 117．东北公路

彻与美优乘坐的高速巴士疾驰着。

（下田逸郎的《情人旅馆》开始进入。）

## 118. 歌舞伎町情人旅馆街叠印片尾字幕

（唱）梦幻般的恋情

相互不可能再拥有

你就是你

我想忘却已经分手的男人

露着赤裸的脊背

把身体交给我

在旋转床上

只有微弱的光亮

在镜子中摇曳

仅仅是相拥

Mm……情人旅馆

— 完 —

参考资料：

山谷哲夫《歌舞伎町情人旅馆　夜间清扫人所见所
闻！》，宝岛社。

# 战争与一个女人

根据坂口安吾同名小说改编

编剧：荒井晴彦 中野太

## 1. 临时东京第三陆军医院 (1944年10月)

胸前别着勋章的大平义男（29岁）从门内走出来。

妻子初子（27岁）和儿子阿诚（5岁）在门前等候着。

大平义男的右袖随风飘曳。

初子："你……回来了。阿诚，这是爸爸呀。"

阿诚胆怯地看着独臂的大平，躲到初子的身后。

初子："阿诚。"

大平："算了。"

大平走到阿诚旁边。

大平："长大啦。"

说着用左手抚摸着阿诚的头。

大平："（对初子说）出院时赶不上安装假肢了。"

阿诚："假肢？"

大平："是的。就是爸爸要新安装的右手。"

大平挠着没有的右手。

初子："你在做什么呢？"

大平："右手头里发痒。"

说罢迈开步子。

初子："？！……"


## 2. 新桥・昏暗的小酒馆

街道工厂的老爷子瘦猴（60岁）开门进来。

"欢迎光临。"

柜台内的女人喊道。

瘦猴一边搓着冻僵的双手一边坐到柜台前的座位上。

瘦猴："酒，还有吗？"

女人："有啊。"

瘦猴："国民酒馆里只有啤酒，喝了一点也暖不了身子。"

"喂。"瘦猴朝着邻座喝酒的挖井工胖子（59岁）和野村（39岁）打了一声招呼。

胖子："来啦。"

野村点点头，举起了酒杯。

瘦猴瞥了一眼躲在角落里闷头喝酒的大平。

大平耷拉着右胳膊，用左手喝着酒。

瘦猴："？"

女人将盛着日本酒的酒杯递给瘦猴。

瘦猴："哦，我喝了。咕——，好酒。"

胖子："这是最后一次在这里喝酒了。"

瘦猴："怎么回事？"

胖子："她老公又有了别的女人，说是要把这家店关了。"

女人："弄些酒也是相当辛苦的，他嫌太麻烦了。"

瘦猴："你不做他的小老婆，你去干什么呀？"

女人："该怎么办呢。我也不愿意被征用去，要不谁把我娶了吧。"

瘦猴："到我这来吧。"

女人："不行不行，你都有夫人了。我可不愿意做小的。"

女人瞥了一眼野村。

胖子："只有先生是单身汉吧？"

瘦猴："在写小说呢？"

野村："不，就是写点日记。"

女人："那么，您有空闲时间了？"

野村："有空有空。已经是不管它三七二十一了。"

女人："您有空的时候顺便怎么样？咱们一起生活吧？"

野村："是啊，反正已经让战争搞得一团糟了，从今以后咱俩也搞得一团糟，就当是和战争的一团糟搅和在一起了。"

女人："嗯。就这么着了。"

说着，笑起来。

低头喝酒的大平默默听着。

瘦猴："在这之前，让我再干一回吧。"

胖子："我也要干一回。"

女人："不行。从今天开始，我是属于先生的了。"

瘦猴："你先把那放一放，别说这么小气的话。反正日本会战败，百分之八十的男人和百分之二十的女人都会死的，占到了日本人的一半。剩下的两成男人，不是婴儿就是腿脚不灵便的老头。没有男人会与你交往了，你最好是趁现在就做了。是吧，先生？"

野村："我可不在乎。"

胖子："瞧，先生都这么说了。"

说着握住女人的手。

女人："不行不行。"

满脸笑意，拨开胖子的手。

大平将酒一饮而尽，放下酒钱站起身来。

瞬间，瘦猴等人安静下来。

瘦猴、胖子、野村和女人注意到了大平右手的假肢。

瘦猴："光荣负伤？"

大平："……"

胖子："在哪儿负伤的？"

大平："北支。"

瘦猴："是怎么回事？在中国，很难对付的日本并没有战胜对手美国吧？"

大平："要是战败了，会有更多的女人被祸害，男人会被活活弄死。这样你们就满意了？"

大平离去。

女人："……谢谢光临。"

### 3.蒲田·野村家

女人望着厨房。

女人："什么东西也没有啊。"

野村坐在六铺席大小的房间里吸着烟。

野村："我讨厌与锅碗瓢盆打交道。"

女人："可是没有人能离开锅碗瓢盆生活的呀。"

野村："有啊，不是在这儿吗？有食堂就行了。"

女人："不久，连食堂也会没有了。"

一边说着一边坐到野村身旁。

野村要接吻。

女人躲开他的嘴唇。

女人："我可会红杏出墙的哦。"

野村："可以，随你便。"

野村解开女人的腰带，爱抚着乳房。

女人蒙蒙眬眬看着天井。

野村："没感觉吗？"

女人："来吧。"

野村插入，剧烈运动。

女人一下子夹紧大腿。

野村忍不住射精。

野村："你刚才又夹紧大腿了。"

女人："我也不愿意这样。这是在洲崎时落下的毛病，改不了了。女掌柜凶狠地骂我们，说什么道具使过头了还怎么做买卖，让我们快点完事。"

野村："你没有肉体的愉悦吗？"

女人："是的。每天要有六七个人爬上来，要一一取悦他们，身体会吃不消的。我们尽量不去感受肉体的愉悦，不知不觉间就变得真的感觉不到了。"

野村让自己的手在女人纤细而白皙的脖子上滑动着。

野村："在战争结束前，我们拼命做爱吧。"

女人："你是说战争一结束，你就要把我撵走？"

野村："什么撵走不撵走的，我还能活到那时候吗？"

女人："日本会战败？"

野村："到时候连日本这个国家都会没有了。只有女人活下来，生下许多杂种，诞生另外一个国家。"

女人："……杂种的国家。"

扑哧一笑。

野村："女人都活下来，可以尽情干了。"

女人："至少在战争期间我会为你当个好老婆的。"

女人咬住野村的脖颈。

## 4. 目黑·路上 （1945年3月上旬）

"杀！杀！"

妇女们身着劳动裤，头上缠着头巾，端

着竹枪相继对着稻草人刺杀。

大平和阿诚在一旁看着。

初子在练习刺杀。

身着军服的在乡军人会成员柳田（40岁）高声喊道。

柳田："再认真点刺！"

初子："是！"

柳田："大平上等兵，给她做个示范！"

说着把竹枪递给大平。

大平："……"

柳田："快点！"

大平用左手和假肢端着竹枪，可是动作不得要领。

柳田："对了，你少了右手，对不起。"

接过竹枪刺向稻草人。

大平离去。

初子和阿诚望着他的背影。


## 5. 野村家

女人用黑市上搞来的物品在做饭。

野村探头望望。

野村："哦，又是鸡肉又是鸡蛋的，今天的配给可真奢侈啊。"

女人："都是在黑市上搞来的。我最讨厌在领配给的队列里

排队了。"

战争与一个女人　×

391

野村：“我很久没吃金黄色的菜肉蛋卷了。”

女人：“我最近感到自己好像变了个人似的。我很适合过夫人生活。很快乐。”

野村：“（笑）如果你适合过夫人生活的话，你就应该感受到肉体的愉悦。”

女人抽泣起来。

野村：“我不对，说过头了。你就原谅我吧。”

女人用噙满泪水的双眼妩媚地看了一眼野村。

女人：“应该是你原谅我，都是我的过去不好。对不起了。真的对不起了。”

野村亲吻着抽抽搭搭哭个不停的女人。

女人紧紧抱住野村。

## 6. 大平的家

昏暗的房间。

阿诚睡着。

在一旁，大平舔着初子的乳头。

初子：“再……来一次吧。”

大平：“我硬不起来。”

初子：“怎么搞的……你从战场回来就一直这样。”

大平：“对不住了。”

初子：“求求你……用手给我弄吧。”

大平将手指插入初子的体内，剧烈活动着。

初子发出喘息声。

## 7. 深川·运河畔 (1945年3月12日)

运河上漂浮着无数的尸体。

女人和野村穿过还在升腾的烟雾走来。

野村："你喜欢看空袭后的废墟？"

女人："每当空袭，瘦猴都会来约我。那个老爷子害怕自己会死，甚至要去府中、川崎和平塚看看，当受害者不多时他才会筋疲力尽地回来。"

野村："他喜欢看到别人的不幸。"

女人："我讨厌看到那些烧焦的荒野。因为它不再会燃烧了。"

野村："……"

女人站住，望着烧焦的尸体和一旁烧焦的狗。

女人："这才是真正的白死呢。"

野村："如果将他们盛在大盘子里，就像是烤鸡肉串。"

× × × ×

女人："瞧，那棵树，很像男人的那个东西。如果真的那样，就太粗壮了。"

野村："如果像那样的话，也许会让你感到愉悦吧？"

女人："在感到愉悦前，我的身体将会彻底毁掉了。"

女人和野村笑起来。

女人朝向太阳，卷起和服的下摆，让大腿根部晒着太阳。

野村："你在做什么？"

女人："当年在洲崎的时候，有许多姑娘因这里腐烂而死去。所以我们总是这样晒晒太阳。日光消毒是最有效的。啊，暖洋洋的，好舒服呀。先生，你也来试试看。"

野村："好。"

说着掏出阳具，晒着太阳。

女人："一暖和起来，就想干那事了。"

野村："连高潮都达不到，怎么会想做呢？"

女人："这次或许会呢。我说，咱们回去吧。"

女人与野村离去。

野村："我顺便去趟神保町的书店。"

女人："又要买书？"

野村："我要查点资料。为了逃避征兵，我让日本电影公司暂时雇用了我，是他们让我写个剧本。真是无聊，可我要填饱肚子啊。"

女人和野村行走在一片烧焦的原野上。

## 8．大平行走在废墟上

"别！"

从废墟中传来女人的声音。

大平窥视了一下废墟，只见三个男人正企图强奸吉本町子（25岁）。

大平："住手！"

男子1："你要干什么！"

大平被三个男子拳打脚踢，晕过去了。

× × × ×

大平听见喘息声醒了过来。

尽管被三个男人轮奸着，可町子的腰部却在运动着。

大平勃起。

## 9．大平的家

电灯上覆盖着黑色的布，在昏暗的灯光下，大平、初子和阿诚喝着芋茶粥。

大平用汤匙舀着吃。

阿诚目不转睛盯着大平。

大平："朝鲜人都是这样不端饭碗吃饭的。"

阿诚："有手也不端饭碗吗？"

大平："是的。（对初子说）空袭越来越厉害了，你疏散到老家去怎么样？"

初子："是日光吗？"

大平："不，我家不行，还是去你在富山的娘家。"

初子："那你呢？"

大平："三人一窝蜂都去，太麻烦你娘家人了。到了不得已的时候我也会去的。"

## 10．上野站·月台 （1945年3月下旬）

初子和阿诚登上列车。

大平目送娘俩。

初子："孩子他爸！"

阿诚："爸爸！"

阿诚挥手。

× × × ×

大平从检票口出来。

买票的人排起了一列队伍。

宫下光子（22岁）排在了队尾。

大平排到了光子的后面。

大平："去哪儿啊？"

光子用审视的目光看着大平。

大平："去采购吗？"

光子："嗯，是的。"

大平："我这去买大米。在枥木县我有位战友，他家务农。那家伙会便宜卖我大米的。"

光子看着大平的假肢。

大平："我就是为了救他失去了这条胳膊。所以我求他什么他都会答应的。怎么样，一起去？"

光子："真的？！那么拜托您一定带我去了！"

## 11．日光・山林

大平和光子走来。

光子："我说，还没到吗？"

大平："马上就到了。"

光子："真是在大山深处啊。"

大平停下脚步。

"？"光子看着大平。

大平："咱们做点好事？"

光子："哎，好事？"

大平："我把大米那么便宜分给了你，你就随我一次吧。"

光子："那种龌龊的事情绝不行，绝对不行。大米我不要了，我要回去。"

　　说着转身要走。

　　大平殴打光子的头部。

　　光子被打倒在地，大平骑在她的身上，

　　用左手支撑住体重，勒住光子的脖子。

　　光子双腿乱蹬乱踹。

　　大平更加勒紧了光子的脖子。此时他获得了快感，喉咙中发出"唔"的一声，忍不住射精了。

　　光子翻着白眼，晕了过去。

　　光子大小便失禁，裆部一片湿漉漉的。

　　大平褪去裤子，解开兜裆布，擦拭精液。


　　×　×　×　×


　　光子昏倒在那里，大平在她身旁吸着香烟。

　　大平扔掉烟蒂，脱去光子的劳动裤，并用劳动裤将光子双腿间的屎尿擦拭干净，然后望着光子的隐私部位。

　　大平握住勃起的阳具。

　　光子醒过来，昏昏沉沉地问道。

　　光子："我这到哪儿了？"

　　大平扑到光子的身上，将阳具插入光子的体内。

　　光子意识清醒过来，眼里含满了泪水。

　　大平不管不顾仍然继续运动着腰部，射精。

　　大平的左手开始依次抚摸光子的乳房、肩膀和脖颈。

　　光子："？！"

战争与一个女人

×

大平勒住光子的脖子。

光子激烈反抗。

大平用左手撑起身子。

光子不动弹了。

大平爬起身来。

### 12. 野村的家 （1945年4月上旬）

女人沾满汗水的裸体。

女人粗重的喘息声。

野村在抚摸女人的肌肤。

野村："你没被虱子吃掉啊。我的床上到处都是虱子。"

女人："虱子算什么，我才不在乎呢。我就是在虱子窝里长大的。"

野村："你老家在哪儿？"

女人："福岛的山都。贫穷人家，靠在村里帮工得到的山芋和菜叶充饥，放点盐巴煮煮就这么吃了。连这些也没有的时候，我杂草根都吃过。为了熬过冬季，老爹想尽办法节省口粮，把正在长身体的我卖给了人贩子。来到洲崎我才知道人是一天要吃三顿饭的。"

野村："和父母还有联系吗？"

女人："老爹把卖我的钱都拿去喝酒了。他总是朝我要钱，讨厌透了，所以学徒满期后我都没告诉他。"

野村紧紧搂住女人，将脸埋在女人的乳房上。

野村："我的肚脐上住着一个色情的虱子，好像是拿不掉了。"

女人："叫我给迷住了？"

野村："我迷上了你的身体。"

女人："你就没有恋爱过？"

野村："只有一次。"

女人："是个什么样的女人？"

野村："是与我一起办杂志的女人。这都是十几年前的事情了。"

女人："那个女人就那么好吗？"

野村："我与她可没发生过关系哦。好像会玷污她似的，我与她怎么也做不来。"

女人推开野村。

女人："你玷污了我就无所谓？太过分了。"

野村："我这不是玷污你，是在和你玩。你的裸体，我看也看不够。勾起了我的欲望，我想让你做出各种姿势来与你玩。你就是我可爱的玩偶。所以，即便你感觉不到愉悦，我只要将你当作玩偶……就是缺少了最后的满足，也是没办法的。"

女人："……我是玩偶……"

野村："如果你感觉到了愉悦，许多男人都会被你迷住，与你会更加深入的吧？"

女人："那种男人我一个也没有。"

女人流下了悔恨的泪水。

野村："你不要哭啊。对我来说，你是我最后一个女人。"

女人："最后的女人？"

野村："战争很快就要结束了。我也要彻底完蛋了。"

女人："你做好了精神准备？啊，太可爱了！"

女人说着紧紧抱住野村，到处乱吻。

女人："你和那个女人连接吻都没有过？"

野村："是的。"

女人："你与那个女人做不到的，我全都给你。"

女人为野村吹箫。

### 13. 日光·山林（1945年4月上旬）

大平与山田（30岁）走着。

山田："我说，还远着吧？"

大平："马上就到了，在那儿。"

山田气喘吁吁走着，突然停住脚步。

路到了尽头。

大平："走错路了吧。"

山田感到可疑，向后退去。

大平殴打山田的脸部。

山田蹲下身子。

大平企图将身子压住山田，山田站起身来，揪住大平。

大平用左胳膊扼住山田的脖子，将她抡倒，将她后脑勺往地面使劲撞击。

大平骑在意识模糊的山田身上，掐住脖颈。

×　×　×　×

山田赤裸着下半身，昏迷过去。旁边是擦拭过屎尿的劳动服。

大平一边吸着香烟一边窥视山田的大腿根部。

山田苏醒过来，大平扑了上去，插入。

×　×　×　×

夜。

山田的双手被包袱皮反绑在身后。

大平："电车也没了，今晚只有在这里野宿了。"

山田："……好冷啊。"

大平脱下上衣给她披上。

大平："在那边，可要比这儿冷得多了。在济南接受新兵训练的时候，正是十二月份下着大雪，逼着我们光着膀子在山里跑来跑去，冷得就像针扎的一样痛，一个新兵因冻伤倒下了。"

山田："……"

大平："为了考验新兵的胆量，我们要用枪上的刺刀去刺俘虏。最初我们都吓得发抖，但是渐渐对杀人就习惯了。不久就炫耀起自己杀了多少个人，交谈起来都是说什么'大平，你杀了几个人？''五个。''杀了五个，你可真了不起啊'。"

大平点上一支烟。

大平："训练一结束，我们马上就投入实战了。那叫作尽灭扫荡战。你知道吗？"

山田摇摇头。

大平："就是'尽灭扫荡敌人根据地，致使敌人丧失未来生存能力'，就是斩尽杀绝。共产党的八路军称其为杀光、抢光、烧光的三光政策。这就是见人就杀，见房子就烧。还要闯进民宅，鸡呀猪呀什么都要抢。总之就是杀,所以不管做什么都没关系,发现女人就强奸轮奸。"

山田:"……"

大平扔掉烟蒂,一边抚摸山田的乳房一边说。

大平:"我闯进一个房子里,发现了一个姑娘藏在仓库里。她为了不被强奸,在脸上抹了许多人粪。最后还在嘴里塞了大粪进行抵抗。最终我硬不起来了,没有强奸成。"

山田:"饶、饶了我吧!"

大平:"(不予理睬)我一怒之下,用柴禾代替阳具捅进了她的那里面。"

大平将阳具插入山田体内。

山田:"你就饶了我一条命吧,你说什么我都听。我还有一个吃奶的孩子呢。求求你了。"

大平一边运动着腰部一边将手搭在了山田的脖子上。

大平:"就是母亲,我们也不会饶过的。婴儿就在旁边哭泣。"

大平的左手渐渐用力。

山田反抗着。

大平:"婴儿哭个没完没了,我就抓住他的双脚,扔进沸腾的锅里面。"

大平使劲一用力。

山田不动弹了。

大平折了一段树枝,随后捅着山田的阴部。

## 14. 烧尽的荒野 (1945年4月15日)

穿着短裙光着腿的女人骑着自行车过来。

瓦砾中,一个女孩子在独自哭泣。

女人停下自行车看着女孩子。

### 15. 瘦猴的家·被大火烧过的防空壕·外

女人："我还以为你不会约我去看烧过的地方了。"

女人笑着。

女人："因为你希望除了你自己外其他的人都倒霉。这下子遭报应了。"

瘦猴："只是中了燃烧弹。"

瘦猴看着女人的光腿。

瘦猴："这下子不穿劳动服也没人对你大声吼叫了。"

女人："都成这样了，那怎么回事？"

瘦猴："你是说那为什么没有烧掉？"

女人点点头。

瘦猴："没有烧掉就会成为目标，小型飞机只要投下一颗炸弹，我连命也会被炸飞的。"

女人："所以我来朝你要点氰化钾。你是开工厂的，有吧？"

瘦猴："即便不使用那玩意儿，不都是一死吗？"

女人："我不愿被烟熏得痛苦死去。在憋死之前我就准备去死。"

瘦猴："……免费的话……我可不能给你。"

瘦猴贪婪地看着女人的身体。

女人："你不是有妻子吗？"

用下颚指了指防空壕。

瘦猴："她疏散走了。我会付钱的。"

女人朝防空壕里走去。

## 16. 野村的家

野村躺在那里吸着烟草。

矮桌上散乱着几张什么也没有写的稿纸。

女人回来。

野村："去哪儿了？"

女人："就去了一会儿。"

野村："……和谁睡了？"

女人没有回答。

传来空袭警报。

野村拽女人的手。

女人："痛死啦。"

野村："和谁睡了？"

女人："和谁不都一样吗？"

野村："有感觉了？"

女人："（摇摇头）被谁搂抱都一样。"

野村："那你为什么又爱和男人睡觉呢？"

女人："我是被父亲卖给了妓院，成了男人的玩偶。不过，现在，我的身子是我自己的玩偶。所以，我现在得用自己的玩偶去玩耍了。"

野村："我希望日本人都死掉，只有我们俩活下来。"

女人："只有咱俩？"

野村："这样的话，你也无法红杏出墙了。"

野村粗暴地剥下女人的上衣。

女人："我可不愿这样子。"

远处传来炸弹爆炸的声音。

野村将女人推倒，将她的胳膊反绞到背后。

女人："痛死啦，你要干什么？！"

女人怎么挣扎也无济于事。

女人："不！"

野村让女人的背弓起来，使劲摇晃女人的头。

女人咬紧牙关，发出苦闷的呻吟。

野村撇开女人的大腿。

野村："你这个残缺不全的淫妇。"

插入。

野村剧烈运动着。

女人的表情瞬间一变，身体颤抖起来。

野村："有感觉了？"

女人："不知道……"

野村拍打女人的屁股。

女人："啊！再用点力，再用点力！"

野村一边拍打女人的屁股一边运动着腰部。

女人："啊，好可怕啊……再用点力，再用点力……"

野村掐住女人的脖子，将腰部顶上去。

女人的身体颤抖着，高潮即将到来。可是在这之前，野村再也耐不住了，彻底射精。

女人的表情逐渐清醒过来。

## 17. 农家

大平在分米。

## 18．背着背囊走去的大平

背着婴儿的中川柳子（28岁）在大平身后追赶过来。

柳子："请留步。"

大平转过身来。

柳子："您能把大米匀给我一点吗？我想喂给这个孩子吃。"

大平："你有钱吗？"

柳子："没有……"

柳子环视四周，确认四下无人。

柳子："你对我怎么都可以。"

大平："……"

大平突然抓住柳子的胸部。

柳子闭上眼睛。

大平："……"

大平松开手，从背囊中取出大米分给柳子。

大平离去。

柳子对着大平的背影双手合十。

柳子："谢谢您了，谢谢您了。"

## 19．野村的家 (1945年5月25日)

收音机播放着 B-29大编队的三百架飞机来袭的消息。

女人："什么呀，三百架，怎么不来三千架呢？"

空袭警报。

野村："去防空壕吧。"

女人："再等一会儿吧，你怕死？"

野村："每次炸弹落下来的时候，我的心脏几乎都要停止跳动了。”

朝着院内的防空壕走去。

## 20. 野村的家·院内

野村和女人站在院子里，望着被烟雾染红的天空。

炸弹落在了房子附近。

野村：“危险，快跑！”

说着拽起女人的手。

女人松开手，仰望着夜空。

探照灯的光束中浮现出银灰色的 B-29。

女人：“看，多漂亮。”

高射炮发出的耀眼光芒。

落下的燃烧弹。

女人：“燃烧弹就像焰火一样。”

不久，天空被红色烟雾遮盖住看不见了，炸弹落下的声音、爆炸声、高射炮的声音，以及火焰在四处腾起的声音越来越近，响起烘烘的声音。

女人渐渐激动起来，一边看着地上的劫火，一边喊道。

女人：“都给我烧掉！烧吧！使劲烧！连村庄田野森林山川还有大海天空全都烧掉！”

野村注视着女人被火焰照亮的侧脸。

女人注视火焰的眼睛里只有仇恨。

女人：“啊，使劲烧吧！”

女人扭动身躯，神情恍惚地惨叫一声：“啊！”然后颤抖着身子倒在了野村的身上。

女人："如果我能活下去，我要生个杂种！"

炸弹在附近落下，掀翻了邻家的房屋。

两人被重重打倒在地上。

野村爬起身来。

女人装作死去。

野村："不要紧吧？"

野村开始胳肢女人。

女人忍不住了，爬起身来。

两人各自脱下了自己的裤子。

女人伸开双腿，野村将腰部贴上去。

女人："再使点劲！再使点劲！"

一边抽泣一边喊道。

女人的肌肤在火光的衬映下微微泛白。

邻家的房屋开始燃烧。

女人："你给我去灭火！"

野村："？！"

女人："别把我们的房屋给烧了。你的房子就是我的房子。
我不想把它烧了。"

野村因惊愕、感动和爱怜，将女人紧紧搂住。

他寻找到女人的嘴唇，将她的下颚堵住。

野村和女人的舌头缠绕在了一起。

女人流着眼泪。

野村站起身来，拎起铁桶跑去。

女人也拎起铁桶。

## 21．日光·山林

大平扼住安藤广子的脖子（17岁）。

广子拼命抓起一块石头击打大平头部。

大平晃晃悠悠倒下。

广子逃跑。

大平试图追赶，但已经跌跌撞撞了。

## 22．农家的院前

大平走过来。

从广播中传来天皇的声音。

家人们正坐在收音机前。

大平："……"

## 23．野村家

传来天皇的广播声。

野村："战争结束了。"

女人："是什么意思？"

野村："就这样结束太没劲了。真的，我已经开始做好了思想准备，我被收拾的日子就要来了。还没死战争就结束了，你作何感想？"

女人："就像是一场梦啊。"

野村："可是你的情人死了。"

女人："真的结束了？"

野村："是真的。"

女人："那么 B-29 再也不会飞来了？"

野村："啊，不再会有空袭了。警报也不会再响了。"

女人："那么今后又要过循规蹈矩无聊的日子了？白天是白天晚上是晚上，该睡觉就睡觉，该吃饭就饭了？"

野村："你受不了了？"

女人："……在战争期间，一直是你护着我。"

野村："你认为是我在护着你吗？"

女人："是的。"

野村："我可没有护过你呀。我只是在侮辱你，对你很贪婪。我就是一个色鬼。你是不是不明白这点呀？"

女人："不过，人就是这样，这就足够了。"

野村："我想永远都这样。"

女人："你真的这样想？"

野村："你是怎么想的？"

女人："像你这种把我的身体像小狗那样护着的人，我已经厌烦了。我要认真谈一场恋爱。"

野村："认真是什么意思？"

女人："就是高雅。"

野村："也就是说是精神层面上的了？我会被带到什么南洋的岛子上干活，我只要一追求土著女人，就会被鞭子活活打死吧？"

女人："所以，你也只能与土著姑娘在精神上恋爱。"

野村："这么说连美人鱼都不能追求了？"

女人："战争真的结束了？"

野村："是真的。"

女人："我们一起被烧死该多好。"

野村："我可不愿死。"

女人："你可真诚实。"

女人笑起来。

野村："你可真无情啊。"

女人："嘿嘿，过于肤浅了……"

两人伫立不动。

## 24. 瘦猴在叫唤

瘦猴："这就停下来算怎么回事！要停下来的话，为什么趁东京没有烧毁的时候不停下来！不能停下来。在整个日本受到打击之前为什么不这么去做！"

## 25. 数寄屋桥（1946年5月3日）

戴着墨镜的女人一直站在那里。

美国兵朝女人打招呼。

## 26. 廉价旅馆

女人被美国兵抱住。

汗珠从美国兵的额头上滴下来，落在了女人的脸颊上。但是女人毫无感觉，神情恍惚地盯着天棚。

美国兵："你是木偶吗？"

女人："（用英语）是的，我是日本玩偶。"

女人露出笑容，把美国兵抱住，装作有感觉的样子，大声喘息。

美国兵激烈地运动着腰部。

女人一下子夹紧大腿根，美国兵还没尽兴便射精了。

## 27. 廉价旅馆·外

女人挥手与美国兵告别。

女人的肩膀被人拍了一下，女人回过头一看，原来是瘦猴。

瘦猴："真的是你，好久没见了。"

瘦猴眼珠子骨碌骨碌转动着，看着女人。

瘦猴："战争都结束了，你还是老样子？妓女变成邦邦女郎啦。"

瘦猴抚摸女人的臀部。

瘦猴："往后我来陪你吧。"

女人推开瘦猴的手。

女人："很遗憾。我是洋人的邦邦女，是不会与日本老爷子交往的。"

瘦猴："什么？什么？"

女人："一旦尝到了美国娃娃的味道，就再也无法与日本男人来往了。日本男人的那家伙这么小，活儿也太差劲了。美国娃娃会数次使我感到愉悦。"

瘦猴："你这个候补邦邦女别那么傲慢。因为有了像你这样的家伙，日本才失败的。"

女人："你别那么认真呀。"

瘦猴："妈的。"

女人："……先生在做什么？"

瘦猴："哦，已经不行了。"

女人："不行了？"

瘦猴："吃上毒品了。"

女人："……"

## 28．野村的家

女人走来。

野村伏在小桌子上。

女人："先生……"

没反应。

女人战战兢兢走近。

菲洛本的空瓶子倒在桌子上。

女人拿起空瓶。

女人："？！……先生。"

野村抬起头来。

野村："哦，是你呀。"

野村的脸瘦了下去，脸色苍白。

女人几乎就要流下泪来。

野村："你如今在干什么呢？"

女人："当邦邦女。"

野村："还没有怀上杂种？"

女人："害怕染上病都戴上了套。美国娃娃也都小心翼翼的。"

野村微笑。

女人："为了实现与您的约定，那之后我就去了 RAA。您知道吧？就是占领军慰安所。"

野村点点头。

女人："在那里，我们把自己的身体出卖给美国娃娃。那家伙又黑又大。开始我还担心会不会把自己搞坏了。就那么大家伙，我们一天竟然要接十几个客，比在洲崎的时候还要多。三月份那里就禁止出入了。返回美国的娃娃兵们都患上了性病，他们的母亲向麦克阿瑟提出了抗议。所以，现在我只好站街拉客了。"

野村："只接外国人吗？"

女人："（点点头）您是我的最后一位日本男人。"

野村："最后一位日本男人？……"

女人："可是，先生，日本并没有灭亡呀。"

野村："不过，特攻队的勇士变成了黑市倒爷，战争寡妇抛弃贞节欲望满怀。无论是义士还是圣女都堕落了。这是没法防范的，也没有必要防范。人要生存，人要堕落。除此之外，不存在一条拯救人类的便捷的近路。"

女人："连天皇陛下都变成了人。"

野村："天皇原本就是人，可过去一直把他当作现人神，这是很怪的。如今胡说八道什么《人间宣言》。做这种事情，日本就变不了。如果没了天皇，日本将会变得更加一团糟。"

女人："你好好休息。我会让你吃得饱饱的，精力充沛。先生您想吃什么？"

野村："我想吃白米饭。"

女人："交给我了。我会让你吃上白米饭。"

野村无力微笑着。

## 29. 涩谷站·站台

人头攒动。

大平物色猎物。

女人在等候电车。

大平将目光停留在女人身上。

女人焦急等待电车的到来。

大平穿过人群来到女人身旁。

大平："发生什么事了吗？"

女人："是的，好像发生事故了，电车停了下来。"

大平："这可糟了。我还要去熟悉的一家农户采购呢。"

女人："采购？"

大平："是的。我认识一家农户，到他那里可以买到便宜的大米。"

女人："那么，可以的话，能不能让给我一点大米呢？我非常需要大米，求求您了。"

大平："行吧。这也是咱们的缘分。走吧。"

女人："谢谢您了。"

大平："可是电车一直不动呀……"

女人："啊，来啦！"

电车驶入车站。

## 30. 山林

女人和大平走着。

女人不停瞥着大平的脸和假肢。

大平站住。

女人回过头看着大平："？"

大平将女人打倒在地，骑到她的身上，扼住她的脖子。

女人反抗，筋疲力尽失去知觉。

× × × ×

女人醒过来。

已经卸掉假肢的大平一边挠着不存在的右胳膊，一边窥视着女人的阴部。

大平将身子压上去。

女人："不！"

大平殴打女人的脸。

女人停止反抗。

大平插入，运动。

女人发呆地望着天空。

通过树丛的缝隙可以窥见蓝色的天空。

女人像玩偶一般一动不动。

女人看着大平。

女人和大平四目相视。

女人："？！……在哪里……我们见过？"

女人注意到大平失去了右胳膊。

女人："啊，在店里见过。你到过店里吧？"

大平扼住女人的脖子。

女人："啊！"

女人的身体痉挛了一下。

大平将手从女人的脖子上松开。

女人："别停……"

大平："？！"

女人："扼住……求求你。"

大平一边扼住女人的脖子，一边猛劲将腰部往上顶，女人："啊……啊！"

女人身体颤抖着迎来了高潮。

大平射精，手从女人脖子上松开。

女人仰躺着，一边望着蓝色的天空，一边说道。

女人："……太好了。"

大平看着女人。

女人："我第一次有了感觉……你让我感到了愉悦。"

大平厌恶地想跑掉。

女人："等等。你身上散发出一股战争的味道。"

女人缠住大平。

女人："再来一次。"

大平："你疯了？！"

大平挣脱女人逃离。

## 31. 女人下山来

与农夫擦肩而过。

女人："请问……"

农夫转过身看着女人。

女人："能……能卖我一点大米吗？"

从女人敞开的胸怀可以窥视到白皙的肌肤。

女人："我什么都能做。"

农夫拽着女人的手朝山里走去。

## 32. 野村的家

女人气喘吁吁走进来。

女人："先生，我回来了。你瞧，我给您带来大米了。"

野村没有应声。

女人惊恐地走近野村，看了看他的脸。

野村已经死了。

女人："……我这就做饭，你等等，先生。我们一起吃啊。我们都要吃得饱饱的。"

女人开始淘米。

泪水从女人的眼睛里溢出来。

### 33．黑市

女人神情恍惚走过来。

与一名男子碰撞，跌倒在地。

男子咋着舌头离去。

女人看着男子的背影。

没有右胳膊。

女人大吃一惊，跑近男子确认他的脸。

不是大平。

女人："……"

女人环顾黑市。

嘈杂的人群中，有许多缺胳膊缺腿的伤残军人。

女人盯着他们看。

### 34．中国面馆

简易房的小店。

女人走进来坐下。

女人："来碗中国面。"

店主："好。"

女人旁边的桌上，初子和阿诚正在吃着中国面，上面只浇了竹笋卤。

阿诚："真好吃。"

初子："好吃吧。"

阿诚："爸爸为什么回去了？他去中国，可为什么讨厌吃中国面呢？"

初子："你爸爸现在用左手能吃米饭了，可吃面条还很困难。"

阿诚试着用左手拿筷吃饭，可怎么也用不好。

阿诚挠了挠耷拉下来的右胳膊。

初子："不要这样！"

拍了一下阿诚的胳膊。

女人："？！"

## 35．初子和阿诚走着

女人尾随着他们。

## 36．大平的家

初子和阿诚正要走进家门。

这时，大平戴着手铐被刑警围着从家里走出来。

初子："孩子爸！"

阿诚："爸爸！"

大平发现了女人，瞪了一眼。

女人摇摇头说："不是我。"

大平被带走。

初子和阿诚追赶着大平。

## 37. 讯问室

大平坐在椅子上。

刑警盯着大平。

大平："……开始我殴打女人，勒住她的脖子使她昏迷过去，然后我扒去她的衣服，看她的私部。既有毛浓密的也有毛稀疏的，既有阴唇大的也有阴唇小的，十人十样，我看不够。大概过半个小时，女人会醒过来，然后我才干她。强奸远比一般的干法要好。我让女人躺下，在与她发生关系的瞬间简直无法形容。有时会想到，即便被杀也值了。就是用日本刀从身后砍下脑袋也无所谓。就是这么好。百分之百。……刑警先生，能给我一支烟吗？"

刑警："我不会给你这个不是人的畜生香烟的。"

大平："神都变成人了。我们人一直就是这人样，还可怕吗？"

笑着。

大平："这全都是我在军队里学来的。遵照大元帅陛下的命令，我去杀人、抢劫和强奸。我用军刀砍别人的头，与数十人一起用刺刀去刺杀一个人，把他们赶进洞里烧死，用石头砸他们的脑袋，让他们走在行军队伍的最前头踩地雷趟路，杀死负伤的俘虏和弃枪投降的士兵，六十九个士兵轮奸两名妇女，把全村都烧掉，掠夺得一干二净……"

刑警："大元帅陛下不会下达那种命令的。"

大平："我们经常受训，让我们把长官的命令当成天皇陛下的命令。"

刑警："混蛋。在战争中杀敌和平时杀害无辜是不同的。"

大平："你说的就是勋章和死刑的区别吧？"

刑警："是的，你不是很明白吗？"

大平："可是，我们在中国杀人并不是在作战中呀，杀的是那些平时并不是士兵的居民、妇女和儿童。"

刑警："那是在战争期间。"

大平："即便是在战争期间干的也是有罪的呀。在远东国际军事法庭上，战犯受到了审判。"

刑警："如果日本胜了，尼米兹和麦克阿瑟以及罗斯福就是战犯了。"

大平："（点头）可是，东条英机大将是甲级战犯，为什么天皇陛下不是战犯呢？"

刑警："……"

大平："为什么要停战呢？不是'一亿玉碎'吗？"

刑警："你就那么想死吗？你可以死。你肯定是死刑。"

大平挠着已经卸掉假肢的右胳膊。

突然他站起来。

大平："天皇陛下万岁！"

他说着举起左手。

## 38. 路上

女人在读报。

标题：《杀害五名妇女的大平义男被捕》。

大平支着下巴叼着烟的照片。

女人注视着大平的照片。

女人想呕吐。

女人："？！"

## 39. 某某产院
女人走出来。

## 40. 女人行走在废墟中
曾经与野村一同走过的运河畔。

女人在烧残的树旁站住，抬头望着。

女人将手放在腹部。

女人："先生，对不起了。我没有遵守生个杂种的约定……
我要生个日本人，行吧？先生……"

女人仰望着天空微笑着。


——完——

## 译后记


新藤兼人先生既是电影剧作家又是电影导演，他对大名鼎鼎的电影剧作家桥本忍先生说过这样一句话："剧作使导演有了工作，没有剧本就没有电影的一切。"

据我观察，当一部新片子上映的时候，绝大多数观众首先记住的是饰演男女主角的演员，其次是导演，很少有人会去关注编剧。

当人们提到《罗生门》、《活着》、《七武士》、《活人的记录》、《蛛网官堡》和《恶人睡得香》时，都会说这些影片的导演黑泽明如何如何，但是有多少人知道这些影片的原点——剧作，均出自桥本忍先生之手呢？同样，当我与中国观众提到《W的悲剧》《神赐给的孩子》《红头发的女人》《远雷》《酒吧日记》等日本经典影片时，他们都能跟我说上几句《W的悲剧》或其他影片的情况，但没有人知道这些作品的编剧就是这本书的作者——荒井晴彦先生。

《电影旬报》这本老牌电影杂志在日本已走过99年历程。该杂志每年度的电影奖项评选都十分引人注目。作为一名电影编剧，谁都想在那辉煌的历史长河中留下自己的作品及名字。一生能获得一次最佳编剧奖实属不易，但是，偏偏就有两个人与众不同，分别获得了五次《电影旬报》最佳编剧奖，一位是前面提到的那位年届九十的桥本忍先生，还有一位就是今年已七十一岁的荒井晴彦先生。

荒井晴彦先生的主业毫无疑问就是电影剧作。他之所以在剧作上能有如此成就，我认为正因为他不仅仅是一位电影剧作家，他还是导演，他还是艺术评论家，他还是《映画艺术》主编及发行人，他还是年轻剧作家的师傅，他还是日本电影大学的教授。

荒井晴彦先生年轻时是一位积极投身于学生运动的早稻田大学文学部学生，他对日本社会的种种弊端进行了犀利的批判及顽强的抗争，因此他被学校开除学籍。但是，这并没影响到他日后作品中的批判性及深度。

在日本剧作界，至今还保留着师傅带徒弟的传统，尽管大不如从前了。荒井晴彦先生带出的徒弟，如今在日本影视界已经撑起了一片天。其实，荒井晴彦先生自己当年就是跟着师傅田中阳造从抄写员做起，一步步走到了今天。当然，他的经历恰好验证了中国的一句老话，师傅带入门，修行靠自己。荒井晴彦先生充分利用了东京具有的得天独厚的条件——遍览了世界各国的经典影片，从各位大师及各位同行身上汲取养分。当然，我还不得不承认他的天分及艺术家庭对他潜移默化的熏陶和影响。

如今，大概是因为上了年纪，荒井晴彦先生意识到要加快培养新人，不至于愧对自己钟爱的电影编剧事业。他开始走进日本电影大学的课堂，走进中国浙江传媒学院的编剧工作坊，将自己的经验毫无保留地传授给中日两国未来的年轻编剧们。近年来，他应北京电影学院、中国电影文学学会、中国电影基金会的邀请，数次来中国研讨交流，开班授课。

幸运的是我结识了他。那是1994年10月28日在天安门广场，中国电影家协会派我前去接待参加第九届中日电影文学剧作研讨会的日方代表团。随后的两个星期，我陪同日方代表团在北京与长沙参加了许多活动。这期间，我数次听到了荒井晴彦先生在会上对中日双方的作品提出的尖锐意见，给我留下深刻印象。我记得，在日方代表团离开长沙的前夜，日方成员聚集在宾馆内，对这次研讨会进行了总结。他们特邀我这个被他们视为自己成员的人参加了他们的内部会议。在总结会结束之际，日本电影剧作家协会会长铃木尚之先生让我谈谈对日方代表团每位成员的印象。我当时是这样说："荒井晴彦先生给我的印象是狡猾的，他看问题极其尖锐，思想深刻。"

在随后的二十多年里，我与荒井晴彦先生的交往因工作而更加频繁，自然我们也成为了好朋友。我在东京研究日本电影剧作期间，他给予我极大帮助。每年中日两国电影剧作家的交流活动，我都参与其中，翻译了许多日本电影剧本，不乏荒井晴彦先生的作品。

此次北京电影学院文学系将推出两部荒井晴彦先生的剧作选集，我很荣幸再次担任了翻译工作。荒井晴彦先生也十分配合这次的出版活动，他将自己全部作品的简体中文版权授予我，任我们随意挑选，并且不收取任何费用。在此向荒井晴彦先生表示深深的谢意。

有了荒井晴彦先生的授权并不意味着版权问题都已解决。荒井晴彦先生的剧作既有原创作品，也有改编作品。根据日本的版权规定，对于改编作品，我们还需获得原著小说作者或代理人的授权。除此之外，荒井晴彦先生的剧作中引用的歌曲，也需得到歌曲的词作者及曲作者的同意。面对如此多的版权问题，我们感到很棘手。在这关键时刻，荒井晴彦先生将日本电影剧作家协会事务局局长关裕司先生介绍给我们，请他代表我们处理版权问题。关先生极为认真负责，与众多版权方一一联系，顺利解决了版权问题。在此，我们向关裕司先生表示衷心感谢！

在这两部剧作选集的出版过程中，北京电影学院文学系黄丹主任及刘小磊老师，以及出版人周青丰先生倾注了大量的心血，在此一并表示感谢！

2016年在东京国际电影节上，北京电影学院文学系梅峰老师编剧及导演的影片《不成问题的问题》获得大奖。随后，荒井晴彦先生采访了梅峰老师，两人围绕电影进行了深入交谈。此次荒井晴彦电影剧作选集在中国出版之际，梅峰老师特意为这两本书写了序言，对荒井晴彦先生做了一个全面的介绍。

本书收录了一篇三人谈，题目是《荒井晴彦的剧作世界》。为了使中国读者更深入地了解荒井晴彦先生及其作品，我们组织了这篇文章。提问者是日本电影大学编导专业毕业的中国留学生李向同学，他也是荒井晴彦先生的学生。为了这篇文章，他将这两本剧作选集中的作品全部仔细地通读了一遍，并拟好了提纲。三人谈中的女士晏妮博士是著名的旅日中国电影学者，也是日本电影大学的教授，她为所有问题一一把关，提出许多极具学术价值的建议。荒井晴彦先生的解答也极为精彩。为此，我感到无比欣慰。

此书中的译稿，是译者以往在工作中陆续翻译的，有部分译稿参考了前辈们的译作。此次将这些译稿结集出版之际，译者对译稿进行了一些修改，但还是有不如意的地方，敬请各位读者不吝赐教。

荒井晴彦先生还写下了许多其他的优秀剧作，我们将在今后陆续介绍给各位中国读者。

汪晓志

二〇一八年六月二十六日于北京

**图书在版编目（CIP）数据**

神赐给的孩子：荒井晴彦电影剧作选集 ／ （日）荒井晴彦著；汪晓志译.
—上海：上海三联书店，2018.9
ISBN 978-7-5426-6178-4

Ⅰ．①神… Ⅱ．①荒… ②汪… Ⅲ．①电影剧本—作品集—日本—现代
Ⅳ．①I313.35
中国版本图书馆CIP数据核字（2017）第324254号


神赐给的孩子：荒井晴彦电影剧作选集

著　　者 ／ 荒井晴彦
译　　者 ／ 汪晓志

责任编辑 ／ 朱静蔚
特约编辑 ／ 李志卿　王卓娅　王焙尧
装帧设计 ／ 微言视觉工坊｜龙
监　　制 ／ 姚　军
责任校对 ／ 王卓娅

出版发行 ／ 上海三联书店
　　　　　 (201199) 中国上海市闵行区都市路4855号2座10楼
邮购电话 ／ 021-22895557
印　　刷 ／ 山东临沂新华印刷物流集团有限责任公司

版　　次 ／ 2018年9月第1版
印　　次 ／ 2018年9月第1次印刷
开　　本 ／ 889×1194　1/32
字　　数 ／ 325千字
印　　张 ／ 14
书　　号 ／ ISBN 978-7-5426-6178-4 / I·1365
定　　价 ／ 58.00元

敬启读者，如发现本书有印装质量问题，请与印刷厂联系0539-2925680。